G
GOLDMANN

„... Abends, wenn ich abgespannt bin, greife ich instinktiv nach einem ‚Wallace', bin im Nu in der Handlung, vergesse den ganzen Jammer des Alltags, bin froh und mutig."
Adenauer in Rhöndorf

Edgar Wallace. Das Original.

Alle Edgar Wallace Kriminalromane:

1 Die Abenteuerin.
2 A. S. der Unsichtbare.
3 Die Bande des Schreckens.
4 Der Banknotenfälscher.
5 Bei den drei Eichen.
6 Die blaue Hand.
7 Der Brigant.
8 Der Derbysieger.
9 Der Diamantenfluß.
10 Der Dieb in der Nacht.
11 Der Doppelgänger.
12 Die drei Gerechten.
13 Die drei von Cordova.
14 Der Engel des Schreckens.
15 Feuer im Schloß.
16 Der Frosch mit der Maske.
17 Gangster in London.
18 Das Gasthaus an der Themse.
19 Die gebogene Kerze.
20 Geheimagent Nr. Sechs.
21 Das Geheimnis der gelben Narzissen.
22 Das Geheimnis der Stecknadel.
23 Das geheimnisvolle Haus.
24 Die gelbe Schlange.
25 Ein gerissener Kerl.
26 Das Gesetz der Vier.
27 Das Gesicht im Dunkel.
28 Der goldene Hades.
29 Die Gräfin von Ascot.
30 Großfuß.
31 Der grüne Bogenschütze.
32 Der grüne Brand.
33 Gucumatz.
34 Hands up!
35 Der Hexer.
36 Im Banne des Unheimlichen.
37 In den Tod geschickt.
38 Das indische Tuch.
39 John Flack.
40 Der Joker.
41 Das Juwel aus Paris.
42 Kerry kauft London.
43 Der leuchtende Schlüssel.
44 Lotterie des Todes.
45 Louba der Spieler.
46 Der Mann, der alles wußte.
47 Der Mann, der seinen Namen änderte.
48 Der Mann im Hintergrund.
49 Der Mann von Marokko.
50 Die Melodie des Todes.
51 Die Millionengeschichte.
52 Mr. Reeder weiß Bescheid.
53 Nach Norden, Strolch!
54 Neues vom Hexer.
55 Penelope von der »Polyantha«.
56 Der Preller.
57 Der Rächer.
58 Der Redner.
59 Richter Maxells Verbrechen.
60 Der rote Kreis.
61 Der Safe mit dem Rätselschloß.
62 Die Schuld des Anderen.
63 Der schwarze Abt.
64 Der sechste Sinn des Mr. Reeder.
65 Die seltsame Gräfin.
66 Der sentimentale Mr. Simpson.
67 Das silberne Dreieck.
68 Das Steckenpferd des alten Derrick.
69 Der Teufel von Tidal Basin.
70 Töchter der Nacht.
71 Die toten Augen von London.
72 Die Tür mit den 7 Schlössern.
73 Turfschwindel.
74 Überfallkommando.
75 Der Unheimliche.
76 Die unheimlichen Briefe.
77 Der unheimliche Mönch.
78 Das Verrätertor.
79 Der viereckige Smaragd.
80 Die vier Gerechten.
81 Zimmer 13.
82 Der Zinker.

EDGAR WALLACE

Die Tür mit den 7 Schlössern

THE DOOR WITH THE SEVEN LOCKS

Kriminalroman

GOLDMANN VERLAG

Aus dem Englischen übertragen von
Marie Luise Droop

Der Goldmann Verlag
ist ein Unternehmen der Verlagsgruppe Bertelsmann

Jubiläumsausgabe

Made in Germany · 1/90 · 27. Auflage

Gesamtherstellung: Elsnerdruck, Berlin
Krimi 21
Ge · Herstellung: Klaus Voigt
ISBN 3-442-00021-1

1

Dick Martins letzte Tat als beamteter Detektiv von Scotland Yard war die Verhaftung Lew Pheeneys, der in dem Verdacht stand, an dem großen Bankeinbruch in Helborough beteiligt gewesen zu sein. Er fand ihn in einem Café.

»Was gibt's, Colonel? Wo fehlt's bei der hohen Obrigkeit?« fragte Lew fast heiter, indem er nach seinem Hut griff.

»Fragen Sie lieber, woran es in Helborough fehlt«, sagte Dick und machte die Bewegung des Geldzählens.

»Heilige Großmutter! Bleiben Sie mir mit Helborough vom Leibe! Bankeinbrüche mache ich längst nicht mehr!«

»Oho, mein Freund! Was taten Sie zum Beispiel Dienstag nacht?«

Ein breites Lächeln verschob den Mundwinkel in dem gemütlichen Gesicht des Einbrechers.

»Wenn ich es Ihnen sage, lachen Sie mich todsicher aus!«

»Versuchen Sie es immerhin mit mir!« meinte Dick, und seine blauen Augen funkelten vor Vergnügen.

Lew antwortete nicht sogleich. Er schätzte in Gedanken die Gefahren einer allzu großen Aufrichtigkeit ab.

»Ich hatte einen Auftrag auszuführen, über den ich nicht gern sprechen möchte«, sagte er endlich. »Einen furchtbaren Auftrag ... aber nichts, wofür man mich belangen könnte«, setzte er hastig hinzu.

»Und Sie wurden gut bezahlt?« fragte Dick ungläubig.

»Glänzend! Ich bekam einen Vorschuß von einhundertfünfzig Pfund. Ja, nun sperren Sie die Augen auf, verehrter Herr Detektiv, aber es ist die reine Wahrheit. Ich sollte Schlösser aufknacken. Sie wissen, es ist mein Fach; aber diese Schlösser widerstanden all meiner Kunst, und der Ort, an den ich geführt wurde, war grauenhaft. Nicht für eine Wagenladung von Gold würde ich diese Arbeit wiederholen. Aber ich verdanke ihr ein erstklassiges Alibi. Ich kann beweisen, daß ich die fragliche Nacht im ›Gasthof zur Post‹ in Chichester verbrachte, daß ich dort um acht Uhr zu Abend gegessen habe und um elf Uhr schlafen gegangen bin. Ich täte Ihnen ja gern den Gefallen, Mr. Martin ...

aber den Urheber des Einbruchs von Helborough müssen Sie anderswo suchen.«

Man behielt Lew die Nacht über in der Zelle, während Telegraf und Telefon nicht zur Ruhe kamen. Lews Angaben bestätigten sich; er war sogar unter seinem eigenen Namen in Chichester abgestiegen, und am anderen Morgen mußte man ihn entlassen. Dick lud ihn zum Frühstück ein; denn zwischen dem berufsmäßigen Dieb und seinem beamteten Fänger herrschte kein wirklicher Groll, und der Unterinspektor Dick Martin war in der Verbrecherwelt ebenso beliebt wie beim Yard.

»Nein, Mr. Martin, ich kann Ihre Neugierde nicht befriedigen«, sagte Lew gutgelaunt. »Wenn Sie mich als Flausenmacher beschimpfen, weiß Gott, ich trag's Ihnen nicht nach. Ich habe hundertfünfzig Pfund bar ausgezahlt erhalten, und tausend Pfund wären es geworden, wenn mir das Ding geglückt wäre. Raten Sie, soviel Sie wollen, Sie erraten es nie!«

Dick beobachtete ihn scharf.

»Lew – ich sehe es Ihnen an, das Schweigen fällt Ihnen schwer, schütten Sie Ihr Herz aus!«

Er sah ihn erwartungsvoll an, aber Lew schüttelte den Kopf.

»Wollte ich alles erzählen, so müßte ich jemand bloßstellen, der kein angenehmer Zeitgenosse ist und der mir hoffentlich kein zweites Mal über den Weg läuft; aber verpfiffen habe ich noch nie einen, der mir vertraut hat.«

»So verschweigen Sie seinen Namen und die näheren Umstände, und erzählen Sie mir nur in groben Umrissen, was geschehen ist«, drängte der Detektiv.

Lew stürzte eine Tasse heißen Kaffee hinunter und wischte sich über den Mund.

»Ich kannte den Mann nicht, der mir den Auftrag erteilte; das heißt, nicht persönlich, gehört hatte ich aber schon von ihm. Er hat schon mal ein paar Monate gesessen. Eines Nachts suchte er mich auf und brachte mich in sein Haus – brr! Eine Räuberhöhle!« Er schauderte noch in der Erinnerung daran. »Martin, ein Dieb ist gewissermaßen ein ehrlicher Verbrecher, er spielt ein offenes Spiel. Sein Einsatz ist Freiheit, sein Gegenspieler die Polizei; geht der Einsatz hops, nun schön, er grollt niemand und sitzt seine Strafe ab. Aber es gibt Verbrechen, die zwischen den Paragraphen liegen – so schmutzige Sachen, daß es einem zünftigen Dieb den Magen umdrehen kann. Als mein Auftraggeber mit seinem Anliegen herausrückte, glaubte ich, er wollte sich einen bösen Scherz mit mir erlauben, und als ich sah, daß es ihm ernst war, hätte ich mich am liebsten aus dem Staub gemacht. Aber ich bin von Natur aus neugierig, und so sagte ich nach längerer Überlegung zu. Bitte, halten Sie sich vor Augen, daß es kein verbrecherisches Ansinnen war. Den Kerl trieb Wißbegierde, etwas ganz Bestimmtes zu öffnen. Nun, er wird sich weiter den Kopf zerbrechen müssen; denn die Schlösser knackt niemand auf!«

»Schlösser? Was für Schlösser?« fragte Dick voller Spannung.

Aber Pheeney schüttelte den Kopf und schweifte ab. Er sprach von seinen Zukunftsplänen; auch er wolle ›den Dienst quittieren‹. Sein Bruder sei Architekt jenseits des großen Teiches, er wolle sich dort auf ehrliche Weise hocharbeiten.

Dick verabschiedete sich von ihm und begab sich nach Scotland Yard, um seinem unmittelbaren Vorgesetzten zum letztenmal Bericht zu erstatten.

Inspektor Sneed, der mit der Fülle seines Leibes den Ledersessel bis zum Bersten füllte, hob die Augen vorwurfsvoll zu ihm auf.

»Es ist also wahr! Sie kehren dem besten aller Berufe den Rücken, werden sich ein Landhaus kaufen und in Glück schwimmen, wenn Sie eine Herzogin zu Tisch führen dürfen! Was für ein Höllendasein für einen ausgewachsenen Menschen!«

Dick Martin grinste zu ihm hinüber. Im geheimen bereute er längst sein Abschiedsgesuch.

»Merkwürdig, wie der Besitz des Geldes den Charakter verdirbt!« fuhr Captain Sneed melancholisch fort. »Wenn ich zum Beispiel eine Erbschaft mit sechs Nullen gemacht hätte, würde ich einfach ins Nichts hineindösen!«

»Das tun Sie auch ohne Erbschaft. Ihre Trägheit ist ja sprichwörtlich«, sagte Dick unehrerbietig.

»Insurbordination!« murmelte Sneed. »Noch gehören Sie zum Stab. Nennen Sie mich ›Sir‹ und seien Sie etwas respektvoller, wenn ich bitten darf! Ich bin nicht träge; ich bin lethargisch, und Lethargie ist genausogut eine Krankheit wie Fettleibigkeit!«

»Sie sind fett, weil sie faul sind, und faul, weil Sie fett sind«, beharrte Martin mit dem Hochmut der Jugend; denn er war sehnig und schlank wie eine Weidengerte.

Captain Sneed strich sich nachdenklich das Kinn. Er hatte die Schultern eines Boxers, den Wuchs eines Grenadiers und den Tätigkeitsdrang einer Anakonda unmittelbar nach der Fütterung. Er seufzte schwer, wühlte in einem Briefkorb und brachte ein blaues Papier zum Vorschein.

»Triumphieren Sie nicht zu früh, noch sind Sie mein Sklave. Gehen Sie also zur Bellingham-Bibliothek und klären Sie diese Anzeige auf! Es sollen dort Bücher entwendet worden sein.«

Unterinspektor Martin stöhnte laut.

»Ich gebe zu, es sind keine Lorbeeren dabei zu verdienen«, sagte sein Vorgesetzter mit breitem, schadenfrohem Lächeln. »Kleptomanie ist für den Detektiv, was für eine Hausfrau das Staubwischen ist. Aber es wird Ihr Mütchen kühlen und Sie, wenn Sie sich dem Schlendrian hingeben, daran erinnern, daß Tausende Ihrer unglücklichen Kollegen sich mit Untersuchungen dieser Art die Beine aus dem Leib rennen!«

Dick – auch ›Slick‹ gerufen, denn er hatte wie jeder Detektiv einen Spitznamen – ging gesenkten Blickes an den geschlossenen Türen des endlosen Korridors vorbei und dachte daran, daß seine kurze, aber glänzende Laufbahn im Polizeidienst so gut wie beendet war. Er war Spezialist für Diebstähle gewesen, der geschickteste ›Schlangengreifer‹, den Scotland Yard je besessen hatte. Sneed sagte oft von ihm, daß er selbst die Anlage zum Dieb haben müsse, und hielt das für ein Kompliment. Tatsächlich hatte Dick einmal auf Grund einer Wette die Tasche eines Staatssekretärs geleert, und selbst die erfahrensten Beobachter konnten nicht angeben, wann und wie er die Tat ausgeführt hatte.

Dick Martin kam aus Kanada, wo sein Vater Gefängnisdirektor gewesen war. Er hatte sich nicht sonderlich um seinen Sohn gekümmert, nämlich ebensowenig wie um seine Gefangenen. Dick betrachtete damals das ganze Gefängnis als seinen Spielplatz, und längst, bevor er die ersten Regeln der Algebra meisterte, konnte er jede Krawattennadel unbemerkt entfernen. Peter du Bois, ein Lebenslänglicher, lehrte ihn die Kunst, fast jede Tür mit einer gebogenen Haarnadel zu öffnen. Lew Andrewski, ein häufiger Gast auf Fort Stuart, zerschnitt die Deckel von Gebetbüchern zu einem winzigen Kartenspiel und führte den Jungen in die Anfangsgründe des Falschspiels ein. Bald konnte er in jeder Hand drei Karten verbergen. Wäre er nicht von jener echten Ehrlichkeit gewesen, der keine schlechte Lehre schadet, so hätte es schlimm geendet.

»Dick hat das Herz auf dem rechten Fleck; laßt ihn nur ruhig das Diebeshandwerk lernen«, sagte der träge Colonel Martin, wenn seine Verwandten ihm wegen der Sittenverderbnis des mutterlosen Knaben Vorhaltungen machten. »Die Jungen vergöttern ihn. Er soll später zur Polizei, und da ist die Erziehung, die er hier gratis empfängt, Gold wert.«

Gerade gewachsen wie eine junge Birke, kläräugig, gesund an Körper und Seele, rechtfertigte Dick das Vertrauen des Vaters. Nach der einzigartigen Lehre trat er in Amt und Würden ein. Der Krieg führte ihn nach England. Scotland Yard reklamierte ihn, und da dem Jüngling ein vortrefflicher Ruf voranging, wurde ihm die Probezeit erlassen.

»Hallo, Martin! Sie wollen uns wirklich verlassen?« Der Dritte Kommissar holte Dick auf der Freitreppe ein. »Pech für uns, schade um Sie! Was werden Sie nun anfangen?«

Dick zuckte die Achseln. Noch wußte er es selbst nicht.

Der andere blieb stehen und faßte ihn schärfer ins Auge.

»Da fällt mir eben ein, wie Sie Ihre freie Zeit ausfüllen könnten ... Kennen Sie Rechtsanwalt Havelock?«

Dick schüttelte den Kopf.

»Er soll ein ausgezeichneter Anwalt sein. Sie finden seine Adresse im Telefonbuch. Sein Büro liegt vermutlich in der Nähe von Lincoln's Inn Field. Er fragte mich, ob ich nicht einen zuverlässigen Detektiv wüßte. Ich sagte ihm, diese Leutchen existieren nur in der Einbildung von Romanschreibern und Filmautoren – aber jetzt, da ich Sie vor mir sehe, weiß ich, wen ich Mr. Havelock empfehlen könnte.«

»Wozu braucht er einen Detektiv?« fragte der junge Mann, wenig entzückt von der Aussicht, die sich ihm bot.

»Ich weiß es nicht; lehnen Sie die Sache ab, wenn sie Ihnen keinen Spaß macht, aber gehen Sie mal hin! Havelock ist ein angenehmer Mensch, und ich habe ihm versprochen, mich für ihn umzutun. Ich glaube, es handelt sich um die Beobachtung eines Klienten, der ihm Sorge macht. Wirklich, Martin, Sie würden mich sehr verpflichten, wenn Sie ihn aufsuchten!«

Das letzte, was Dick Martin vorhatte, war die Fortsetzung seiner Detektivtätigkeit in nichtamtlichem Charakter. Aber der Dritte Kommissar hatte ihm bei verschiedenen Gelegenheiten größtes Wohlwollen gezeigt, und er konnte die Bitte nicht abschlagen, ohne unhöflich zu sein. Ein Besuch war überdies nicht verpflichtend. Er sagte also zu.

»Vortrefflich«, lobte der Kommissar. »Ich spreche mit Havelock. Möglicherweise können Sie ihm von Nutzen sein!«

»Ich hoffe, Sir«, sagte Dick ohne innere Überzeugung; denn ihm schwebten ganz andere Zukunftspläne vor.

2

John Bellingham, der gelehrte Gründer der nach ihm benannten Bibliothek, die nur wenigen Auserwählten in London bekannt ist, hatte in der Stiftungsurkunde bestimmt, daß »zwei intelligente weibliche Wesen in dürftigen Lebensumständen« als Bibliothekarinnen angestellt werden sollten, und zu einem dieser weiblichen Wesen wurde Dick geführt.

In einem schmalen, hochgebauten Raum, bis zur Decke mit Regalen ausgefüllt, durchzogen von dem Geruch vermodernden Papiers und alten Leders, saß ein junges Mädchen an einem Tisch und schrieb Bücherkarten aus.

»Ich komme von Scotland Yard«, führte sich Dick ein, »und zwar auf Grund einer von Ihnen erstatteten Anzeige. Es sollen Ihnen einige Bücher gestohlen worden sein!«

Er blickte, während er sprach, auf die gefüllten Fächer; denn er interessierte sich im allgemeinen nicht für »weibliche Wesen«.

Das einzige, was er an dem hier anwesenden bemerkte, war ihr schwarzes Kleid und die goldbraune Farbe ihres Haares, das sie in einer Ponyfrisur trug. Er erinnerte sich dunkel, daß die Ponyfrisur augenblicklich bei berufstätigen Damen Mode war.

»Ja«, sagte sie, »ein Buch ist in meiner Abwesenheit aus diesem Zimmer entwendet worden. Ein Buch von Haeckel: ›Die generelle Morphologie‹.«

Sie öffnete ein Kartothekfach, entnahm ihm eine Karte und legte sie vor Dick hin. Er las die Worte, ohne sich dadurch sonderlich erleuchtet zu fühlen.

»Wer war in Ihrer Abwesenheit hier?« fragte er.

»Meine Assistentin, Miss Helder!«

»Wurden zu dieser Zeit Bücher umgetauscht?«

»Verschiedene. Ich habe die Namen der betreffenden Herren notiert, aber sie sind über jeden Verdacht erhaben. Der einzige Besucher, der nicht eingeschriebener Leser unserer Bibliothek ist, war ein Herr namens Staletti, ein italienischer Arzt, der vorsprach, um sich nach den Lesevorschriften zu erkundigen.«

»Nannte er denn seinen Namen?« wunderte sich Dick.

»Nein«, sagte das Mädchen zu seiner Überraschung. »Miss Helder kannte ihn, sie hatte sein Bild in einer Zeitung gesehen. Ich dachte, der Name wäre Ihnen bekannt?«

»Warum sollte er mir bekannt sein, mein gutes Kind?« fragte Dick ein wenig gereizt.

»Und warum nicht, mein guter Herr?« erwiderte sie schnippisch.

In diesem Augenblick nahm Dick Martin sie zum erstenmal mit Bewußtsein wahr. Sie trat aus dem Hintergrund plastisch heraus und wurde eine klar umrissene Persönlichkeit. Ihre Augen waren grau und weit auseinandergestellt, ihre Nase gerade und klein, der Mund ein wenig groß. Auch hatte sie tatsächlich goldbraunes Haar.

»Ich bitte um Verzeihung«, lachte er. »Ich gestehe, daß mich dieser verteufelte Bücherdieb herzlich wenig interessiert.« Dick hatte zuweilen eine gewinnende Aufrichtigkeit. »Ich scheide nämlich morgen aus dem Dienst aus!«

»Große Freude wird unter den Verbrechern herrschen«, sagte

sie höflich. Ein heiteres Licht funkelte in ihren Augen, und er schloß sie sogleich in sein Herz.

Es stand ein Stuhl in der Nähe. Dick zog ihn heran und nahm unaufgefordert Platz.

»Also, wer ist dieser Staletti?«

Sie maß ihn mit ernsthaftem Blick, und um ihre Lippen zuckte es spöttisch.

»Und Sie wollen Detektiv sein, eines jener fast übermenschlichen Wesen, die unseren Schlaf bewachen?«

Dick bog sich vor Lachen.

»Ich ergebe mich.« Er hielt die Hände hoch. »Sie haben es mir gründlich gegeben. Wenn Sie nun noch halb so gründlich meine Frage beantworten wollten . . . Wer ist dieser Staletti?«

»Das wissen Sie wirklich nicht? Meine Assistentin sagt, er sei der Polizei bekannt. Wollen Sie sein Buch sehen?«

»Er hat ein Buch geschrieben?« fragte Dick in aufrichtigem Erstaunen.

»Allerdings. Ich werde es Ihnen bringen.« Sie stand auf, ging aus dem Zimmer und kam nach wenigen Augenblicken mit einem dünnen Band wieder.

Er nahm ihn in die Hand und las den Titel: ›Neue Gedanken über die konstruktive Biologie. Von Antonio Staletti‹. Dann schlug er die engbedruckten Seiten auf, die von Diagrammen und Tabellen wimmelten.

»Und wegen so eines Schmökers ist er mit der Polizei in Konflikt gekommen? Ich erfahre zum erstenmal, daß es ein Verbrechen ist, Bücher zu schreiben.«

»Gewiß ist das ein Verbrechen«, sagte sie ernsthaft, »es wird nur leider nicht als solches bestraft. Aber wegen seines Buches hat er nicht gesessen. Es war etwas viel Gräßlicheres. Ich glaube, Vivisektion!«

»Wovon handelt das Buch eigentlich?« Er reichte es ihr zurück.

»Von zweibeinigen Wesen wie Sie und ich«, sagte sie feierlich. »Es steht darin, wieviel glücklicher die Menschen wären, wenn sie, anstatt mit Latein und Algebra, mit Wurzeln und Nüssen aufgezogen würden und frei und nackt im Wald herumliefen!«

Dick erhob sich zu seiner ganzen imponierenden Größe.

»Und wo wohnt dieser seltsame Kauz?«

Sie nahm das Buch auf und schlug die Seiten zurück, bis sie zur Fußnote unter dem Vorwort kam.

»In Sussex, im ›Galgenhof‹! Mein Gott, klingt das aber gruselig!«

»Wer war noch hier außer Staletti?«

Sie zeigte ihm eine Liste von vier Namen.

»Außer Staletti steht wohl niemand in dem Verdacht, das Buch gestohlen zu haben; außerdem sind die anderen Historiker, und Biologie würde sie schwerlich reizen. Es wäre auch in meiner Anwesenheit nicht vorgekommen. Ich passe höllisch auf.«

Sie hielt plötzlich inne und blickte auf den Tisch. Das Buch war verschwunden.

»Haben Sie es genommen?« fragte sie.

»Haben Sie gesehen, wie ich es genommen habe?« forderte er sie heraus.

»Gesehen habe ich es nicht. Ich könnte aber schwören, daß das Buch eben noch da war.«

Er nahm es aus seinem Überzieher heraus und gab es ihr zurück.

»Man findet selten Leute, die höllisch aufpassen!«

»Aber wie war das möglich?« Sie war vollständig verblüfft. »Meine Hand lag auf dem Buch, und ich habe höchstens eine Sekunde weggesehen!«

»Ich komme gelegentlich wieder und zeige es Ihnen«, versprach er ernsthaft.

Er stand bereits auf der Straße, als ihm einfiel, daß es ihm nicht geglückt war, den Namen dieser sehr tüchtigen jungen Dame in Erfahrung zu bringen.

Sybil Lansdown lief zum Fenster, von dem man den Platz überschaute, und sah ihm nach, bis er ihren Blicken entschwunden war. Um ihre Lippen spielte ein Lächeln, und in ihren Augen stand das Licht des Triumphes. Ihre erste Regung war gewesen, ihn gründlich zu verabscheuen; selbstzufriedene Männer konnte sie auf den Tod nicht ausstehen. Dann aber war er ihr in einem anderen Licht erschienen. Ob sie ihn jemals wiedersehen würde? Es gab so wenig Menschen, mit denen man lachen konnte, und Unterinspektor Dick Martin – sie nahm seine Visitenkarte auf und las halblaut seinen Namen – war einer jener wenigen, bei deren Anblick es einem warm ums Herz wurde.

3

Es war am späten Nachmittag, als Dick vor der zerbröckelnden Mauer und der in rostigen Scharnieren hängenden Pforte des ›Galgenhofs‹ seinen Wagen zum Halten brachte.

Hinter einer plötzlichen Biegung des unkrautüberwachsenen Fahrweges lag ein unscheinbares Haus vor ihm. Er fand keine Klingel und trommelte fünf Minuten lang an der verwitterten Tür, bis schlürfende Schritte und das Klirren einer zurückgeschobenen Kette hörbar wurden. Die Tür öffnete sich genau zwei Zentimeter.

In dem schmalen Spalt erblickte Dick ein langes gelbes Gesicht, von Runzeln durchfurcht wie ein eingetrockneter Apfel, einen schwarzen Bart, der seinem Besitzer bis zur Magengrube reichte, und ein Paar tückisch blickende, schwarze Augen.

»Doktor Staletti?«

»Das ist mein Name.« Die Stimme war rauh und hatte einen fremden Klang. »Wollen Sie mich sprechen? Das ist ja phänomenal! Ich empfange sonst nämlich keine Besucher!«

Er zögerte einen Moment, dann wandte er den Kopf und sprach mit jemand, der hinter ihm stand, und bei dieser Wendung gab er dem Detektiv den Blick auf einen jungen, rotwangigen, elegant gekleideten Mann frei. Bei Dicks Anblick trat dieser rasch zurück.

»Guten Morgen, Tommy«, begrüßte Dick Martin ihn höflich. »Das ist ein unerwartetes Vergnügen.«

Tommy Cawler bot in der Tat einen vergnüglichen Anblick. Sein Hemd war tadellos, sein Anzug das künstlerische Produkt eines erstrangigen Schneiders.

»Guten Morgen, Mr. Martin.« Tommy ließ sich nicht so leicht

aus der Fassung bringen. »Ich bin zufällig hier, um meinem alten Freund Staletti guten Tag zu sagen.«

Dick blickte ihn bewundernd an.

»Donnerwetter! Sie haben sich 'rausgemacht! Was treiben Sie denn jetzt?«

Tommy schlug resigniert die Augen nieder.

»Haben Sie keine Sorge, ich fresse nichts mehr aus. Ich habe einen Beruf ergriffen, der seinen Mann ernährt! Also, auf Wiedersehen, Staletti!«

Er schüttelte dem bärtigen Mann mit übertriebener Herzlichkeit die Hand und schickte sich an, die Stufen hinabzugehen.

»Halt, Tommy. Können Sie einen Augenblick auf mich warten? Ich möchte ein paar Worte mit Ihnen reden!«

Tommy Cawler zögerte und warf einen flüchtigen, sich vergewissernden Blick auf das bärtige Gesicht Doktor Stalettis.

»Na, schön«, brummte er ungnädig. »Aber viel Zeit hab' ich nicht. Nochmals besten Dank für die Medizin, Doktor.«

Allein Dick durchschaute das Manöver sofort, und seine Lippen verzogen sich spöttisch. Er folgte Staletti in die Halle. Weiter lud ihn der seltsame Mann nicht ein.

»Sie sind von der Polizei, nicht wahr?« fragte er, noch bevor Dick ihm seinen Ausweis gezeigt hatte. »Das ist phänomenal! Ich hatte schon lange Zeit nicht mehr die Ehre. Und alles wegen eines kleinen Hundes, mit dem man im Interesse der Wissenschaft experimentiert! So viel Aufhebens um ein unvernünftiges Tier! Und was wollen Sie jetzt von mir?«

Dick beeilte sich, die Ursache seines Besuches in wenigen Worten auseinanderzusetzen. Zu seinem Erstaunen gab Staletti die Entwendung des Buches unumwunden zu.

»Das Buch lag auf dem Tisch. Es interessierte mich, darum nahm ich es mit!«

»Aber Herr Doktor«, wandte Dick, verblüfft über so viel Kaltschnäuzigkeit, ein. »Sie dürfen doch nicht so ohne weiteres mit einem Buch auf und davon gehen, nur weil es Sie interessiert!«

»Aber warum denn nicht? Es war eine öffentliche Bibliothek, deren einziger Zweck es ist, Bücher auszuleihen. Ich wollte das

Buch ausleihen, also nahm ich es mit. Ich habe es nicht heimlich getan. Ich habe das Buch ganz offen unter meinen Arm geklemmt, vor der jungen Signorina den Hut gelüftet und bin gegangen. Ich habe es ausgelesen, und es kann an seinen Platz zurückgehen. Haeckel ist ein Narr. Seine Schlüsse sind absurd, aber seine Theorien sind phänomenal! Ihnen würden sie wahrscheinlich sehr langweilig vorkommen, aber mir . . .« Er brach ab, zuckte die Achseln und gab einen krächzenden Laut von sich, der bei ihm wahrscheinlich ein Lachen sein sollte. Allerdings mußte man das mehr erraten.

Der Detektiv hielt einen kleinen belehrenden Vortrag über die Lesevorschriften der Bibliotheken. Dann schob er das Buch unter den Arm und ging hinaus, um sich dem wartenden Tommy Cawler anzuschließen. Er hatte jetzt einen Vorwand für einen zweiten Besuch in der Bibliothek, und das erfüllte ihn mit Befriedigung.

»Und jetzt, Tommy«, begann er ohne überflüssige Vorbereitung, und seine Stimme hatte einen gebietenden Klang, »zu Ihnen! Ist Staletti Ihr Freund?«

»Er ist mein Arzt!« sagte Tommy Cawler schlagfertig.

Seine blauen Augen hatten einen fröhlichen Blick. Dick stand mit ihm auf gutem Fuße. Er war eines jener wenigen ›Opfer seines Berufs‹, für die er eine ehrliche Sympathie hatte. Tommy Cawler war ein berüchtigter Autodieb, ein Meister in seinem Fach, der mit fröhlichster Selbstverständlichkeit von jedem unbehüteten Auto Besitz ergriff. Zwei von seinen Verurteilungen waren Dicks Werk und das Resultat mühevoller Arbeit gewesen.

»Ich bin jetzt in fester Stellung«, brüstete sich Tommy. »Ich bin Chauffeur bei Mr. Bertram Cody. Als ich das letzte Mal hochging, habe ich allen krummen Wegen abgeschworen, und es geht auch auf einem geraden sehr gut!«

»Wo wohnt Mr. Cody, wenn er zu Hause ist?« fragte Dick etwas ungläubig.

»Weald House. Es ist nur eine halbe Stunde von hier. Wenn Sie wollen, können Sie mitkommen und fragen!«

»Kennt Mr. Cody Ihre ruhmreiche Vergangenheit?« fragte Dick zartfühlend.

»Er kennt sie. Ich habe sie nicht vor ihm geheimgehalten. Nichtsdestoweniger hält er mich für den besten Chauffeur, den er je gehabt hat.«

Dick maß den Mann mit einem langen Blick.

»Ist das die – hm – die Livree, die Ihr Brotgeber bevorzugt?«

»Das ist meine Zivilkluft. Ich habe heute Ausgang«, sagte Cawler. »Mein Chef ist sehr freigebig mit Urlaub. Hier ist seine Adresse!«

Er nahm einen Briefumschlag aus der Tasche, der an ihn selbst gerichtet war: Tommy Cawler bei Bertram Cody, Esq., Weald House, South Weald, Sussex.

Martin bot ihm einen Platz in seinem Auto an, aber sein Angebot wurde abgelehnt, und so fuhr er allein nach London zurück. Zu seinem Ärger fand er seine unbekannte junge Freundin nicht mehr an; sie hatte die Bibliothek schon vor einer halben Stunde verlassen.

Er brachte das Auto in die Garage und schlug den Weg zu seiner Wohnung ein. Plötzlich hörte er Schritte hinter sich und eine keuchende Stimme, die ihn anrief. Er wandte sich um und erblickte den Mann, den er gestern verhaftet und heute früh in Freiheit gesetzt hatte. Als Lew Pheeney ihn erreicht hatte, zitterte er noch am ganzen Körper und brachte nur unartikulierte Laute hervor.

»Kann ich Sie sprechen, Slick?« fragte er, als er sich etwas erholt hatte.

»Selbstverständlich. Aber warum? Ist Ihnen etwas in die Quere gekommen?«

Lew Pheeney warf einen nervösen Blick über die Schulter.

»Jemand ist mir auf den Fersen«, sagte er durch die Zähne.

»Nicht die Polizei, das kann ich beschwören«, beruhigte ihn Dick.

»Die Polizei? Wenn es die nur wäre! Es ist der unheimliche Mensch, von dem ich Ihnen erzählt habe, mein Auftraggeber von Dienstag abend. Ich habe Ihnen nicht alles gesagt, Slick. Als ich an den Schlössern arbeitete, sah ich mit halbem Auge, wie der Mensch seine Pistole aus einer Hüfttasche zog und in die Tasche seines Mantels steckte. Die ganze Zeit über hielt er seine Hand in dieser Tasche, und plötzlich wurde mir klar, daß mein Leben auf dem Spiel stand, wenn es mir gelang, die Tür zu öffnen. Da schützte ich ein Bedürfnis vor, und als ich draußen war, nahm ich meine Beine in die Hand und lief davon. Ich lief und lief, und etwas trabte hinter mir drein. Was es war, weiß ich nicht; ein Wesen – halb Mensch, halb Tier. Und ich hatte keine Pistole.«

Während er sprach, hatten sie das Vestibül durchquert und die Treppen zu Slicks Wohnung erstiegen. Ohne eine Einladung abzuwarten, folgte ihm der Einbrecher durch die Tür. Der Detektiv führte ihn in sein Arbeitszimmer.

»Lew, jetzt lassen Sie mich die ganze Wahrheit wissen! Was haben Sie Dienstag nacht zu öffnen versucht?«

Lews Blick irrte durchs Zimmer.

»Eine Totengruft«, sagte er leise.

4

Einen Augenblick herrschte tiefes Schweigen. Dick starrte den Mann aus weitgeöffneten Augen an. Er traute seinen Ohren nicht.

»Eine Totengruft?« fragte er. »Jetzt setzen Sie sich bitte, und erzählen Sie mir alles der Reihe nach!«

»Ich kann nicht. Ich fürchte mich«, weigerte sich Lew Pheeney hartnäckig. »Dieser Mann ist die Hölle selbst, und ich möchte lieber dem Teufel begegnen als ihm.«

»Wer ist es?«

»Sagen kann ich es nicht«, trotzte Lew Pheeney. »Vielleicht schreibe ich es Ihnen auf, damit es auf dem Papier steht, wenn mir etwas zustoßen sollte!«

Er kämpfte offenbar mit einem Gefühl tiefster Erregung, und Dick, der ihn als einen ruhigen, besonnenen Mann eingeschätzt hatte, kannte ihn nicht wieder.

Er lehnte das Essen ab, das Dicks alte Wirtschafterin auftrug, und begnügte sich mit einem Glas Whisky und Soda. Dick Martin war vernünftig genug, keine Fragen mehr an ihn zu stellen.

»Bleiben Sie doch heute nacht hier! Sie könnten Ihre Geschichte in Ruhe aufschreiben. Niemand würde Sie stören, und vor Ihren Feinden wären Sie jedenfalls geborgen.«

Der Gedanke schien auch Lew Pheeney schon gekommen zu sein, denn er sträubte sich nicht. Doch ehe Dick mit ihm die Einzelheiten besprechen konnte, wurde er ans Telefon gerufen.

»Mr. Martin dort?«

Es war eine fremde Stimme.

»Ja«, antwortete Dick.

»Hier ist Havelock. Der Kommissar hat mir von Ihnen erzählt und Ihren Besuch angekündigt, aber ich habe vergebens auf Sie gewartet. Könnten Sie noch heute abend kommen? Die Sache ist eilig!«

Angst und Dringlichkeit lagen in diesem Ton.

»Gern«, erwiderte Dick. »Wo wohnen Sie?«

»Ganz in der Nähe. Acacia Road 907, St. Johns Wood.«

»Ich bin in fünf Minuten bei Ihnen«, versprach Dick; da fiel ihm sein Gast ein.

Er konnte sein Versprechen nicht rückgängig machen, denn Havelock hatte bereits eingehängt. Es mochte aber vielleicht ganz ratsam sein, Lew Pheeney sich selbst zu überlassen. Er rief daher seine Wirtschafterin beiseite und entließ sie für die Nacht. Lew Pheeney ging willig auf seine Anordnungen ein, ja, er schien sich sogar ordentlich erleichtert zu fühlen, bei seiner Beichte ungestört zu sein.

Zufrieden machte sich Dick auf den Weg, und bereits wenige Minuten später zog er die Klingel eines imposanten Hauses, das in vornehmer Zurückgezogenheit auf eigenem Gartengrundstück in der besten Gegend von St. Johns Wood lag. Ein älterer Diener nahm ihm Hut und Stock ab und führte ihn in ein langes schmales Zimmer, das mit vornehmem Geschmack ausgestattet war.

Havelock war ein Mann in den Fünfzigern, groß und hager. Er hatte die Stirn und das Kinn eines Boxers, und seine grauen Bartkoteletten gaben ihm ein grimmiges Aussehen. Dennoch gefiel er Dick, denn die Augen hinter der Brille hatten einen angenehmen und klugen Blick.

»Mr. Martin, nicht wahr?« Er reichte ihm seine lange schmale Hand. »Setzen Sie sich, bitte. Tun Sie, als ob Sie zu Hause wären. Was darf ich Ihnen anbieten? Ich für meine Person möchte Ihnen meinen alten Port empfehlen, ein wahrhaft fürstliches Getränk, wie Sie gleich sehen werden. Walter, geben Sie Mr. Martin ein Glas!«

Havelock lehnte sich in seinem Stuhl zurück, zog die Lippen zusammen und betrachtete den jungen Mann mit einem durchbohrenden Blick.

»Also, Sie sind Detektiv?« Das klang genauso wie etwas, das er an diesem Morgen von schöneren Lippen gehört hatte, und Dick grinste verständnisvoll. »Der Kommissar hat mir erzählt, daß Sie Ihren Dienst morgen quittieren. Sie suchen eine Beschäftigung, nicht wahr, die Ihre freie Zeit ausfüllt? Nun, da kann ich Ihnen dienlich sein. Walter, Sie können gehen. Stellen Sie das Telefon ab! Ich bin für niemand zu sprechen, und sei es noch so wichtig.«

Als die Tür sich hinter dem Diener geschlossen hatte, erhob sich Havelock und durchmaß das Zimmer mit langen, erregten Schritten. Er hatte eine schnelle, schroffe Art zu sprechen, als schleudere er Anklagen gegen einen unsichtbaren Gegner.

»Ich bin Rechtsanwalt; vielleicht ist Ihnen mein Name bekannt. Ich habe allerdings mit Gerichten wenig zu tun. Meine Tätigkeit ist hauptsächlich eine beratende. Ich bin Syndikus verschiedener Verbände, und außerdem bin ich Kurator der Selfordschen Liegenschaften.« Er sagte dies mit einer gewissen Betonung und schaltete eine Pause ein. »Ich wünschte, dieser Kelch wäre an mir vorübergegangen. Der alte Lord Selford – das heißt ›alt‹ im eigentlichen Sinne des Wortes ist er nicht geworden, die Zahl seiner Laster und Sünden überwog jedenfalls die seiner Jahre –, der verstorbene Lord Selford also hat mich zum alleinigen Testamentsvollstrecker seines beweglichen und unbeweglichen Vermögens und zum Vormund seines bedauernswerten Sohnes bestellt. Er war ein sehr unliebenswürdiger, übellauniger Herr, halb wahnsinnig, wie die meisten Selfords seit vielen Generationen. Kennen Sie Selford Manor?«

Dick lächelte.

»Gestern kannte ich es noch nicht. Aber zufällig kam ich heute nachmittag an der Besitzung vorüber. Also, dort wohnt der jetzige Lord Selford?«

»Er denkt nicht daran!« warf Havelock ein, und seine Augen funkelten böse hinter den Gläsern. »Er wohnt nirgendwo. Das heißt, er wohnt nirgendwo länger als zwei oder drei Tage. Er ist der König der Nomaden. Sein Vater war in seiner Jugend ähnlich geartet. Pierce – das ist sein Familienname, von seinem Titel macht er keinen Gebrauch –, Pierce ist in den letzten zehn Jahren unaufhörlich gereist. Nach England kehrt er nur in großen Zeitabständen zurück. Ich selbst habe ihn seit vier Jahren nicht mehr gesehen. Als Selford starb, war Pierce sechs Jahre alt. Er wuchs ohne Mutter, Geschwister und überhaupt ohne nähere Verwandte auf. Auch sein Vater war das einzige Kind seiner Eltern gewesen, und so waren weder Onkel noch Tanten da, mit denen ich meine Verantwortung hätte teilen können. Der Knabe war schwächlich; er war den Anforderungen der Privatschule, in die ich ihn im Alter von acht Jahren brachte, nicht gewachsen. Endlich fand ich einen geeigneten Hauslehrer, der ihn, so gut es eben bei seiner Kränklichkeit ging, im Notwendigsten unterrichtete. Doch reichte seine Ausbildung nicht für das Universitätsstudium aus. Ich sandte ihn daher mit seinem Hauslehrer zum Abschluß seiner Ausbildung auf Reisen. Ich wünschte, ich hätte es nicht getan; denn die Wanderlust brannte sich in seine Seele und trieb ihn seit der Zeit ruhelos durch die Welt. Vor vier Jahren kam er zu mir nach London. Er war auf dem Weg nach Amerika. Er trug sich mit dem Gedanken, ein Buch über seine Erlebnisse zu schreiben, und der Reiseteufel plagte ihn toller denn je. Seitdem ist meine Sorge um ihn eher größer als geringer geworden. Ab und zu gelangen Geldforderungen an mich, und ich schicke ihm ansehnliche Summen in alle Teile der Welt. Er ist allerdings berechtigt, sie zu fordern, denn er ist seit drei Jahren volljährig.«

»Seine finanzielle Position –«, begann Dick.

»Durchaus unerschüttert«, unterbrach ihn Havelock. »Das ist es nicht, was mich beunruhigt. Es kann ihm aber sonst etwas zugestoßen sein. Er befindet sich vielleicht in schlechten Händen.«

Er zögerte und fuhr dann fort: »Ich muß unbedingt eine Verbindung mit ihm herstellen – nicht direkt, sondern durch eine dritte Person. Mit anderen Worten, ich möchte Sie bitten, Lord Selford nach Amerika zu folgen und seine Bekanntschaft zu suchen, ohne ihm zu sagen, daß Sie mich kennen oder von mir geschickt worden sind. Er reist unter dem Namen John Pierce, hält sich an jedem Ort nur vorübergehend auf, und Sie müssen sehr sorgfältig nachforschen, wohin er sich jeweils wendet, weil ich nicht versprechen kann, Sie ständig auf dem laufenden halten zu können. Allerdings dürfen Sie die Hilfe der amerikanischen Polizei nicht in Anspruch nehmen. Alles, was Sie unternehmen, muß geschehen, ohne daß er es erfährt oder dadurch belästigt wird. Wir müssen dreierlei festzustellen versuchen. Erstens: ist er eine unerwünschte Verbindung eingegangen? Zweitens: ist er noch der freie Herr seines Willens? Drittens: wird das Geld, das ich ihm schicke, zu seinem eigenen Vorteil verwandt? Er schrieb mir vor einiger Zeit, daß er eine ganze Reihe von Aktien der verschiedensten Industriekonzerne erworben habe, und einige hat er bei mir hinterlegt. Der größere Teil ist jedoch in seiner Hand, und er antwortete mir auf Nachfrage, daß er ihn bei einer südamerikanischen Bank deponiert habe. Das ist alles, was ich Ihnen zu sagen hätte. Wie gefällt Ihnen der Auftrag?«

»Es sieht so aus, als sollte ich zu einer sehr angenehmen Ferienreise kommen. Wie lange, denken Sie, wird diese Jagd dauern?«

»Ich weiß es nicht; es hängt von den jeweiligen Umständen und insbesondere von dem Ausfall Ihres Berichtes ab. – Ich verfüge über erhebliche Mittel und kann Ihnen sehr großzügig Spesen auswerfen. Außerdem erhalten Sie selbstverständlich ein angemessenes Honorar.«

Er nannte eine erstaunlich hohe Summe.

»Wann soll die Reise vor sich gehen?«

Der Rechtsanwalt nahm ein Taschenbuch zur Hand und orientierte sich im Kalender.

»Heute ist Mittwoch. Sagen wir, heute in acht Tagen. Jetzt ist Pierce in Boston, wohin er sich begeben hat, um im Interesse seines Buches die Geschichte des amerikanischen Unabhängigkeitskrieges zu studieren. Er teilte mir aber mit, daß er demnächst nach New York gehen werde, wo er im Commodore-Hotel absteigen wird.«

»Eine Frage«, sagte Dick, als er sich erhob, »haben Sie irgendeinen Grund anzunehmen, daß der junge Lord Selford eine unerwünschte Verbindung eingegangen ist – mit anderen Worten: daß er unter seinem Stand geheiratet hat?«

»Keinen anderen Grund als mein argwöhnisches Herz«, lächelte Havelock. »Wenn Sie sein Vertrauen gewonnen haben, und ich bin sicher, daß Ihnen das gelingt, so bitte ich Sie vor allem, ihm einzuschärfen, daß es seine staatsbürgerliche Pflicht ist, nach England zurückzukommen. Es ist eine Sünde und eine Schande, einen so ehrwürdigen alten Familiensitz wie Selford Manor den Ratten zu überlassen. Jedenfalls müßte er wenigstens zurückkommen, um dort begraben zu werden«, fügte er mit einem beißenden Sarkasmus hinzu, dessen besondere Bedeutung Dick erst acht Monate später klarwerden sollte. Doch davon ahnte er jetzt noch nichts.

Die Aufgabe war, um mit Dr. Staletti zu reden, ›phänomenal‹ – eine Ferienreise im großen Stil. Was Wunder, wenn Dicks leises Bedauern, Scotland Yard verlassen zu müssen, bei dieser angenehmen Aussicht hinschwand.

Ein eisiger Wind schlug ihm ins Gesicht, als er auf die Straße hinaustrat. Es mochte neun Uhr sein, die Gegend war wie ausgestorben; kein Taxi kam in Sicht, und so mußte er den Heimweg zu Fuß zurücklegen. Als er seine Wohnung aufschloß, fand er alles finster und leer. Zu seinem Erstaunen war Pheeney gegangen. Auf dem großen Eßtisch war eine Ecke des Tafeltuches umgeschlagen. Dort lagen ein paar Bogen unbeschriebenes Papier und ein Füllfederhalter. Anscheinend war Lew mit der Absicht gegangen, noch am gleichen Abend zurückzukommen. Aber Dick wartete vergebens. Es war zwei Uhr, als er schlafen ging, und noch immer harrte er auf ein Lebenszeichen seines Gastes.

Am nächsten Morgen sprach Dick in der Bibliothek vor und übergab das Buch. Seine unbekannte junge Freundin begrüßte ihn mit einem verstohlenen Lächeln.

»Guten Tag, Mr. Martin! Wirklich, Sie imponieren mir! Sherlock Holmes ist nichts dagegen! Wie haben Sie das bloß fertiggebracht?« Sie deutete auf das Buch.

»Sehr einfach«, lachte er. »Ich habe den Mann, den wir beide in Verdacht hatten, zur Rede gestellt, und er leugnete auch gar nicht. Er hatte sehr merkwürdige Vorstellungen von den Gepflogenheiten einer Bibliothek.«

Zu weiterem Bleiben fehlte ihm eigentlich jeder Vorwand. Dennoch führte er die Unterhaltung so geschickt, daß er sie, wie sie ihm ziemlich deutlich zu verstehen gab, fast eine Stunde von ihrer Arbeit abhielt.

»Ich verlasse England für ein paar Monate«, warf er im Lauf des Gespräches hin, »und noch weiß ich nicht, wo ich schließlich landen werde.«

»Eine Vergnügungsreise?« fragte sie.

»Wie man es nimmt«, meinte er lässig, »eher wohl ein Sensationsfilm à la Douglas Fairbanks.«

Sie sah ihn aufmerksam an. Plötzlich trat ein Blick des Verstehens in ihre Augen.

»Sind Sie vielleicht der Detektiv, der von Mr. Havelock beauftragt ist, meinen Verwandten zu suchen?« fragte sie schnell.

Nun war die Reihe des Erstaunens an ihm.

»Ihren Verwandten? Ist Lord Selford Ihr Verwandter?«

Sie nickte.

»Ein Vetter im zigsten Grade, eine Verwandtschaft, die man nur durchs Fernglas erkennen kann. Mutter und ich waren vorgestern abend bei Mr. Havelock eingeladen, und er erzählte uns, Lord Selfords lange Abwesenheit beunruhigte ihn jetzt so, daß er auf der Suche nach einem Detektiv sei.«

»Kennen Sie Ihren Vetter?«

Sie schüttelte den Kopf.

»Nein, aber meine Mutter hat ihn als kleinen Jungen gesehen. Sein Vater soll ein unleidlicher Mensch gewesen sein. Also Sie werden Lord Selford einfangen? Ich habe doch richtig geraten.«

Dick nickte.

»Das war die traurige Nachricht, die ich Ihnen schonend beibringen wollte«, sagte er schalkhaft.

In diesem Augenblick wurde ihr Beisammensein unterbrochen.

Die ersten Leser stellten sich ein, und Dick blieb nichts weiter übrig, als sich nach Scotland Yard zu begeben, um Captain Sneed, den er am Morgen vergebens angerufen hatte, Bericht zu erstatten. Sneed hörte Dick an, ohne ihn ein einziges Mal zu unterbrechen.

»Das klingt wie ein Märchen, und alles, was wie ein Märchen klingt, ist gewöhnlich auch eins. Warum ist Pheeney nicht geblieben, wenn ihm doch so sehr an einer Beichte lag? Und wer könnte ihn verfolgen? Haben Sie irgend etwas Verdächtiges bemerkt?«

»Nichts«, sagte Dick, »aber er zitterte wie Espenlaub, als er mich auf der Straße anrief, und seine Angst war echt.«

Sneed drückte auf eine Klingel und wartete schweigend auf den diensttuenden Wachtmeister.

»Ich habe mit Lew Pheeney zu sprechen. Schicken Sie sofort einen Beamten, der ihn sucht!«

Doch als der Wachtmeister gerade die Tür hinter sich schließen wollte, rief er ihn wieder zurück.

»Inspektor Martin kennt alle seine Schlupfwinkel. Es ist am besten, er geht selber.«

»Mein Dienst ist heute um zwölf Uhr zu Ende.«

»Um zwölf Uhr Mitternacht«, erwiderte Sneed lakonisch. »Bis dahin fließt noch viel Wasser die Themse hinab.«

Seufzend machte sich Dick auf den Weg.

Lew Pheeney wohnte seit Jahren in der Great Queen Street, aber seine Wirtin wußte nichts über seinen Verbleib. Er hatte am vorigen Nachmittag um fünf Uhr seine Wohnung verlassen und war seitdem nicht wieder zurückgekehrt. Einer seiner Schlupfwinkel war ein übler Klub, der hauptsächlich von Zuchthauskandidaten besucht wurde. Pheeney kam gewöhnlich zum Frühstück dorthin und holte seine Briefe ab. Er war aber auch dort nicht gewesen.

Ein Klubmitglied erzählte Dick, er habe in der verflossenen Nacht eine Verabredung mit Pheeney gehabt. Lew sei jedoch nicht erschienen.

Dick kehrte endlich in seine eigene Wohnung zurück, aber auch dort hatte Pheeney sich nicht mehr blicken lassen. Er ging in das Schlafzimmer und zog sein Jackett aus, um es, wie es täglich seine Gewohnheit war, mit einer bequemen Flauschjacke zu vertauschen. Diese hing in einem mächtigen alten Mahagonischrank, der fast die ganze Breite des Zimmers einnahm.

Als er die Tür öffnete, fiel ihm der Körper eines Mannes entgegen und warf ihn fast um. Er fuhr jäh zurück. Der Körper glitt von ihm ab und stürzte dumpf auf den Boden.

Dick starrte ihn an. Sein Atem setzte aus.

Es war Lew Pheeney, und er war starr und tot.

5

Die Mordkommission von Scotland Yard füllte Dick Martins Eßzimmer. Man stand flüsternd beieinander, während der Arzt den Toten im Nebenzimmer untersuchte. Nach einigen Minuten kam er herein.

»Soweit ich bei oberflächlicher Untersuchung feststellen kann, ist der Tod schon vor mehreren Stunden erfolgt, und zwar durch Einwirkung brutaler Gewalt, denn das Genick ist gebrochen.«

Dick erschauerte. Es lief ihm eiskalt über den Rücken. Er hatte in dem Zimmer geschlafen – ahnungslos, daß die polierte Tür seines Ankleideschranks ein so schauerliches Geheimnis barg.

»Haben Sie nichts gefunden, was auf einen Kampf hätte schließen lassen?« fragte Sneed.

»Nichts«, erwiderte Dick. »Ich glaube, er muß von hinten erschlagen worden sein. Aber wie der Mörder in die Wohnung eingedrungen ist, das mag Gott wissen.«

In den Abendstunden wurde der Personenaufzug in Dicks Hause von einem jungen Mädchen bedient. Sie hatte niemand hinaufgefahren, nachdem Dick das Haus verlassen hatte.

Alle Räume wurden sorgfältig durchsucht.

»Es gab nur einen Weg für den Mörder«, sagte Sneed, »die Küche!«

Von der Küche führte eine Tür auf einen winzigen Balkon, neben dem sich ein Warenaufzug befand, der unten im Hof mit einer kleinen Winde in Bewegung gesetzt wurde.

»War die Küchentür von innen verriegelt?« erkundigte sich Sneed.

Dick wußte es nicht. Er war nach seiner Rückkehr nicht mehr in der Küche gewesen. Aber seine Wirtschafterin, die leise in ihre Schürze weinte, besann sich, daß sie die Tür am Morgen offen gefunden hatte.

Dick trat auf den Balkon und blickte in den Hof hinab. Die Wohnung lag im dritten Stock, und es gehörte schon die Geschicklichkeit eines Artisten dazu, um an dem dünnen Drahtseil des Aufzugs eine solche Höhe zu erklimmen.

»Er hat Ihnen niemals angedeutet, wer es war, vor dessen Nachstellungen er sich fürchtete?« fragte Sneed, als die Mordkommission sich nach Scotland Yard zurückbegeben hatte.

Dick schüttelte den Kopf.

»Er wagte es nicht, aber auf die Wahrheit seiner Geschichte könnte ich jeden Eid leisten. Ich glaube, daß er wirklich gedingt worden war, um eine Totengruft zu öffnen, und daß der Unbekannte, von dem er den Auftrag hatte, sich schon damals mit Mordabsichten trug.«

Am nächsten Morgen suchte Dick den Anwalt in seinem Büro auf. Havelock hatte bereits den Mordbericht in den Abendzeitungen gelesen.

»Ich fürchte, wir werden Ihre Abreise hinausschieben müssen«, sagte er. »Scotland Yard wird Sie jetzt kaum hergeben.«

Am Nachmittag hielt die Mordkommission eine Konferenz ab, und es wurde beschlossen, Dick nach der Leichenschau die Abreise aus England zu gestatten. Er mußte sich nur verpflichten, mit der Behörde in ständiger Fühlung zu bleiben, damit er gegebenenfalls rechtzeitig zurückkehren konnte, um in der Hauptverhandlung als Zeuge aufzutreten.

Die Leichenschau wurde am Freitag abgehalten und die Verhandlung auf Grund von Dicks Aussagen auf unbestimmte Dauer vertagt. Im Interesse der polizeilichen Nachforschungen gelangte die unheimliche Vorgeschichte des Mordes nicht zur Kenntnis der Öffentlichkeit.

Am Sonnabend mittag um zwölf verließ Dick Martin England.

6

Alle Zeitungen beschäftigten sich mit der Ermordung Lew Pheeneys, und auch Dicks Gedanken kehrten immer wieder dahin zurück. Aber die Reise überschwemmte ihn mit neuen Eindrücken, und die Erinnerung an den Ermordeten verblaßte. Eine andere Erinnerung strahlte indessen um so heller, je weiter er sich von England entfernte. Immer sah er im Geiste zwei graue Augen, die ihn anlächelten, hörte den Klang einer leisen, nekkenden Stimme.

Er schalt sich einen Toren, daß es ihm nicht gelungen war, ihren Namen in Erfahrung zu bringen. Er hätte ihr dann doch schreiben können. Aber in den letzten Tagen vor seiner Abreise hatten sich die Ereignisse überstürzt. Es war ihm unmöglich gewesen, sie noch einmal aufzusuchen. Ein Brief ›an die hübsche Dame mit den grauen Augen in der Bellingham-Bibliothek‹ hätte sie vielleicht erreicht. Aber wußte er, ob nicht eine andere junge Dame des Instituts die gleichen Vorzüge hatte?

Da kam ihm in Chikago der rettende Einfall. Er sandte einen Brief an den Leiter der Bibliothek und bat um Aufnahme in seinen Leserkreis. Er nährte leise die Hoffnung, ihr Name werde als Unterschrift auf der Quittung stehen. Erst als er den Brief in den Kasten geworfen hatte, fiel es ihm plötzlich ein, daß ihn die Antwort wahrscheinlich nicht mehr erreichen würde. Auch von Sneed hörte er nichts mehr. Seine einzige Nachrichtenquelle waren die englischen Zeitungen. Danach hatte die Polizei den Schuldigen immer noch nicht gefaßt. Schließlich erlahmte das Interesse der Öffentlichkeit an dem Fall Pheeney, und die spaltenlangen Berichte der ersten Zeit schrumpften zu winzigen Notizen zusammen.

Dick fuhr von Buenos Aires nach Kapstadt und verfehlte den Gesuchten um wenige Tage, erhielt aber zu seiner freudigen Überraschung ein Telegramm von Havelock, das seine Rückkehr forderte. Frohen Herzens belegte er einen Platz an Bord des nächsten fälligen Dampfers.

Er war dem irrlichternden jungen Lord um die halbe Welt gefolgt, ohne seiner habhaft zu werden, und sein Jagdeifer hatte sich erheblich abgekühlt. Die Reise nach Madeira dauerte dreizehn Tage, da der Dampfer in verschiedenen Häfen Station machte. Es war für Dick die inhaltloseste und eintönigste Zeit seines Lebens. Aber als das Schiff endlich Madeira anlief, um Kohle aufzunehmen, geschah das Wunder. Kurz vor Abgang des Dampfers kam eine Barkasse längsseits, ein halbes Dutzend Passagiere stieg das Fallreep hinauf – Dick glaubte zu träumen ...

Sie war es. Kein Zweifel! Er hätte sie unter Tausenden wiedererkannt. Sie sah ihn nicht, und er machte sich ihr auch nicht bemerkbar. Jetzt, wo er sie so nahe wußte, wo sich ihm eine Gelegenheit der Annäherung bot, wie sie ihm in seinen kühnsten Träumen nicht möglich erschienen wäre, hielt ihn eine merkwürdige Scheu zurück. Erst am letzten Reisetag sprach er sie an.

Sie empfing ihn sehr kühl.

»O ja, ich wußte, daß Sie an Bord waren. Ich habe Ihren Namen in der Passagierliste gefunden«, sagte sie.

Die Erregung schlug so hohe Wellen in ihm, daß ihn selbst das belustigte Lächeln in ihren Augen nicht zu kränken vermochte.

»Warum haben Sie mich denn so geflissentlich übersehen?« wollte er wissen.

»Ich dachte, der hohe Herr reise inkognito«, erwiderte sie boshaft. »Übrigens werden wir uns in Zukunft häufiger begegnen, denn Sie sind ja jetzt im glücklichen Besitz einer Leihkarte.«

»Ja, ich glaube, ich habe eine«, räumte Dick verlegen ein.

»Ich weiß es, denn ich selbst habe die Karte ausgestellt«, entgegnete sie prompt.

»Oh, dann sind Sie also –« Er wartete darauf, daß sie ihm helfen sollte.

»Die Dame, die die Karte ausgestellt hat«, sagte sie ernst.

Da konnte er nicht mehr an sich halten. Er fragte geradeheraus: »Und wie heißen Sie, bitte?«

»Sybil Lansdown!«

»Ach ja, jetzt erinnere ich mich!«

»Sie haben meinen Namen auf der Leihkarte gelesen?«

Er nickte.

»Komisch – sie kam als unzustellbar zurück.« Sie kannte keine Gnade.

Da lachte er fröhlich und gab sich geschlagen. Der Kontakt war wiederhergestellt.

Am Abend setzten sie ihre Unterhaltung fort. Einsamkeit und Finsternis waren um sie her. Zuweilen tauchte ein Blinkfeuer auf, das seine silbernen Strahlen warnend durch die Nacht sandte.

»Werden Sie Ihre Reise fortsetzen?« fragte sie ihn.

»Nein, ich bleibe in London. Ich sehne mich förmlich danach. Ich habe in Clargate Gardens eine kleine gemütliche Wohnung. Man kann zwar, wenn man in der Mitte steht und die Arme ausstreckt, die Wände zu beiden Seiten berühren, aber meinen Ansprüchen genügt sie.«

»Da müßten Sie erst unsere Wohnung in der Coram Street sehen!«

»Welche Nummer?« fragte Dick rasch.

»Eine unter vielen«, lächelte sie. »Aber ich muß jetzt hinuntergehen. Es ist spät geworden. Gute Nacht, Mr. Martin!«

Er geleitete sie nicht zur Kajütentreppe, aber er blickte ihr nach, bis sie im Dunkel verschwunden war.

Was mochte sie nach Madeira geführt haben? Sicher gehörte sie nicht zu den Glücklichen, die jedes Jahr den Londoner Nebel mit der Sonne des Südens vertauschen. Sie kam ihm viel hübscher vor, als sie in seinen Vorstellungen gelebt hatte. Sie war von einer bleichen, fast orientalischen Schönheit. Es war wohl die Schrägstellung ihrer grauen Augen, die an den Osten denken ließ. Sie war schlank, aber nicht mager, sondern von jener geschmeidigen Fülle, die jeder Linie ihren Reiz gibt.

Am nächsten Morgen, nach der Landung, wußte es Dick so einzurichten, daß er mit ihr im gleichen Abteil nach London fuhr.

»Freuen Sie sich auf London?« fragte er sie.

Sie unterdrückte einen Seufzer.

»Ich freue mich darauf, daß ich wieder in meiner Muttersprache reden darf. Es war nicht immer leicht, sich auf portugiesisch zu verständigen!«

Er zog erstaunt die Brauen in die Höhe.

»Aber es wird doch in allen Hotels Englisch gesprochen?«

»Das wohl, aber ich habe in keinem Hotel gewohnt, sondern

in einer kleinen Pension in den Bergen, wo man nur Portugiesisch verstand. Aber auch sonst scheint meine Reise zwecklos gewesen zu sein!«

»Nun«, sagte er, »da können wir uns die Hand reichen. Es geht mir genauso.«

Sie lächelte.

»Aber ich komme nicht mit ganz leeren Händen zurück.« Sie nahm eine kleine Schachtel aus ihrer Handtasche heraus, schob den Deckel beiseite und hielt sie ihm geöffnet hin.

Er erblickte einen flachen Schlüssel von seltsamer, bisher nie gesehener Form, der an beiden Seiten gezahnt war.

»Was für ein merkwürdiger Schlüssel!« sagte er. »Und deswegen sind Sie nach Madeira gereist?«

Sie nickte.

»Aber ich hatte mir das Ergebnis meiner Reise natürlich ganz anders vorgestellt. Es ist eine seltsame Geschichte, die auch wieder mit Lord Selford zusammenhängt. Wie sieht übrigens mein Vetter aus?«

»Wie der Kaiser von China. Das heißt, ich kenne sie beide nicht. Ich habe Ihren Vetter nie zu Gesicht bekommen!«

Sie stellte rasch eine Frage nach seinen Erlebnissen, die er beantworten mußte. Dann erst erzählte sie ihm ihre Geschichte.

»Mein Vater hatte früher einmal einen portugiesischen Gärtner namens Silva in Dienst, den er später an Lord Selford empfahl. Nach dem Tode des alten Lords siedelte dieser Silva nach Madeira über. Es mag drei Monate her sein, da erhielt meine Mutter einen Brief von einem Priester, der uns mitteilte, daß Silva auf Madeira gestorben sei. Noch in der Todesstunde habe ihn das Unrecht gequält, das er uns angetan habe. Mit der flehentlichen Bitte um Vergebung seiner Sünden habe er seine Hinterlassenschaft dem Priester anvertraut und sein Versprechen verlangt, sie nur einem Mitglied unserer Familie persönlich auszuhändigen. Weder meine Mutter noch ich konnten daran denken, nach Madeira zu reisen. Dazu fehlten uns die Mittel. Aber mit der nächsten Post traf ein zweiter Brief ein, der in London aufgegeben worden war. Er enthielt hundert Pfund in Banknoten und eine Schiffskarte nach Madeira.«

»Wer war der Absender?« fragte Dick schnell.

»Er war nicht genannt. Aber ich entschloß mich zur Reise. Der alte Priester war sehr froh über mein Kommen. Es war im letzten Monat dreimal in seinem Hause eingebrochen worden, und er brachte die Einbrüche mit dem kleinen Paket in Verbindung, das er von dem Toten übernommen hatte. Natürlich erwartete ich irgend etwas Kostbares, das so viel Mühe lohnte, zumal Silva bei seinen Nachbarn als sehr reicher Mann gegolten hatte. Ich fand aber nur diesen Schlüssel. Meine Enttäuschung können Sie sich vorstellen.«

Dick drehte den Schlüssel nachdenklich hin und her.

»Silva war Gärtner bei Lord Selford, sagten Sie? Merkwürdig! Wo mag er seinen Reichtum herhaben? Hat er etwas Schriftliches hinterlassen?«

Sie schüttelte den Kopf.

»Aber passen Sie nur auf, es kommt noch merkwürdiger. Ich steckte den Schlüssel in meine Manteltasche. Den Mantel ließ ich im Zimmer hängen. Das war ein Glück für mich. Denn als ich ins Freie trat, stürzte ein Mann auf mich zu und riß mir die Handtasche fort. Als Leute auf meinen Hilferuf herbeieilten, war er schon verschwunden. Die Tasche enthielt nichts von besonderem Wert, mein Geld und meinen Paß hatte ich deponiert; aber die Einbrüche bei dem Priester kamen mir in den Sinn, und von nun an hatte ich keine rechte Ruhe mehr. Sobald ich an Bord des Schiffes war, hinterlegte ich den Schlüssel beim Zahlmeister.«

»Und man hat Sie in Frieden gelassen?«

Sie lachte leise.

»Zweimal sind meine Koffer durchwühlt worden, und einmal lagen meine sämtlichen Betten auf dem Boden. Aber man muß wohl dankbar sein, daß nichts Schlimmeres passiert ist.«

»Allerdings«, sagte Dick und zog den Atem langsam und tief ein. Er sah sich den Schlüssel noch einmal an. Dann fragte er beiläufig« »Coram Street Nummer . . .?«

Sie nannte sie ihm, und dann erst fiel ihr ein, daß sie die Nummer eigentlich vor ihm verheimlichen wollte.

Er gab ihr die geschlossene Schachtel zurück.

»Können Sie sich auf all das einen Vers machen?« fragte sie.

»Geben Sie mir die Personalakten ›Selford‹ – die laufenden, bitte!« sagte er und wartete schweigend, bis sie zurückkehrte und ihm einen blauen Aktendeckel gab. Er schlug ihn auf und reichte ihn seinem Besucher. Dick fand an der geöffneten Stelle ein Telegramm aus Kapstadt. Er las:

Havelock. London. Verbiete weitere Verfolgung durch Detektiv. Vollmacht bereits unterwegs. Eintreffe London August.
Pierce

Das Telegramm war drei Tage vor Dicks Ankunft in Kapstadt aufgegeben worden.

»Sie sehen, es blieb mir nichts anderes übrig, als Sie zurückzurufen«, sagte Havelock achselzuckend. »Haben Sie sonst irgend etwas über ihn in Erfahrung gebracht?«

Dick lachte in sich hinein.

»Dazu hielt er sich nirgends lange genug auf. Ich habe mit Hotelportiers und Oberkellnern gesprochen, aber keinem war er besonders aufgefallen. Er erreichte Kapstadt an dem Tage, als der neue englische Generalgouverneur seinen Einzug hielt.«

»Nun«, sagte Havelock nach einer Pause, »und weiter?«

»Nichts weiter«, erwiderte Dick, »es fiel mir nur eben so ein.«

Eine neue Pause entstand.

»Was vermuten Sie hinter dieser ganzen Geheimniskrämerei?« fragte Dick endlich den Anwalt.

Havelock zog die Lippen zusammen.

»Nichts Bestimmtes«, gestand er. »Im schlimmsten Fall eine Ehefrau, mit der er sich in England nicht zeigen kann.«

Dick strich sich gedankenvoll über das Kinn.

»Haben Sie Briefe von ihm?«

Havelock nickte.

»Darf ich sie sehen?«

»Bitte«, erwiderte Havelock und deutete mit einer Kopfbewegung auf den Aktendeckel, den Dick noch immer in der Hand hielt.

Dick begann darin zu blättern.

Da waren Telegramme aus allen Teilen der Welt, hingeworfene Anweisungen, lange und kurze Briefe, handgeschrieben und in die Maschine diktiert.

Er zuckte die Achseln.

»Nein«, gab er zu, »ich müßte erst das Schloß sehe dieser Schlüssel hineinpaßt.«

Der Zug lief in die Halle der Waterloo Station ein. gekränkt, als Dick nur oberflächlich von ihr Abschied nah im Gewühl der Reisenden verschwand.

Es dauerte eine ganze Weile, bis sie ihr Gepäck hatte Dienstmann besorgte ihr ein Auto. Sie hatte eben die Börs zogen, als ein Mann sie streifte, während zu gleicher Zei zweiter sie anrannte. Im doppelten Anprall verlor sie die Ha tasche. Noch bevor sie sich danach bücken konnte, hatte ein d ter sie blitzschnell aufgehoben und einem Kumpan zugeworf der hinter ihm stand. Der Dieb wandte sich zur Flucht, ab eine Hand packte ihn am Kragen und schleuderte ihn heru und als seine Hände zur Verteidigung hochflogen, fuhr ihm ein stählerne Faust unter die Kinnlade und warf ihn zu Boden.

»Warte, Bürschchen, ich werde dich lehren, lange Finger zu machen!« sagte Dick Martin.

7

Es war zehn Uhr und ein klarer Aprilmorgen, als Dick Martin in Havelocks Privatbüro trat. Der Rechtsanwalt beendete gerade ein Diktat. Er begrüßte seinen Gast mit einem Lächeln und wies ihm mit einem Kopfnicken einen Stuhl an.

Als die Stenotypistin das Zimmer verlassen hatte, erhob er sich und stopfte seine Pfeife.

»Sie haben ihn also nicht zu Gesicht bekommen?« fragte er.

»Leider nicht! Ich saß zwar dauernd auf der Bahn oder im Auto, aber er muß auf einer Lichtwelle gereist sein. Ich kam zum Beispiel am Nachmittag in Rio an, er hatte es am Morgen verlassen. In Kapstadt hatte er einen Vorsprung von drei Tagen. Vielleicht hätte ich ihn in Beira gefaßt. Da kam Ihr Telegram und rief mich nach Hause.«

Havelock nickte bedächtig. Dann drückte er auf eine Kling und seine Sekretärin erschien.

»Es ist die Korrespondenz des letzten Jahres. Der gesamte Briefwechsel füllt zwei Fächer meines Aktenschranks aus!«

»Und Sie erkennen bestimmt in jedem Brief seine Handschrift wieder?«

»Selbstverständlich – ein Zweifel dieser Art ist mir nie gekommen. Es ist ganz ausgeschlossen, daß die Briefe gefälscht sind!«

Dick reichte ihm die Mappe zurück.

»Es tur mir leid, Mr. Havelock, daß ich so wenig Erfolg hatte. Aber ich glaube, man fängt eine Schwalbe eher als diesen jungen Lord. Über einen Punkt glaube ich Sie indessen beruhigen zu können. Eine Frau steckt diesmal bestimmt nicht dahinter. Er war allein in New York und allein in San Franzisko. Er landete in Shanghai ohne weiblichen Anhang, und in ganz Indien gesellte sich niemals eine Frau zu ihm. Wenn es sich irgend möglich machen läßt, bringen Sie mich bitte im August mit ihm zusammen!«

»Gern«, lächelte Havelock grimmig, »das heißt, wenn ich ihn lange genug festhalten kann!«

Dick verabschiedete sich und schlug gedankenvoll den Heimweg ein. In seiner Tasche trug er einen Scheck über einen sehr ansehnlichen Betrag als Honorar für seine Dienste, in seinem Kopf wälzte er ein Problem, das ihm zu schaffen machte. Heimgekommen, setzte er sich an den Schreibtisch, starrte auf die Platte, als stünde dort eine mathematische Aufgabe, und zerwühlte sich das Haar mit den Fingern. Nach einer halben Stunde eifrigen Grübelns glich seine Frisur dem Schopf eines Papuanegers, aber der Lösung seines Problems war er nicht um einen Schritt näher gekommen.

Er hatte alle Koffer ausgepackt bis auf einen, und dessen Inhalt leerte er jetzt auf den Schreibtisch. Eine Flut von Papieren ergoß sich. Da waren Notizblätter, Quittungen, Hotelrechnungen, Zeitungsabschnitte, und da war auch ein Bogen Löschpapier, den er mit beiden Händen aufhob und gegen das Licht hielt. Deutlich war jetzt der Abdruck einer Adresse darauf zu erkennen: Mr. Bertram Cody, Weald House, South Weald, Sussex.

Er hatte dieses Löschblatt auf dem Schreibtisch des Privatsalons gefunden, den der rastlose junge Lord achtundvierzig Stunden vor seiner Ankunft in Buenos Aires bewohnt hatte. Nach seiner Abreise hatte der Raum unbenutzt gestanden, bis Dick ihn sich vom Geschäftsführer des Hotels zeigen ließ.

Dick schloß das Löschblatt sorgfältig ein. Dann ging er in sein Schlafzimmer und stellte sich vor den Spiegel.

»Und du willst Detektiv sein, Dick Martin?« fragte er sein Spiegelbild. »Ein Hammel bist du, mein Lieber!«

Er verbrachte den Rest des Tages mit dem Einstudieren eines Kartentricks, den er unterwegs gelernt hatte. Man mußte es beim Geben der Karten so einrichten, daß die Deckkarte von oben verschwand und die neunte im Spiel wurde. Mit einer Stoppuhr übte er den Trick, bis die Unterschiebung in einer fünfzehntel Sekunde gelang. Er erhob sich befriedigt, um sein Auto aus der Garage zu holen.

8

»Führe ihn herein«, sagte Bertram Cody.

Er war ein kleiner, glatzköpfiger Herr mit einer sanften Stimme. Umständlich schob er die goldene Brille auf die Nase und buchstabierte die Visitenkarte:

Mr. John Rendle
194, Collins Street, Melbourne.

Der Name sagte ihm nichts. Er hatte einen Rendle in vergangenen Jahren gekannt, einen sehr achtbaren Teehändler, aber die Bekanntschaft war so flüchtig gewesen, daß es sich um diesen Herrn kaum handeln konnte.

Er blätterte in einem kleinen Notizbuch, als der Besuch gemeldet wurde. Das Buch war in rotes Saffianleder gebunden und enthielt außer dem Notizpapier ein Fach für Briefmarken und ein zweites größeres für Banknoten. Als der Fremde über die Schwelle schritt, schob er das Buch unter einen Haufen Papiere.

»Mr. Rendle«, meldete die rauhe Stimme einer Frau, und aus

dem Dunkel des in tiefe Schatten getauchten Raumes trat ein hochgewachsener junger Mann, der nicht die geringste Ähnlichkeit mit dem Teehändler hatte.

»Nehmen Sie bitte Platz«, sagte Bertram Cody freundlich. »Und entschuldigen Sie das Halbdunkel, in dem ich lebe. Jedes hellere Licht tut meinen Augen weh. Diese Tischlampe, die ich sogar noch verhängt habe, erfüllt ihren Zweck in angemessener Weise, wenn sie auch meinen Besuchern zuweilen nicht genügt.

John Rendle tastete nach einem Stuhl und ließ sich vorsichtig nieder.

»Es tut mir leid, daß ich Sie zu so später Stunde stören muß, aber ich bin erst gestern aus Australien gekommen, und ich muß morgen schon wieder fort.«

»Und Sie wünschen?«

»Bitte, lassen Sie mich der Reihe nach erklären. Ich bin nämlich der Besitzer einer kleinen Farm in der Nähe von Ten Mile Station.« Er hielt inne und fuhr dann langsam fort: »Sie sind mein nächster Nachbar!«

Cody nickte. Sein ganzes Kapital war in überseeischen Besitzungen angelegt.

»Ich habe Grund zu der Annahme, daß eine Goldader durch unsere Ländereien geht«, fuhr Rendle fort. »Die Entdeckung gelang mir vor etwa einem Jahr. Ich wollte damit jedoch nicht an die Öffentlichkeit treten, bevor ich nicht ganz sicher war.«

Er erging sich nun in metallurgischen Betrachtungen, zu denen Cody von Zeit zu Zeit mit dem Kopf nickte. Schließlich setzte er seine Erläuterungen an Hand einer Karte fort, die er auf dem Schreibtisch entfaltete.

Als er seinen Vortrag beendet hatte, sagte Cody:

»Der Goldfund war mir bereits bekannt, Mr. ... äh ... hm ... Rendle, so daß Ihre Befürchtung, mein Agent könnte sie mir verschwiegen haben, nicht zutrifft. Gold ist allerdings vorhanden, aber nicht in solchen Mengen, daß sich die Ausbeute lohnte. Die Sache wurde zuerst von der Presse aufgebauscht. Sie haben das wohl nicht gelesen? Sie schwammen da noch ... hm ... auf dem Ozean? Aber trotzdem bin ich Ihnen dankbar. Ihre Liebenswürdigkeit und Uneigennützigkeit beschämt mich!«

»Sie haben Ihre Besitzung von Lord Selford gekauft«, warf der Besucher hin, die Schmeichelei überhörend.

Bertram Cody zuckte unwillkürlich mit den Wimpern, als blendete ihn ein Licht.

»Nicht von ihm direkt, sondern von seinen ... hm ... Agenten, einer hiesigen Anwaltsfirma. Der Name ist mir entfallen. Seine Lordschaft ist ständig auf Reisen. Sehr schwer zu fassen! Schlüpfrig wie ein Aal!« Er machte eine Bewegung mit den Händen, als griffe er nach einem Phantom. »Dieser junge Mann ist ein Romantiker des Schienenstrangs, der Schiffsschraube. Seine Agenten hören von ihm aus Afrika. Der nächste Brief ist in den ... hm ... Pampas geschrieben. Sie schicken ihm Geld nach China, an den Südpol, Gott weiß, wohin. Er führt ein abwechslungsreiches Leben, aber entschieden entnervend für seine Verwandten – wenn er welche hat. Ich weiß es nicht sicher.«

Er schüttelte traurig den Kopf. Dann fuhr er auf, als würde er sich jetzt erst bewußt, daß seine sorgenvollen Betrachtungen einen Zuhörer hatten, und im selben Augenblick reichte er seinem Gast verabschiedend die Hände.

»Ich danke Ihnen für Ihr Kommen«, hauchte er, und Mr. Rendle fand seine eigene Hand plötzlich von zwei sanften warmen Handflächen umschlossen. »Das Leben scheint einem gleich lichter, wenn man solche Selbstlosigkeit spürt.«

»Stehen Sie selbst mit ihm in Verbindung?« fragte der Besucher, dessen Gedanken offenbar noch immer bei dem seltsamen jungen Lord weilten.

»Mit wem ... äh, Sie meinen mit Lord Selford? Wie käme ich dazu? Er hat wahrscheinlich gar keine Ahnung von meiner Existenz!«

Er faßte seinen Gast am Arm und schritt mit ihm zur Tür.

»Haben Sie ein Auto? Ja? Das ist ja famos! Es sieht draußen nach Regen aus, und es ist spät. Halb elf, nicht wahr? Kommen Sie gut nach Hause!«

Er stand auf der überdachten Terrasse und blickte dem Auto nach, bis das Schlußlicht hinter einer Gruppe von Rhododendronbüschen verschwunden war. Dann kehrte er in die Halle zurück.

Die Frau im schwarzen Seidenkleid, von der Rendle geglaubt hatte, sie sei Codys Haushälterin, kam ihrem Gatten entgegen. In ihren groben Zügen lag gefühllose Härte. Zusammen gingen sie ins Zimmer hinein.

»Wer war das?« fragte sie. Ihre keifende Stimme hatte einen verdrießlichen Ton.

Bertram Cody nahm wieder an seinem Schreibtisch Platz und lächelte beglückt, als er in die Kissen des üppig gepolsterten Sessels sank.

»Wer das war? Dick Martin – ein Detektiv!«

Mrs. Cody erbleichte.

»Detektiv! Und das sagst du so seelenruhig, Bertie? Was wollte er von uns?« Ihre brillantgeschmückte Hand, mit der sie sich an den Hals faßte, zitterte.

»Schnüffeln wollte er«, entgegnete Cody. »Er ist verteufelt gescheit. Aber es nutzte ihm alles nichts. Ich erkannte ihn. Ich besitze mindestens drei Fotografien von ihm. Was mag ihn hergeführt haben? Ich wundere mich – wirklich, ich wundere mich!«

Er schob seine Hand unter die Papiere und suchte nach dem kleinen Notizbuch, das er vorhin dort verborgen hatte. Plötzlich wurde sein Gesicht kreidebleich.

»Es ist fort!« schrie er. »Das Buch ist fort! Und der Schlüssel! Großer Gott – der Schlüssel!«

Er taumelte wie ein Betrunkener auf die Füße; Entsetzen lag in seinem Blick.

»Es muß geschehen sein, als er mir die Landkarte zeigte«, stammelte er, heiser vor Erregung. »Ich hatte ganz vergessen, daß er es mit jedem Dieb an Geschicklichkeit aufnimmt. Teufel nochmal! Mach doch die Tür zu! Ich muß telefonieren!«

9

Obgleich Dick den Scheibenwischer eingeschaltet hatte, blinkte die Scheibe vor Nässe, und er mußte das Seitenfenster herabdrehen, um etwas zu sehen. Der Regen strömte unaufhaltsam herab, und bald war sein Gummimantel schwarz und glänzend vor Nässe. Sein Scheinwerfer kämpfte gegen die Finsternis, und in seinem Lichtkegel rannen die Tropfen in Milliarden schimmernder Streifen nieder.

›Coram Street 107‹, raunte ihm sein Unterbewußtsein zu. Im nächsten Augenblick stieg das Bild des Mädchens in seinen Gedanken auf. Wie kam er auf Sybil Lansdown? Er hatte doch eben noch an Bertram Cody gedacht! Gewöhnt, jedem, auch dem unscheinbarsten Gedankengang nachzuforschen, grübelte er vor sich hin, und da fühlte er plötzlich in seiner linken, in der Tasche vergrabenen Hand ein kleines Notizbuch. Ein harter Gegenstand darin, der sich deutlich durch das weiche Leder abhob, hatte in seiner Vorstellung das Notizbuch mit Sybil Lansdown verkettet.

Er bremste seinen Wagen so jäh, daß er ins Schleudern kam. Einen Augenblick war er in Gefahr, in den Straßengraben zu rutschen, doch mit eisernen Nerven brachte er ihn wieder ins Gleichgewicht. Dann schaltete er das elektrische Licht ein, um seinen »Fund« zu betrachten. Noch ehe er die schmale Lederzunge aus der Öse des Geldtäschchens gezogen hatte, wußte er, was er finden würde, und er hatte sich auch nicht getäuscht. Aber als der Schlüssel in seiner Hand lag, staunte er über seine Größe und Form. Er war eine fast genaue Wiedergabe des Schlüssels, den Sybil Lansdown ihm in der Bahn gezeigt hatte und der jetzt sicher in seinem Banksafe lag.

Dick stieß einen leisen Pfiff aus, ließ das Notizbuch in seine Tasche gleiten und verbarg den Schlüssel unter der Gummimatte zu seinen Füßen. Die unternehmungslustigen Herren, die keine Ausgabe gescheut hatten, Sybils Schlüssel in ihren Besitz zu bringen, würden sich ja auch kein Gewissen daraus machen, sein Auto abzufangen – und dann war seine Person kein sicheres Versteck mehr.

Dicks Respekt vor dieser geheimnisvollen Schlüssel-Brüderschaft war im Wachsen begriffen, und er sah Abenteuer voraus, die seine Jagd rund um die Erde an Spannung weit in den Schatten stellen würden. Er drehte das Licht wieder aus und fuhr weiter. Während sein Fuß auf das Gaspedal trat und der Zeiger des Geschwindigkeitsmessers rasch von 50 auf 80 und 100 stieg, dachte er über seine unheimliche Entdeckung nach.

Cody hatte jede Verbindung mit Lord Selford geleugnet. Da stimmte schon etwas nicht! Und was hatte es mit diesem Schlüssel für eine Bewandtnis? Er mußte für Cody von ganz besonderer Bedeutung sein, denn er hatte gesehen, wie er bei seinem Eintritt das Notizbuch eilig und wie ertappt versteckte. Aus Neugierde, aus angeborener Teufelei hatte er die erste Gelegenheit ergriffen, es an sich zu bringen. Jetzt hatte er also schon zwei dieser seltsamen Schlüssel, und immer dringender wurde die Frage nach den Schlössern, zu denen sie gehörten, und nach dem, was hinter diesen Schlössern lag.

Er hupte. Ein ungewöhnlich großer Lastwagen, unter dem die ganze Straße wankte und bebte, hätte ihn beinahe in den Chausseegraben gedrückt. Nein, er durfte seinen Gedanken nicht mehr nachhängen! Seine ganze Aufmerksamkeit gehörte jetzt der Straße, die an dieser Stelle so schmal war, daß sie ein Ausbiegen nur mit größter Vorsicht gestattete.

Es war gut, daß er diesen Entschluß gefaßt hatte; denn im gleichen Augenblick tauchten dicht vor ihm aus der undurchsichtigen, regengepeitschten Nacht drei rote Lampen auf, die in regelmäßigem Abstand über die Straße verteilt waren. Das konnte nur bedeuten, daß die Straße aufgerissen und daher in ihrer ganzen Breite für den Verkehr gesperrt war. Er war aber am Nachmittag hier entlanggekommen und konnte sich an keine Straßenarbeiten erinnern; außerdem mußte der Lastwagen hier eben erst vorbeigekommen sein.

Er steckte den Kopf zum Fenster hinaus und erblickte im Licht des Scheinwerfers dicht neben der Straße eine zerfallene Mauer, die wilder Efeu dicht umrankte. An einer Stelle zeigte die Mauer eine Lücke. Hier war offenbar eine Pforte eingebaut. Dicks Blick wanderte zu den drei Lampen zurück. Er griff in die Hüfttasche und zog seinen Revolver. Dann blendete er seinen Scheinwerfer ab und stieg aus, nach allen Seiten lauschend.

Außer dem gleichmäßigen Geplätscher des Regens und dem hohlen Fauchen des Windes war kein Laut vernehmbar. Sich vorsichtig in der Mitte der Straße haltend, legte er die paar Schritte bis zu den Lampen ungefährdet zurück. Er hob die mittlere auf und betrachtete sie eingehend. Sie war alt und verrostet, die rote Farbe war ungleichmäßig auf dem Glas verteilt. Die zweite Lampe war von anderer Konstruktion, aber auch ihr Glas war erst nachträglich bemalt worden; nicht anders sah die dritte Lampe aus.

Dick stieß die mittlere Lampe, die seine Fahrt am meisten behinderte, mit dem Fuß in den Graben, daß sie in tausend Scherben zersplitterte. Dann ging er rasch zu seinem Auto zurück, schlug die Tür zu und setzte den Fuß auf den Starter. Der Anlasser sprang an, doch der Motor rührte sich nicht. Der Wagen war warm; also konnte es an der Temperatur nicht liegen, und der Motor hatte auch noch niemals ohne Grund versagt. Dick stieg wieder aus und umschritt den Wagen. Dann erst sah er nach der Benzinuhr, und die verriet ihm die Ursache des Versagens: der Zeiger stand auf ›leer‹!

»So, so«, sagte Dick und starrte verblüfft auf die Uhr. Er hatte in London ausreichend getankt. Das Benzin konnte noch nicht verbraucht sein. Aber als er auf den Tank klopfte, gab es einen hohlen Klang.

Ein heftiger Windstoß benahm Dick fast den Atem. Die ganze Luft roch plötzlich nach Benzin. Er knipste seine Taschenlampe an und leuchtete die Straße ab. Ringsumher leuchtete die Straße in opalenem Schein. Jetzt wurde ihm klar: jemand hatte das Benzin auslaufen lassen, während er vorn die Lampen untersuchte!

Er wunderte sich, daß er das Geräusch nicht gehört hatte. Wie dem auch sein mochte, er führte keinen Reservevorrat an Benzin mit und lag hilflos auf dieser öden Straße, wenn ihm nicht irgendein Anwohner aushalf.

Er leuchtete mit der Taschenlampe den Torweg ab. Die verwitterte Tür hielt sich schon lange nicht mehr in ihren Angeln und lehnte wie ein Betrunkener gegen einen Lorbeerbusch. Bisher hatte Dick sich nicht zurechtgefunden. Jetzt aber erkannte er deutlich, wo er war: die Mauer schloß das Gartengrundstück des »Galgenhofs« zur Straße hin ab.

Er ließ den Scheinwerfer brennen und schritt die Allee hinauf. Zu beiden Seiten hemmte undurchdringliches Gestrüpp den Blick in den Garten. Darüber wölbten sich die Wipfel der Pappeln zu einem grünen Zelt.

Plötzlich wurde das Licht seiner Taschenlampe von einem Loch aufgesogen, das eine Tiefe von annähernd sechs Fuß und die Länge eines menschlichen Körpers hatte. »Mein Gott, das sieht wie ein frisch geschaufeltes Grab aus!« dachte er schaudernd. Er beschleunigte seine Schritte, bis er den schmucklosen, würfelförmigen Bau des Wohnhauses vor sich hatte. Er beleuchtete die kahlen Mauern und sah erst jetzt, wie verwittert sie waren. Überall war der Putz abgefallen, und die nackte Ziegelmauer schaute wie rohes Fleisch aus den Wunden. Das Haus lag wie in Todesschlaf versunken da; kein Hund bellte, und hinter den Fensterscheiben brütete eine tiefere Nacht als draußen.

Dick wartete eine Sekunde, bevor er die Stufen zur Haustür hinaufstieg. Nachdem er den Klopfer in Bewegung gesetzt hatte, rollte ein hohles Echo durchs Haus. War es leer? War der unheimliche Bewohner ausgeflogen? Er klopfte noch einmal und wartete wieder, und plötzlich vernahm er knarrende Schritte in der Halle, das Krächzen eines verrosteten Schlüssels, das Klirren einer zurückgeschobenen Kette. Die Tür öffnete sich zu einem schmalen Spalt, und darin erschien, von Dicks Lampe erbarmungslos ins Licht gezerrt, das gelbliche Gesicht und der schwarze Bart Doktor Stalettis.

Obwohl Dick ihn bereits einmal gesehen hatte, wirkte er in dieser Beleuchtung so abstoßend und grauenerregend, daß er vor Schreck beinahe seine Lampe fallen gelassen hätte.

»Wer ist da? Was wünschen Sie?« fragte die mürrische Stimme des Alten. »Benzin? So – es ist Ihnen ausgeflossen? Scheint ja ein nettes Auto zu sein! Ja, ich kann Ihnen Benzin geben; natürlich nur gegen Bezahlung. Verschenken kann man nichts in diesen schlechten Zeiten.«

Er gab kein Zeichen des Erkennens, auch dann nicht, als er die Tür weit öffnete und Dick in den Flur eintreten ließ. Er trug einen schwarzen, in der Mitte gegürteten Overall, der über und über befleckt war. Seine Füße steckten in abgetragenen schwarzen Schaftstiefeln, die bei jedem Schritt knarrten. Er hatte keinen Kragen um und sich augenscheinlich seit Dicks letztem Besuch vor Monaten noch nicht wieder gewaschen. Seine großen, kräftigen Hände starrten vor Schmutz, und die Nägel waren schon fast zu Krallen gewachsen. Vom Flur aus konnte Dick in die Halle sehen, die mit ihrer kostbaren Ausstattung in merkwürdigem Gegensatz zu ihrem Besitzer und zu der verwitterten Fassade des Hauses stand. Ein dicker Teppich bedeckte den Boden, die Vorhänge waren aus schwerem Samt, die vergoldeten Stühle und Sessel mit französischem Damast bezogen. Ein silberner Leuchter hing von der Decke herab und spendete aus einem Dutzend elektrischer Kerzen ein blendendes Licht. Als Dick auf den Teppich trat, wirbelte in dichten Wolken Staub auf.

»Warten Sie hier. Ich hole das Benzin; vier Liter für einen Schilling und zehn Pence.«

Dick wartete, bis die Schritte Stalettis verhallt waren, dann unterzog er den Raum einer sorgfältigen Prüfung, aber er fand nichts, was irgendwelche Schlüsse auf Charakter und Beschäftigung dieses unheimlichen Mannes gestattet hätte.

Plötzlich hörte er das Klappern von zwei Benzinkanistern. Staletti kehrte zurück. Er setzte die Kanister nieder und wischte sich den Staub von den Händen.

»Sechzehn Liter von der besten Qualität.«

Dick streifte Staletti mit einem mißtrauischen Blick. Sollte er ihn noch immer nicht erkannt haben?

Als hätte er des andern Argwohn erraten, räusperte sich Staletti, und, Dick schärfer ins Auge fassend, fragte er:

»Ich dächte doch, wir hätten uns schon gesehen? Nicht wahr, Sie sind der Detektiv, der mir die ›Generelle Morphologie‹ entführt hat? Ich bin Professor Staletti!«

»Ganz recht, Herr Professor, ich bin der Detektiv«, sagte Dick. Eine innere Stimme rief ihm unaufhörlich Warnungssignale zu, und er wandte keinen Blick von dem bärtigen Mann.

»Sie haben meinen Namen gewiß schon früher gehört? Ja, ja – ich genieße einen guten Ruf in gelehrten Kreisen«, prahlte Staletti. »Aber nun zahlen Sie, bitte. Ich bin zum Umsinken müde!«

Dick Martin gab ihm zehn Schilling.

»Behalten Sie den Rest für Ihre Mühe«, sagte er großmütig.

Zu seinem Erstaunen steckte Staletti die Banknote tatsächlich mit einem vergnügten Schmunzeln ein. Er war augenscheinlich nicht zu stolz, aus dieser kleinen Gefälligkeit Nutzen zu ziehen.

Doktor Staletti ging dann zur Haustür, die sich kreischend in ihren Angeln drehte. Er öffnete den Mund, wie um noch etwas zu sagen, besann sich dann aber und knallte die Tür hinter seinem Besucher zu.

Doch noch ehe das Echo der ins Schloß fallenden Tür verhallt war, erhob sich im Innern des Hauses, hinter den erblindeten Scheiben, ein gräßlicher Schrei – ein Schrei so voll Angst und Todesqual, daß dem Detektiv das Blut in den Adern stockte. Der Schrei stieg mehr und mehr an, doch plötzlich riß er ab und verebbte in herzzerreißendem Schluchzen.

Der Schweiß brach Dick aus allen Poren. Seine Hände ballten sich. Eine Sekunde lang war er entschlossen, sich den Eingang in das Haus zu erzwingen und eine Erklärung zu fordern. Doch dann sah er die Aussichtslosigkeit eines solchen Vorgehens ein. Er bückte sich, nahm in jede Hand einen Benzinkanister und eilte die Allee hinab.

Er befand sich gerade in der Nähe der seltsamen Erdöffnung, als er eine leise Bewegung hinter seinem Rücken spürte, ein Rascheln von Zweigen, ein Zerbröckeln von Erdklumpen. Das Geräusch war so fein, daß es sich fast im Plätschern des Regens verlor, und als Dick sich umwandte, sah er nur die schwarze Mauer in der regendurchströmten Nacht. Doch da schlug plötzlich rechts von ihm ein Zweig in den Büschen zurück. Im Nu erkannte er die unmittelbare Gefahr. Er warf die Kanister hin, seine Hand zuckte nach dem Revolver. Doch ehe er die Waffe zu ziehen vermochte, fühlte er sich plötzlich von etwas Nacktem, Haarlosem, Tierischem umschlungen.

Riesige Arme mit Muskeln wie Taue versuchten, ihm die

Schultern auszurenken, eine unmenschlich große, breite, schwielige Hand tastete nach seinem Gesicht. Dick trommelte mit den Fäusten auf die nackte Brust, deren eiserner Muskelpanzer all seinen Anstrengungen zu spotten schien. Da besann er sich auf sein Jiu-Jitsu, griff mit beiden Händen nach dem nackten Arm, dessen Hand sein Gesicht umkrallte, und mit jäher Bewegung drehte er ihn herum und schleuderte seinen Angreifer zu Boden. Ein mächtiger Körper stürzte mit dumpfem Laut – dann ein Aufstöhnen, ein gespenstisch schluchzender, kindischer Laut des Jammers, der nichts Menschliches hatte, danach war alles still.

Dick hatte mit der einen Hand den Revolver herausgerissen, in der andern hielt er die Taschenlampe. Sein Finger drückte auf den Knopf. Weißes Licht flammte auf und zuckte über den Boden. Niemand war da. Er beschrieb mit der Lampe einen blendenden Halbkreis, der die ganze Umgebung des Kampfplatzes erhellte. Sein Angreifer war spurlos verschwunden. Großer Gott, war es ihm vielleicht geglückt, ihm in den Rücken zu gelangen? Dick fuhr herum und sandte den Lichtstrahl in die Richtung des Hauses. Da sah er eine mächtige Gestalt, nackt bis auf ein Hüfttuch, mit hängenden Armen in den Büschen verschwinden.

Dick Martin stand einen Augenblick wie gelähmt. Dann griff er nach seinen Kanistern und lief keuchend, in langen Sprüngen, bis er die Landstraße erreicht hatte. Er füllte den leeren Tank, und mit einem tiefen Aufatmen setzte er den Wagen in Bewegung.

Auf der ganzen Fahrt nach London sah er ständig das dunkle Grab unter der Hecke vor sich, das, wie er jetzt wußte, von Doktor Staletti dazu bestimmt worden war, seinen Körper aufzunehmen und das Geheimnis seines Todes für immer der Mitwelt zu entziehen.

Es war eine dunkle und windige Nacht, und da Bertram Cody kein guter Fußgänger und überdies eine furchtsame Natur war, weckte er seinen Chauffeur, um die sechs Meilen, die ihn vom ›Galgenhof‹ trennten, im Auto zurückzulegen. Tommy Cawler machte eine sehr saure Miene, aber er mußte dem Wunsch seines Herrn willfahren. Etwa hundert Meter vor der Einfahrt zu Stalettis Besitzung ließ Cody den Wagen halten.

»Lösch alle Lichter aus und beweg dich nicht von der Stelle, bis ich wieder da bin!« schärfte er Tommy ein.

Es war kurz vor ein Uhr und stockfinstere Nacht. Cody tastete sich an der Mauer entlang, bis er die Pforte erreicht hatte, dann bog er vorsichtig und zaghaft in die Allee ein, mit den Händen nach dem Weg tastend. Einmal hing sein Fuß über einem unheimlichen Loch, aber sein Instinkt warnte ihn rechtzeitig. Er riß sich zurück und spürte dann vorsichtig der Öffnung nach. Es war ein Grab, das unter der Hecke ausgeschaufelt war! Die Zähne schlugen ihm bei dieser Entdeckung wie im Frost zusammen.

Er atmete auf, als er das Haus erreicht hatte. Er klopfte jedoch nicht an die Tür, sondern ging um das Haus herum und pochte dreimal an ein dunkles Fenster. Dann kehrte er wieder zum Eingang zurück. Er fand die Tür offen und Staletti wartend auf der Schwelle.

»Ah, Sie sind es! Sie kommen reichlich spät, mein Bester. Und damit Sie es gleich wissen – das Schicksal war gegen uns!«

»Er ist entkommen?« fragte Cody, und seine Stimme flakkerte vor Furcht.

Doktor Staletti zuckte die Achseln und strich sich bedächtig den langen Bart.

»Kismet!« sagte er gleichmütig. »Wäre es nach meinen Wünschen gegangen, so läge er jetzt in einem tiefen, kühlen Bett, aus dem er nicht mehr aufgestanden wäre. Sofort nach Ihrem Anruf habe ich die Lampen auf die Straße gestellt und eigenhändig seinen Benzintank geleert. Dann eilte ich ins Haus zurück und empfing ihn dort, als er kam. Es war phänomenal! Aber die

Kette hatte ein schwaches Glied, und so konnte er sie zerbrechen!«

Codys Blicke schweiften unruhig durch die Halle. Kleine Schweißtropfen der Angst standen auf seiner Stirn.

»Was wird jetzt geschehen?« fragte er flüsternd.

Staletti blickte verächtlich.

»Per Dio, was soll geschehen? Ganz Scotland Yard wird sich einstellen und eine Haussuchung abhalten. Was wird sie finden? Ratten, die einen gesetzlichen Tod in Ehren gestorben sind!«

»Haben Sie –?« stammelte Cody, mit den Blicken die Frage beendend.

»Ja, ich habe ihm jemand auf die Fährte gesetzt, aber der Jemand hat sich benommen wie ein Idiot. Man kann eben die Muskeln nur auf Kosten der Gehirnsubstanz entwickeln. Aber was stehen wir hier draußen? Wollen Sie nicht eintreten?«

Er führte Cody in sein Arbeitszimmer. Der Schreibtisch war zum Teil mit schmierigen Spielkarten bedeckt. Staletti hatte gerade eine Patience gelegt, als das Pochen ihn aufschreckte.

»Und nun sagen Sie mir bitte, wer ist dieser hoffnungsvolle junge Mann, den Sie so sehr zu fürchten scheinen? Er war übrigens schon einmal hier. Er kam eines Buches wegen, das ich mir aus der Bibliothek geliehen hatte. Es war an dem Tag, an dem mich Ihr Chauffeur zum erstenmal aufsuchte.«

Cody nickte. Sein Gesicht war bleich und abgespannt, die Lippen trocken und aufgesprungen. Er befeuchtete sie von Zeit zu Zeit mit der Zunge.

»Er ist der Detektiv, den Havelock rund um die Welt geschickt hat, um Selford zu suchen«, erwiderte er leise, und Stalettis Augenbrauen zuckten sofort in die Höhe.

»Nein, sagen Sie mal – das ist ja phänomenal! Havelocks Detektiv?«

Er ließ ein krächzendes Lachen ertönen, das, als es leiser wurde, dem Knistern von Pergament glich.

»Ein ausgezeichneter Witz! Das Leben ist doch der beste Spaßmacher! Erlauben Sie, daß ich noch einmal lache!«

Cody rückte unruhig auf seinem Stuhl hin und her. Stalettis Heiterkeit war fürchterlicher als sein Zorn.

»Dieser Havelock! Dieser Havelock!« krächzte Staletti. »Was für ein gerader, schlichter, ehrenwerter Mann! Aber sagen Sie – fand unser Freund, der Detektiv, Seine Lordschaft? Nein? Wie schade! Er hätte sich Siebenmeilenstiefel anziehen müssen!«

Er warf sich auf einen Stuhl und trommelte mit seinen schmutzigen Fingern ein neapolitanisches Lied auf dem Tisch.

»Ich sehe es Ihnen an, Sie haben noch etwas auf dem Herzen«, sagte er plötzlich und faßte Bertram Cody scharf ins Auge.

»Ich brauche Geld«, gestand Cody verdrießlich.

Staletti sah Cody einen Augenblick an, dann bückte er sich wortlos, schloß eine Schublade des Schreibtischs auf, entnahm ihr eine zerbeulte Kassette, öffnete sie und legte ein dickes Notenbündel vor Cody hin.

»Da sich unsere Zahl jetzt verringert hat, konnte Ihr Anteil erhöht werden«, sagte er. »Sollte ich das Zeitliche segnen, so wird auch das Ihr Gewinn sein. Hingegen, wenn Sie ... doch warum über so gräßliche Dinge sprechen!« klagte er und strich sich mit zitternder Hand über die Glatze. »Freuen wir uns, daß wir leben und gesund sind! Wir haben uns schon viel zu weit von unseren ursprünglichen Plänen entfernt. Denken Sie an das Bibelwort: Wer Menschenblut vergießt ...«

»Habe ich Menschenblut vergossen?«

Stalettis Lippen verzogen sich höhnisch.

»Es war einmal ein Mann namens Lew Pheeney«, sagte er, jedes Wort abwägend. »Er starb allerdings eines gewaltsamen Todes, aber da man den Mörder nicht gefaßt hat, muß er sich wohl selber umgebracht haben.«

Er kicherte.

»Ich liebe die Herrschaften nicht, die ihr Herz der hohen Obrigkeit ausschütten. Das verdirbt das Geschäft; denn die Polizisten sind Leute ohne Phantasie und höhere biologische Bildung. Sie wissen nichts davon, um wie vieles wertvoller ein Spinngewebe ist als die kleine Fliege, die darin zappelt! Sie wissen nicht –«

Er hielt plötzlich inne und legte den Finger warnend auf den Mund. Cody war das leise Quietschen der Fensterläden entgangen, aber Stalettis feines Gehör hatte es zweimal vernommen.

»Es ist jemand draußen«, flüsterte er.

»Giaco?« hauchte Cody in banger Frage.

»Nein, Giaco ist es nicht. Bleiben Sie, ich werde nachsehen!« Auf Zehenspitzen verließ er das Zimmer. Cody hörte noch das leise Knarren der sich öffnenden Tür. Dann nichts mehr. Nur der Wind seufzte in langen Stößen an den Ecken des Hauses.

Dann kehrte Staletti zurück. Er blinzelte, als müßte er seine Augen erst wieder an das helle Licht gewöhnen, aber Cody hatte ihn schon einmal so gesehen und wußte, daß Staletti in einer ungewöhnlichen Erregung war.

Er legte einen Gegenstand auf den Tisch, der wie die Hörmuschel eines Telefons aussah. Unten hing eine Gummistrippe.

»Es hat jemand am Fenster gelauscht, mein Bester, und ich glaube zu ahnen, wer . . . Sie sind im Auto gekommen? Wenn ja, so wissen Sie, daß es gegen die Verabredung war.«

»Ich kam zu Fuß«, log Bertram Cody.

»Sie haben einen ausgezeichneten Chauffeur, aber er ist zu neugierig.«

»Ich sage Ihnen doch, ich kam zu Fuß – und allein!«

»Er kann Ihnen heimlich gefolgt sein!« Er zog eine zerknüllte Mütze aus der Tasche. »Haben Sie diese Mütze schon mal gesehen?«

Cody schüttelte den Kopf.

»Er hatte sie abgenommen, um die Muschel ans Ohr zu legen. Ich konnte das Mikrophon leider nicht finden, aber ich glaube bestimmt, daß er alles gehört hat, was hier besprochen wurde.«

»Aber es kann nicht Cawler gewesen sein«, beharrte Cody. »Warum sollte er spionieren? Er ist der Neffe meiner Frau!«

»Und liebt sie wie seine leibliche Mutter«, höhnte Staletti. Er zog das Mützenfutter nach außen und las darauf den Namen des Fabrikanten. »Ein Spion in Ihrem Haus – das könnte für uns sehr peinlich enden!«

»Ausgeschlossen! Er weiß doch genau, wo sein Vorteil liegt!«

»Man sollte trotzdem ein wachsames Auge auf ihn haben! Was war er denn früher? Ein Autodieb, dessen Bild in jedem Verbrecheralbum prangt! Jeder Kriminalbeamte kennt ihn. Als unser gemeinsamer Freund – wie heißt er doch gleich . . . Martini – nein, Martin mich das erste Mal heimsuchte, erkannte er Cawler gleich wieder, und ich war sofort kompromittiert.«

»Das mag schon sein«, gab Cody zögernd zu, »aber er ist selbst zu sehr in die Sache verwickelt, um den Angeber spielen zu können.«

Und er beugte sich über den Tisch und flüsterte lange und eingehend. In Stalettis Augen wuchs das Interesse. Mehrmals schlug er, heimlich belustigt, mit der flachen Hand auf den Tisch.

»Schade«, sagte er endlich, »daß Giaco vorhin nicht im Garten war. Dann wären jetzt alle Zweifel behoben!«

Er begleitete Cody zur Tür.

Cody fand sein Auto auf der gleichen Stelle wieder. Der Chauffeur döste auf seinem Sitz. Er rieb sich die Augen, als Cody ihn am Arm rüttelte.

»Tommy«, fragte Cody, und seine Stimme war merkwürdig heiser, »du hast doch getan, was ich dir gesagt habe? Du bist mir doch nicht etwa heimlich gefolgt?«

»Bei dem Hundewetter? Ich bin doch nicht ganz von allen guten Geistern verlassen!«

Er startete und schaltete die Scheinwerfer ein. Der Motor begann zu surren. Der Wagen vibrierte leicht. Cody stand und starrte seinen Chauffeur an. Er trug keine Kopfbedeckung.

Cody bebte vor Zorn.

»Cawler, wo hast du deine Mütze gelassen?«

»Der Wind hat sie fortgeweht«, erwiderte Tommy gelassen und ohne eine Spur von Verlegenheit.

»Das sag' ich dir – wenn du mich zum Narren hältst, wirst du es bitter bereuen!«

»Steig ein und rede kein dummes Zeug«, brummte Tom Cawler unhöflich, und da er mit dem Wagen anfuhr, ohne auf seinen Herrn Rücksicht zu nehmen, blieb Cody nichts weiter übrig, als seine Wut zu meistern und auf das Trittbrett zu springen.

Während der ganzen Fahrt sah Cody Tommys kantiges Profil vor sich. Er grub sich ins Polster. Pläne der Rache und der Abwehr jagten sich in seinem Gehirn, aber er wußte, er konnte keinen ausführen; denn er hatte sich schon zu sehr in Cawlers Hand gegeben.

11

Mr. Havelock hatte am anderen Morgen kaum sein Büro betreten, als Dick sich melden ließ. Die buschigen Brauen des Anwalts zogen sich beim Anblick seines Besuchers erstaunt in die Höhe.

»Ich komme zu einer Beichte«, begann Dick.

Havelock zwinkerte mit den Augen.

»Ist es so schlimm?«

Dick ging auf den Scherz nicht ein.

»Noch schlimmer vielleicht, als es klingt, Mr. Havelock! Ich habe Ihnen gestern etwas verheimlicht, was Sie jetzt unbedingt erfahren müssen.«

Er erzählte ihm von dem Auffinden des Löschpapiers mit Codys Adresse.

»Augenscheinlich steht Lord Selford mit ihm in Verbindung. Ich hielt es für meine Pflicht, dieser Spur nachzugehen.«

»Bertram Cody?« fragte Havelock stirnrunzelnd. »Der Name kommt mir bekannt vor.«

»Er war der Käufer der Selfordschen Besitzungen in Australien«, half Dick seinem Gedächtnis nach.

Havelocks Gesicht klärte sich auf.

»Ah, jetzt erinnere ich mich. Der Fall war sogar nicht ohne Komplikation. Es wurde nach dem Kaufabschluß auf dem Gelände eine Goldader entdeckt. Sogar die ›Times‹ brachte darüber einen Artikel. Cody, natürlich! Wie konnte ich ihn vergessen! Aber eine persönliche Bekanntschaft mit Lord Selford halte ich für ausgeschlossen!«

»Warum dann der Brief?«

»Vielleicht eine Antwort auf eine Anfrage, die Cody an ihn gerichtet hat«, mutmaßte der Anwalt, sichtlich beunruhigt. »Warum haben Sie ihn nicht gleich gefragt, ob er Lord Selford kennt?«

»Er streitet jede Bekanntschaft und jeden Briefwechsel mit Entschiedenheit ab, und eben das scheint mir auffällig – um so mehr, als ich kurz darauf eine Entdeckung machte, die ihn Lügen straft.«

Er legte Codys Notizbuch auf den Tisch und öffnete es so,

daß der Schlüssel aus der Seitentasche herausfiel. Mr. Havelock nahm ihn und betrachtete ihn mit neugierigem Interesse.

»Das ist ja ein merkwürdiges Ding – ein Schlüssel, nicht wahr? Und den hat Ihnen Cody gegeben?«

»Nun, nicht eigentlich ›gegeben‹. ›Liegengelassen‹ trifft den Nagel eher auf den Kopf«, sagte Dick, unverfroren wie immer. »Aber sehen Sie sich dieses Notizbuch an! Es wimmelt von Eintragungen, die sich auf Lord Selfords Reisen beziehen. Hier ist das Datum seiner Ankunft in Buenos Aires und die Adresse seines Hotels. Hier ist der Tag der Abfahrt aus San Franzisko, da landete er in Shanghai. Kein Hafen, kein Datum fehlt, Lord Selford selbst hätte diese Aufzeichnungen nicht sorgfältiger führen können.«

Havelock blätterte langsam in dem Büchlein.

»Das gibt wirklich zu denken«, sagte er.

Dick beugte sich vor.

»Kennen Sie übrigens einen Menschen namens Staletti? Sein Haus liegt in Sussex, an der Chaussee nach Brighton.«

Er hielt inne.

Er sah, wie Havelock stutzte.

»Staletti? Ja, den kenne ich. Er hat ein Haus von Lord Selford gepachtet. Die ganze Gegend dort ist Selfordscher Besitz. Auch Cody muß einer unserer Pächter sein. An die Verpachtung des ›Galgenhofs‹ erinnere ich mich ziemlich genau. Denn gerade damals beschäftigten sich die Zeitungen mit Staletti. Er wurde wegen ungesetzlicher Vivisektion verurteilt. Ein schmieriger Mensch, der an einen Hypnotiseur erinnert!«

»Sie charakterisieren ihn vortrefflich«, sagte Dick anerkennend. »Hypnotiseur! Das ist das einzig zutreffende Wort!«

»Aber wie kommen Sie auf ihn? Wir sprachen von Cody.«

»Ich will es Ihnen erzählen! Hören Sie zu!«

Dick sprach sehr langsam. Denn plötzlich war der Vorhang, hinter dem sich das Schicksal des jungen Lord Selford bisher abgespielt hatte, von oben bis unten zerrissen. Er sah die Bühne wie durch ein umgekehrtes Opernglas – fern und verkleinert, doch unendlich scharf. Er sah die Akteure, die sich darauf bewegten – gelenkige Puppen, deren Drähte in wenigen Händen zusammenliefen. Sein Herz hämmerte wie eine überhitzte Maschine. Die Bilder, die sein geistiges Auge ihm zeigte, und diejenigen, die durch die Schilderung seines gestrigen Abenteuers in seiner Erinnerung heraufbeschworen wurden, kreuzten und überschnitten sich. Sein Gehirn arbeitete fieberhaft nach zwei Richtungen. Dennoch vermochte er seine unheimlichen Erlebnisse ziemlich genau zu skizzieren.

»Haben Sie Anzeige erstattet?« forschte Havelock.

Dick schüttelte den Kopf.

»Noch nicht, aber ich werde wohl noch zu Sneed gehen.«

»Wer ist Sneed?« wollte Havelock wissen.

»Ein Inspektor von Scotland Yard. Groß im Entschleiern selbst der dichtesten Geheimnisse! Ein Genie im Rätselraten! Und da wir gerade bei Rätseln sind: Wovon lebt Doktor Staletti? Aus welcher Einnahmequelle bezahlt er seine Pacht?«

»Wenn ich das wüßte!« erwiderte der Anwalt. »Er ist ein ausgezeichneter Biologe, aber seine Ideen sind sehr gewagt. Halt – da fällt mir eben ein, Staletti wurde uns, glaube ich, durch Cody empfohlen. Ich schlage eben mal die Korrespondenz nach.«

Er eilte hinaus und kam kurze Zeit darauf mit einem Schnellhefter wieder.

»Ich habe mich nicht geirrt. Einen Monat nach dem Ankauf der australischen Besitzungen trat Cody Stalettis wegen an uns heran. Der ›Galgenhof‹ stand damals gerade leer. Wahrscheinlich wirkte der gruselige Name abschreckend. Es soll nämlich dort bis vor hundert Jahren ein Galgen gestanden haben.«

»Dann wurde er hundert Jahre zu früh abgebrochen. Es scheinen in der Gegend ein paar ganz gefährliche Galgenbrüder zu hausen«, sagte Dick.

Er hatte alles erfahren, was er zu wissen wünschte – mehr sogar; so verabschiedete er sich von Havelock und kehrte in seine Wohnung zurück, um dort in aller Eile seine beiden Handkoffer zu packen und seine Wirtschafterin für die nächsten vier Wochen zu beurlauben. Sie mußte ihm hoch und heilig versprechen, niemals in seiner Abwesenheit die Wohnung zu betreten. Dann erst entließ er sie.

Seinem Pförtner gab er den Auftrag, seine gesamte Post nach Scotland Yard weiterzuleiten. Er setzte Havelock von seinen Plänen für die nächste Zukunft nicht in Kenntnis. Er hielt es für ratsam, keine menschliche Seele ins Vertrauen zu ziehen.

12

Mrs. Lansdown war eine zarte Frau von seltener Schönheit. Ihre Welt war nicht immer eine anspruchslose Dreizimmerwohnung gewesen. Es hatte eine Zeit gegeben, da war sie eine der reichsten Frauen Englands. Gregory Lansdown, ihr Gatte, besaß tausend Morgen fruchtbare Ländereien in Berkshire, eine Jagd in Norfolk, einen Lachsfluß in Schottland, ein reizendes Stadthaus im vornehmsten Viertel Londons, einen Rennstall und eine Motorjacht. Aber das alles war in einer einzigen Nacht verlorengegangen. Er gehörte dem Vorstand einer Gesellschaft an, deren Direktor sich eines Nachts zu einer beschleunigten Abreise gezwungen sah. Diese Reise endete später im Zuchthaus. Die Gesellschaft geriet in Konkurs. Der Vorstand mußte den Gläubigern für den Verlust von anderthalb Millionen geradestehen. Gregory Lansdown war der einzige, dessen Besitzungen unter seinem Namen eingetragen waren – und an diesem einen Ehrlichen blieben schließlich die Gesamtforderungen hängen. Er starb, noch bevor die letzte Rate der Schuldenlast getilgt war.

Aus diesem furchtbaren Zusammenbruch retteten die Lansdowns nur das Mietshaus, dessen bescheidenste Wohnung sie selbst innehatten. Hier hatte Mrs. Lansdown die Reste ihrer kostbaren Einrichtung zusammengetragen. Allmählich heilte die Wunde, die ihr das Leben geschlagen hatte. Sybil war ihr ganzes Glück, ihr Trost, der wahre Inhalt ihres Lebens.

Abends saßen sie meist glücklich beisammen. Manchmal las Sybil vor, manchmal schrieb sie an dem kleinen Schreibtisch, der quer vor eine Zimmerecke gestellt war. Dann stichelte die Mutter an einer Handarbeit, und ihr aufleuchtender Blick flog zuweilen zu Sybil hinüber.

Selten kam Besuch. Mrs. Lansdown zuckte daher zusammen,

und ihre Augen öffneten sich fragend, als an diesem Abend der schrille Ton der Flurklingel durch die Wohnung drang. Wer mochte das sein?

Sybil ging hinaus, um zu öffnen. Ihr Gesicht spiegelte sprachlose Überraschung, als sie Dick Martin vor sich stehen sah.

»Leider nicht der sagenhafte Onkel aus Amerika, sondern nur Mr. Martin«, entschuldigte er sich. Da ließ sie ihn lächelnd eintreten.

Als Dick Martin mit einem leichten Zögern auf der Schwelle des Zimmers erschien, musterte ihn Sybils Mutter mit einem langen, forschenden Blick. Schließlich leuchtete Freundlichkeit in ihren Zügen auf, und sie reichte Dick ihre schmale, zarte Hand.

»Das ist recht, daß Sie sich sehen lassen, Mr. Martin«, begrüßte sie ihn. »Sie geben mir dadurch Gelegenheit, Ihnen persönlich für die Ritterlichkeit zu danken, mit der Sie für meine Tochter eingetreten sind.«

»Ehrenpflicht«, sagte Dick verlegen. Er suchte mit den Blicken nach einer Sitzgelegenheit und wählte zu Sybils heimlichem Entsetzen den gebrechlichsten Stuhl aus. Aber das zierliche Möbel hatte den Zusammenbruch der Familie Lansdown überdauert, es hielt auch Dick Martin stand. »Ich sah den Diebstahl voraus, und es tut mir leid, daß ich den geistigen Urheber bisher noch nicht gefaßt habe«, sagte der Detektiv.

»Nun«, meinte Sybil lächelnd, »so schlimm war es ja nicht. Die Tasche habe ich wieder. Nur der Schlüssel war wie durch Hexerei aus seinem Kästchen verschwunden.«

Es zitterte wie in verhaltenem Übermut um Dicks Lippen. Sybil blickte ihn plötzlich aufmerksam an.

»Waren Sie vielleicht der Hexenmeister?« fragte sie rasch.

Er nickte mit lachenden Augen.

»Als ich Ihnen das Kästchen im Zug zurückgab, war ich so frei gewesen, den Schlüssel vorher daraus zu entfernen. Sie hörten es trotzdem darin klappern, nicht wahr? Ich hatte einen abgebrochenen Bleistift hineingelegt.«

»Aber ich hätte es doch sehen müssen«, staunte Sybil. »Ich habe das Kästchen keine Sekunde aus den Augen gelassen.«

Dick lächelte nachsichtig.

»Darin besteht ja die Kunst des Auswechselns, daß man alles ganz offen vor den Augen des andern tut. Der Schlüssel liegt übrigens wohlverwahrt in meinem Banksafe, und wenn Ihnen jemand in dieser Angelegenheit lästig werden sollte, so können Sie das ruhig sagen.«

»Meinen Sie denn«, fragte Mrs. Lansdown, um einen Schatten bleicher werdend, »daß man meine Tochter auch jetzt nicht in Ruhe lassen wird?«

»Ich weiß es nicht«, sagte Dick mit gesenkten Wimpern. »Ich bin heute abend hier, um deswegen mit Ihnen zu sprechen. Zunächst gestatten Sie mir eine wichtige Frage: Hat Lord Selford noch andere Verwandte außer Ihnen?«

»Keine – wenn er nicht verheiratet ist«, antwortete Sybil für die Mutter.

Dick blickte sie an; der heitere Gleichmut fiel wie eine Maske von seinem Gesicht, die Augen schmälerten sich, die Lippen wurden hart, unter der straffgezogenen Gesichtshaut zeichneten sich deutlich die Wangenmuskeln ab.

»Das habe ich befürchtet«, sagte er endlich. Sein Blick hing am Fernsprecher. »Es ist gut, daß Sie telefonisch erreichbar sind«, fügte er anscheinend ohne jeden Zusammenhang hinzu.

Mutter und Tochter hefteten ihre Augen fragend auf ihn.

»Haben Sie Freunde außerhalb Londons?« fragte Dick.

Mrs. Lansdown nickte wieder. Dick atmete auf.

»Das ist wenigstens etwas, was mich beruhigt. Ich wollte Sie nämlich bitten, London schon heute abend zu verlassen, aber inzwischen bin ich zu der Überzeugung gekommen, daß eine so rasche Abreise noch nicht notwendig ist.«

Mrs. Lansdown beugte sich vor.

»Können Sie mir erklären, wieso ...«, begann sie mit blassen Lippen.

Dick schüttelte gequält den Kopf.

»Noch kann ich nichts erklären«, sagte er. »Ich tappe im Nebel. Ich fühle wohl, daß er zu weichen beginnt. Hier und da sehe ich schärfer, aber Gott weiß, was aus diesen Dämmerungen noch alles auftauchen und Form annehmen wird!«

»Aber bei aller Unklarheit sehen Sie doch irgendeine Gefahr

für mich und meine Tochter – das muß ich wohl Ihren Worten entnehmen?«

»Ja«, gab Dick zu und sah Mrs. Lansdown plötzlich voll an. »Es ist besser, Sie sind gewarnt. Ich ahne eine Gefahr, wenn sie auch noch nicht unmittelbar bevorsteht.«

»Und das alles wegen eines kleinen Schlüssels?« fragte Sybil ungläubig.

Er nickte.

»Auch wegen eines kleinen Schlüssels«, sagte er ernst. Dann wandte er sich an Sybils Mutter: »Kannten Sie den verstorbenen Lord Selford? Was für ein Mensch war er?«

»Kein guter Mensch«, erwiderte Mrs. Lansdown, und noch in der Erinnerung verzog sich ihre Miene. »Er trank, er verprügelte im Jähzorn seine Dienstboten und Untergebenen. Es waren sehr böse Gerüchte im Umlauf. Aber alle Selfords waren mehr oder minder zweideutige Charaktere. Der Erbauer des Schlosses führte ein so lasterhaftes Leben, daß er vom Papst exkommuniziert wurde. Von ihm stammt auch die Familiengruft. Haben Sie schon einmal von den Gräbern der Selfords gehört?«

Er schüttelte den Kopf. Sie interessierten ihn nicht. Aber da klangen plötzlich die Wörter ›Gräber – Gruft‹ in seinem Innern nach, als hätten sie doch eine ganz besondere Bedeutung für ihn. Er sah sein Schlafzimmer vor sich, der ermordete Lew Pheeney lehnte in seinem Schrank und blickte ihn aus geisterhaften Augen an. Hatte er nicht eine Totengruft zu öffnen versucht, und war das nicht der Anlaß zu seinem bitteren Ende gewesen? Plötzlich hörte Dick das Brausen seines Blutes. Er stand vor einer großen Entdeckung, und er mußte die Zähne zusammenbeißen, damit ihn das Spiel seiner Gesichtsmuskeln nicht verriet.

Mrs. Lansdown aber hatte das Aufblitzen in seinen Augen gesehen; sie stand auf und nahm einen alten vergilbten Pergamentband vom Bücherbord herab.

»Es ist eine Familienchronik aus dem Jahre 1584«, sagte sie. »Alle Untaten der Selfords sind darin verzeichnet. Lesen Sie, was hier über die Familiengruft steht«, und sie legte ihm das Buch aufgeschlagen hin. Er las:

Sintemalen Sir Hugh unter dem Kirchenbann stund und ihme ein ehrlich Grab, allwie es sich für einen christlichen Ritter gezimet, refuesiret wart, lis er Werkleut kommen von weit her, so in die Erde graben musten ein stattlich Grab sambt vielerlei Kammern für sich, item seine Soehne und die Soehne seiner Soehne. Selbige Graeber wurden geweiht durch Kaplan Ehrn Marcus, einem frumben und heiligen Mann, so seinem Herrn also ergeben war, daß er des Kirchenbannes nicht acht hatte. Eodem waren die Graeber mit Engeln, item mit Heiligen, so in den Stein gehauen waren, gar liblich verziret.

Dick starrte auf die Zeilen. Er sah eine schlüpfrige Treppe jäh in die Tiefe gehen, er sah verwitterte Reliefs, Steinsärge in schmalen Kammern, aus denen der Eisatem des Todes wehte.

»Wo liegt die Gruft?« fragte er, und der Moderduft der Vergangenheit stieg aus den Seiten des Buches zu ihm auf.

»Im Park von Selford. Ganz abseits. Auf einem Hügel, den düstere Baumgruppen umstehen. Es ist ein unheimlicher Fleck. In den Kronen der Bäume hört man selten einen Vogel singen. Natürlich meinen die Leute, der Ort sei verflucht, aber der Grund ist wohl nur die Dürre des Bodens.«

»Wer wohnt augenblicklich im Schloß?« fragte Dick, dessen Spannung von Minute zu Minute wuchs.

»Nur der Verwalter. Die Besitzung ist übrigens ein Erblehen. Sonst hätte sie der jetzige Lord Selford wohl schon längst verkauft.«

»Haben Sie jemals den jungen Lord gesehen?«

»Nur einmal, aber da lebte sein Vater noch. Er hat mir manchmal geschrieben, in den letzten Jahren allerdings nur zweimal. Wollen Sie seine Briefe sehen?«

»Ja«, sagte Dick rasch.

Sie verließ das Zimmer. Dick blätterte in dem Buch. Als Mrs. Lansdown wiederkam, brachte sie einen Kasten aus Ebenholz mit. Er enthielt eine Anzahl von Briefen in buntem Durcheinander. Sie sortierte sie und legte ihm schließlich ein Schreiben vor, das die Adresse eines Berliner Hotels trug.

Lord Selford schrieb:

Du hast so lange Jahre nichts von mir gehört, daß ich mich jetzt fast schäme, Dir zu schreiben. Aber es ist nie zu spät, begangenes Unrecht wiedergutzumachen, und da ich weiß, daß du altes Porzellan sammelst, habe ich einen altdeutschen Porzellankrug aus dem 15. Jahrhundert, den ich hier bei einem Antiquar entdeckte, an Dich abgeschickt. Er wird mir hoffentlich Dein volles Verzeihen für all meine Versäumnis sichern.

Herzlich Dein Pierce

Die Handschrift war Dick bekannt; es war unverkennbar die gleiche, in der die Briefe an Havelock geschrieben waren.

»Hier ist der zweite Brief«, sagte Mrs. Lansdown.

Er zeigte ein Datum des verflossenen Jahres und war in Colombo gestempelt.

Ich bin tief bekümmert über den großen Verlust, der Dich betroffen hat. Kann ich irgend etwas für Dich tun? Du brauchst nur über mich zu verfügen. Bitte, geh zu Havelock und zeige ihm diesen Brief. Ich habe ihm bereits geschrieben. Er hat Anweisung, Dich in jeder Weise und mit jeder Summe zu unterstützen. Mir selbst geht es gut. Seitdem ich den Plan gefaßt habe, ein Buch zu schreiben, lebe ich intensiver, und meine Reisen bereiten mir einen doppelten Genuß.

Dick fragte nicht, welcher Art der Kummer gewesen war, der Mrs. Lansdown betroffen hatte. Er erriet es aus ihrer Kleidung.

Mrs. Lansdown trauerte noch immer in tiefstem Schwarz um ihren Gatten.

»Ich habe von Lord Selfords Angebot keinen Gebrauch gemacht, obwohl mir Havelock schrieb und sehr liebenswürdig seine Hilfe anbot. Ich weiß nicht ...«, Mrs. Lansdown zögerte, »... ich spürte immer eine dumpfe Warnung in mir, wenn der Name Selford in mein Leben hineinklang. Mit dem größten inneren Widerstreben, und nur weil es eine willkommene Abwechslung in ihrem eintönigen Leben war, ließ ich Sybil nach Madeira reisen.«

Eine Pause entstand. Dick nagte an seinen Lippen. Mrs. Lansdown sah ihn ruhig an.

»Können Sie mir jetzt eine Erklärung geben?« fragte sie.

Dick schwieg.

Da stand Sybil auf und legte der Mutter leicht die Hand auf die Schulter.

»Wir wollen Mr. Martin auch ohne Erklärung vertrauen.« Sie heftete ihren klaren Blick auf ihn. »Mr. Martin, meine Mutter und ich sind bereit, London zu verlassen, wann immer Sie es wünschen. Bestimmen Sie ganz über uns!«

»Ich danke Ihnen«, sagte er leise. Als er bald darauf gehen wollte, fiel ihm noch etwas ein. »Kennen Sie Staletti?«

Mrs. Lansdown schüttelte den Kopf.

»Oder vielleicht Mr. Cody?«

Mrs. Lansdown zog die Brauen zusammen und suchte in ihrem Gedächtnis.

»Ich höre den Namen zum erstenmal«, sagte sie endlich.

13

Als Dick ins Freie trat, überlegte er einen Augenblick und schlug dann die Richtung zum Bedford Square ein. Während des Gehens beschlich ihn ein seltsames Gefühl. Vorsichtig wandte er den Kopf. Auf dem gegenüberliegenden Bürgersteig hielt in einiger Entfernung ein Unbekannter gleichen Schritt mit ihm. Ein zweiter Spaziergänger folgte in einigem Abstand. Am Bedford Square wartete ein leeres Taxi auf Fahrgäste; der Chauffeur winkte Dick eifrig heran. Eine solche Bemühung stand in so auffälligem Gegensatz zu der gewohnten Gleichgültigkeit der Taxifahrer, daß Dick sofort Gefahr witterte. Er tat, als bemerkte er die Einladung nicht. Auf offener Straße konnte er zur Not mit mehreren Angreifern fertig werden, im geschlossenen Auto nicht.

In diesem Augenblick näherte sich ihm ein zweites unbesetztes Auto. Eine Handbewegung brachte den Fahrer an seine Seite. Er stieg ein und ließ sich zum Bahnhofshotel fahren. Die Fensterscheibe im Fond des Wagens gestattete einen Blick auf die Straße. Dick spähte unauffällig hinaus. Der Chauffeur, der ihn soeben angerufen hatte, setzte seinen Wagen in Bewegung und folgte. Kein Zweifel, Verfolger waren auf seiner Spur!

Als Dick unter dem Portal des Hotels sein Auto bezahlte, sah er den zweiten Wagen in einiger Entfernung halten. Zwei Männer entstiegen ihm. Dick betrat das Hotel, ließ sich ein Zimmer geben und fuhr im Lift hinauf. Er durchschritt einen Gang und eilte auf einer Seitentreppe hinab, die unmittelbar auf den Bahnsteig mündete. Eben wollte ein Zug die Halle verlassen. Er lief neben dem Trittbrett her, erfaßte einen Türgriff und schwang sich trotz der warnenden Zurufe der Beamten in den fahrenden Zug. Er hatte keine Ahnung, wohin ihn sein Schicksal verschlagen würde. Möglicherweise befand er sich im schottischen Expreß, der erst an der Nordgrenze hielt. Bald jedoch stellte er fest, daß er einen Personenzug erwischt hatte, den er in Willesden bereits wieder verlassen konnte. Er löste beim Schaffner die Fahrkarte nach und fuhr dann im Aufzug zur Untergrundbahnstation hinab. Eine Stunde nachdem er die Wohnung der Lansdowns verlassen hatte, stand er auf der Station in der Nähe des Yard.

Er legte die kurze Strecke bis Scotland Yard zu Fuß zurück und verschwand in einem düsteren Bogengang. Seine Schritte hallten laut wider. Der diensttuende Wachtmeister am Tor erkannte ihn sofort.

»Wenn Sie Inspektor Sneed sprechen wollen, er ist noch oben«, sagte er.

Sneed saß wie gewöhnlich in seinem mächtigen Armstuhl hinter dem Schreibtisch. Ein schwaches Feuer brannte im Kamin. Eine erloschene Zigarre hing zwischen seinen Zähnen. Sein Kopf schlingerte im Schlaf wie eine Fregatte bei böigem Wetter. Er befand sich nur deswegen zu so vorgerückter Stunde noch in Scotland Yard, weil er einfach nicht die nötige Energie besessen hatte, um aufzustehen und sich nach Hause zu begeben. Das geschah durchschnittlich an fünf Abenden in der Woche.

Er öffnete blinzelnd die Augen.

»Ich bin sehr beschäftigt, ich habe keine Minute Zeit übrig«, murmelte er im Halbschlaf gewohnheitsmäßig.

Dick suchte sich einen bequemen Sessel und lachte laut.

»Ich nehme auch mit Ihren Sekunden vorlieb«, sagte er und begann unbarmherzig einen genauen, wohlgeordneten Bericht. Aber er hatte kaum den ersten Satz vollendet, da belebten sich die Augen des Inspektors, und er war noch nicht bis zur Mitte gekommen, da hatte er Sneeds ganze Aufmerksamkeit erregt.

»Das haben Sie aus einem Detektivroman abgeschrieben«, unterbrach er Dick. »Sie wiederholen den letzten Sensationsroman von Conan Doyle!«

Aber Dick ließ sich nicht beirren, und als er seine Erzählung beendet hatte, waren Sneeds breite Gesichtszüge sehr ernst geworden. Er drückte lange und anhaltend auf seine Klingel. Nach einiger Zeit trat ein Beamter in das Zimmer.

»Wachtmeister«, sagte er, »das Haus Coram Street 107 steht von morgen ab unter polizeilichem Schutz. Einer unserer besten Detektive hat sich Mr. Martin zur Verfügung zu stellen. Er wird ihn tagsüber unauffällig begleiten und nachts in Mr. Martins Wohnung schlafen.«

Der Wachtmeister notierte sich die Instruktionen in seinem Notizbuch.

»Morgen früh rufen Sie die Polizeidirektion von Sussex an. Teilen Sie dort mit, daß ich Grund hätte, Gesetzwidrigkeiten in Stalettis Besitzung, dem sogenannten ›Galgenhof‹, zu vermuten. Ich würde Schlag elf Uhr fünfzehn Minuten abends mit meinen eigenen Beamten zur Haussuchung dort eintreffen. Ich stelle jedoch der Polizeidirektion von Sussex anheim, sich daran zu beteiligen.«

Als der Beamte gegangen war, erhob sich Sneed stöhnend von seinem Stuhl.

»Ich glaube, ich tue besser daran, jetzt nach Hause zu gehen. Kommen Sie, ich begleite Sie zu Ihrer Wohnung!«

»Ausgeschlossen«, protestierte Dick. »Wenn man uns zusammen sieht, hat alles Heimlichtun keinen Zweck mehr. Vergessen Sie nicht, Sie sind das Aushängeschild von Scotland Yard. Wer auch meine Verfolger sein mögen, sie dürfen nicht wissen, daß ich auf der Hut bin.«

»Na schön, wie Sie meinen, Martin. Aber laufen Sie, bitte,

noch nicht gleich weg! Ich komme von Ihrem Erlebnis im ›Galgenhof‹ nicht los. Der Bursche, der Sie im Park angriff, war also tatsächlich nackt?«

»Bis auf einen Lendenschurz – ja!«

»Staletti«, sann der Inspektor. »Stiletto müßte er heißen! Ein heimtückischer, gefährlicher Mensch! Ich möchte wohl wissen, ob er verstockt genug ist, in seine alten Torheiten zurückzufallen. Einmal habe ich ihm bereits drei Monate dafür aufgebrummt.«

»Worin bestanden seine Torheiten?« fragte Dick.

Sneed stieß den Rauch seiner Zigarre in kleinen blauen Wölkchen an die Decke.

»Im Heranzüchten einer neuen menschlichen Rasse!«

»Seit wann ist das ein Verbrechen?«

»Vergessen Sie nicht«, gab Sneed seinem jungen Freunde zu bedenken, »bei all diesen Dingen kommt es auf das Wie und Was an. Staletti glaubt, daß ein Kind, das wild wie ein Tier im Wald aufwächst, zu einem Wesen wird, das zwar nicht sprechen und nicht logisch denken kann, dafür aber in seiner Leibesentfaltung ein um so vollkommeneres Glied der species humana darstellt. Er behauptet, daß die Menschen zehn Fuß hoch und von der Kraft vorweltlicher Riesen wären, wenn alle Lebensenergie, die heute vom Gehirn absorbiert wird, sich auf Muskel- und Knochenaufbau konzentrierte. Damals hat er sich mit Tierexperimenten begnügt. Es scheint, daß er inzwischen zu edlerem Material übergegangen ist. Das aber schwöre ich Ihnen, daß ich den Kerl lebenslänglich ins Zuchthaus bringe, wenn ich in seinem Hause einen erwachsenen Menschen finde, der das Abc nicht hersagen kann!«

Dick verließ Scotland Yard durch den Ausgang nach Whitehall. Das Auto, das vom Bahnhof herangerufen worden war, mußte ihn im Regent Park absetzen. Auf Umwegen näherte er sich seiner Wohnung. Er wußte, daß der Pförtner um diese Zeit schon schlafen gegangen war. Trotzdem vermied er den Vordereingang. Er wählte den Weg durch die Garagen und betrat durch die Hoftür das Haus. Er stieg schnell die Treppen hinauf und öffnete so geräuschlos wie möglich seine Wohnungstür, die er sorgfältig von innen verriegelte. Dann ging er von Zimmer zu

Zimmer, drehte alle Lichter an und durchsuchte jeden unbeleuchteten Winkel. Er fand nichts Verdächtiges. Alles war, wie er es verlassen hatte.

Er hatte am Abend die schweren Vorhänge so sorgfältig vor die Fenster gezogen, daß kein Lichtstrahl nach außen dringen konnte. Auch die Jalousie in der Küche hatte er herabgelassen. Wer auch von draußen seine Wohnung beobachten mochte, nichts würde ihm die Anwesenheit des Besitzers verraten.

Als er den Ankleideraum aufschloß, um seine Hausjoppe herauszunehmen, erinnerte er sich schaudernd daran, daß zwischen diesen engen Wänden Lew Pheeneys letzte Atemzüge verhaucht waren. Was mochte Lew in den Gräbern der Selfords gesehen haben, welche Totenkammer hatte er in dieser unheimlichen Gruft öffnen sollen, in der die Sünden, die Leidenschaften und Laster der Selfords ebenso zu Asche geworden waren wie ihre ehrgeizigen Träume und hochfliegenden Pläne?

Er braute sich einen Kaffee und trug einen der sechs Sammelbände, die an diesem Nachmittag eingetroffen waren, auf den Mitteltisch. Die »London Gazette« ist nicht ganz so unterhaltend wie die neueste Revue, aber Dick fand diese Blätter, die von Schreckensnachrichten und Sensationsprozessen strotzten, so aufschlußreich, daß es zwei Uhr schlug, als er sich endlich erhob, um in sein Schlafzimmer zu gehen.

Als er sich entkleidet hatte, drehte er das Licht aus, schlug die Vorhänge des Fensters beiseite, öffnete leise einen Flügel und blickte hinaus. Der abnehmende Mond schwamm am wolkenlosen Himmel. Als Dick den Vorhang zurückfallen ließ, bewegte ihn ein sanfter Wind, so daß ein Mondstrahl den Weg durchs Zimmer fand und steil auf die gegenüberliegende Wand fiel, seine Gestalt mit jedem Wehen des Vorhangs verändernd. Dick legte sich aufatmend in den Kissen zurecht und fiel bald danach in traumlosen Schlummer.

Langsam wanderte der Mondstrahl über die Wände, bis er die weißlackierte Tür traf. Da schreckte Dick plötzlich aus dem tiefen Dunkel zu völliger Wachheit auf. Was hatte ihn geweckt? Der Schimmer des Mondes? Das Wehen des Vorhangs? Er wußte es nicht. Aber sein Instinkt warnte ihn vor einer Gefahr, die in der Finsternis der Nacht auf ihn lauerte. Er lag auf der linken Seite, der Tür gegenüber, deren Messinggriff er deutlich im Mondlicht schimmern sah, und dieser Griff – nein, es war keine Täuschung seines schlaftrunkenen Hirns, sondern drohende Wirklichkeit – bewegte sich auf ihn zu. Während er mit weitgeöffneten Augen wie hypnotisiert auf die Tür starrte, die plötzlich kein totes Stück Holz mehr war, sondern ein unheimliches Wesen mit selbsttätiger Willensfunktion, schob sich in sein Blickfeld, schauerlich klar im bleichen Mondlicht, eine menschliche Hand. Nur eine Hand! Doch sie war von einer Form und Art, daß ihr Anblick ihm eisige Schauer über den Rücken jagte. Die langen, kräftigen Finger griffen wie die Fangarme eines Tintenfisches durch die Türritze unaufhaltsam nach innen.

Da gab sich Dick einen gewaltigen Ruck und ließ sich aus dem Bett auf den Boden rollen. In der gleichen Sekunde sprang eine große, schwere Gestalt von riesigen Ausmaßen auf das Bett und stieß einen gutturalen Schrei aus, der nichts vom Menschen und nichts vom Tier hatte. In dem Augenblick, als er auf den Boden aufprallte, schoß Dicks linke Hand empor und griff nach dem Browning, der unter dem Kopfkissen lag. Dabei kam sein nackter Unterarm sekundenlang in Berührung mit einem angeschwollenen Handrücken, und ein würgendes Gefühl der Übelkeit schüttelte ihn. Die Zähne zusammenbeißend, kehrte er dem unsichtbaren Feind sein Gesicht zu, griff nach rückwärts in die Falten des Vorhangs und riß ihn mit jähem Ruck herab. Der Mondschein überflutete im gleichen Augenblick das ganze Zimmer mit seinem bleichen Licht. Es war leer! Kein Mensch atmete darin außer ihm. Die Tür stand weit offen.

Dick tastete vorsichtig nach dem Schalter. Das Licht flammte auf. Nichts! Ein Luftzug wehte kühl, auch die Tür zur Küche war von unbekannter Hand weit aufgerissen worden, und das Fenster in der Küche ließ dem Nachtwind freien Zutritt. Dick eilte auf den Balkon und beugte sich über die Brüstung hinab. Da sah er seinen Angreifer, eine unförmige Gestalt, eilig eine Strickleiter hinabklettern, die am Eisengeländer befestigt war. Schon faßte seine Hand den Browning fester, da verschluckten die Schatten des Hofes den unheimlichen Eindringling.

Dick stand unbeweglich. Mit den Blicken suchte er in den Winkeln des Hofes, in den Gängen zwischen den Garagen, doch alles lag ruhig und still. Nirgendwo bewegte sich ein Schatten, nirgends zeigte sich eine herkulische Gestalt. Doch während er noch stand und schaute, ertönte von der Straße her das Surren eines anspringenden Motors. Es schwoll eine Sekunde an, verlor sich dann in der Ferne.

Dick verließ den Balkon und begab sich ins Arbeitszimmer. Sein erster Blick fiel auf die Uhr. Beide Zeiger deckten sich auf der Vier. Im Osten überzog sich der Himmel mit fahlem Schein. Wer war der unbekannte Mordbube gewesen? Eine Ahnung von Lew Pheeneys Ende stieg in ihm auf. Eins schien ihm sicher: sein Angreifer im ›Galgenhof‹ und dieser nächtliche Besucher waren ein und dieselbe Person.

Er ging wieder in die Küche zurück und zog die Strickleiter empor. Sie war augenscheinlich mit der Hand geknüpft; die Sprossen aus gedrehtem Hanf waren in unregelmäßigen Abständen zwischen den Längsseilen angebracht. Er zerbrach sich zunächst den Kopf darüber, wie die Strickleiter auf den Balkon gelangt war. Bei näherer Überlegung sagte er sich, daß wahrscheinlich zunächst eine Schlinge über die ausladende Brüstung geworfen und die Leiter dann mit ihrer Hilfe hinaufgezogen worden war. Seine Vermutung fand er bestätigt, als er bei Tagesanbruch im Hof nach den Spuren der Täter suchte. Er fand die Schleuder, eine Schnur, die um einen kleinen eisernen Bolzen gewunden war, und das daran befestigte Seil. Das Rätsel, das Lew Pheeneys Tod bisher mit undurchdringlichem Dunkel umgeben hatte, war jetzt gelöst. Auf der Strickleiter war der Mörder in die Wohnung gedrungen. Der Rückzug über die Höfe war leicht.

Dick taumelte fast vor Müdigkeit. Halb angekleidet warf er sich auf sein Bett und versank in bleiernen Schlaf.

14

Dick wurde durch das anhaltende Läuten des Telefons geweckt. Widerwillig drehte er sich im Bett um und griff nach dem Hörer. Aber sein Gesicht klärte sich auf, als er eine Stimme vernahm, die hell und klar an sein Ohr drang.

»Hallo, Sie sind es?« fragte er in freudigem Erstaunen. »Das ist lieb von Ihnen, daß Sie an mich denken.«

Am anderen Ende der Leitung erklang ein leises Lachen.

»Wissen Sie denn, wer ich bin? Ich habe ja meinen Namen gar nicht genannt.«

»Aber Miss Lansdown! Ihre Stimme sollte ich nicht erkennen?«

Darauf entstand drüben eine verlegene Pause.

»Haben Sie irgendeinen besonderen Anlaß zu Ihrem Anruf?« fragte Dick. Plötzlich waren ihm die Ereignisse der Nacht eingefallen, und Angst um die Sicherheit des geliebten Mädchens beschlich ihn.

»Nein, das eigentlich nicht«, erwiderte Sybil zögernd. »Ich möchte etwas mit Ihnen persönlich besprechen, was sich am Apparat schwer auseinandersetzen läßt.«

»Dann kommen Sie bitte sofort«, bat Dick. »Ich werde dem Portier sogleich Bescheid sagen.«

Sybil hängte den Hörer ein. Sie begriff nicht, wozu eine Verständigung des Pförtners nötig sei. Allerdings konnte sie nicht ahnen, daß Dick seit dem Vorabend offiziell auf längere Zeit verreist war.

Dick versuchte inzwischen, drei Dinge zu tun. Er stieg ins Bad, seifte das Gesicht ein und rasierte sich, während die Spiegeleier in der Pfanne schmorten.

Da ertönte auch schon die Flurklingel. Dick warf in fliegender Eile den Schlafrock um und rannte auf die Diele. Mit gewaltigem Schwung riß er die Tür auf und begann sogleich, sich bei Sybil zu entschuldigen. Er habe die Wirtschafterin beurlaubt, wenn eine so pompöse Bezeichnung für ihre bescheidenen Dienste nicht zu anspruchsvoll sei, und müsse seinen Haushalt selbst besorgen.

Das junge Mädchen krauste die Nasenflügel.

»Es riecht ja so brenzelig«, sagte sie argwöhnisch.

Dick schlug sich statt aller Antwort vor den Kopf und jagte mit großen Schritten in die Küche zurück. Sybil folgte ihm auf dem Fuße. Aus der Pfanne hob sich blauer Dunst, und die Eier protestierten mit lautem Zischen gegen die ihnen zuteil gewordene Behandlung.

»Wenn man Spiegeleier braten will, pflegt man Fett in die Pfanne zu tun, Mr. Martin«, sagte Sybil strafend und ließ einen Löffel Butter zergehen, um zu retten, was noch zu retten war. »Suppen scheinen Sie sich ja einbrocken zu können, vom Braten aber verstehen Sie nichts.«

Sie blickte sich in der Küche um und entdeckte die Strickleiter, die als kleiner Haufen auf den Fliesen lag.

»Was ist denn das?« fragte sie neugierig.

»Meine Feuerleiter«, log Dick mit dreister Stirn. »Ich habe sie immer griffbereit liegen.«

Sybil war in diesem Augenblick zu sehr mit dem Zerlegen und Servieren der Eier beschäftigt, um der fadenscheinigen Behauptung auf den Grund gehen zu können.

»Es ist schmachvoll, um zwölf Uhr mittags zu frühstücken«, sagte sie vorwurfsvoll. »Am Ende habe ich Sie gar mit meinem Anruf aus dem schönsten Schlummer gerissen?«

Das mußte Dick kleinlaut zugeben, und Sybil schüttelte den Kopf. Sie ließ es sich aber nicht nehmen, ihm den Frühstückstisch zu decken. Sie schenkte ihm den Kaffee ein und zerteilte die Brötchen. Er schaute ihr bewundernd zu, aber seine Fragen über den Zweck ihres Besuches beantwortete sie erst, als er die Eier verzehrt, sein Brot gegessen und den letzten Schluck Kaffee getrunken hatte.

Die Bibliothek war heute zur Feier des Geburtstags ihres Gründers geschlossen, und Sybil wollte mit Dick zu den Gräbern der Selfords hinausfahren. Sie hatte Havelock ins Vertrauen gezogen, und er war bereit, sie und Dick zu begleiten. Auf Wunsch ihrer Mutter hatte sie den Anwalt am frühen Morgen aufgesucht und ihm ihre Erlebnisse auf Madeira geschildert. Havelock hatte sich sehr erregt geäußert, und anfangs war es seine

Absicht gewesen, Mutter und Tochter unter polizeilichen Schutz zu stellen. Sybil hatte ihn jedoch gebeten, zunächst keinerlei derartige Schritte zu unternehmen, sondern die Sorge um ihre Zukunft Dick Martin zu überlassen.

Dick war sofort bereit, Sybils Wunsch zu erfüllen. Auch ohne ihr Kommen hätte er an diesem Tage die Gräber der Selfords besucht. Als Sybil sich verabschiedete, hatte Dick zum erstenmal das Gefühl, daß sie in ihm ihren natürlichen Beschützer, ihren vom Schicksal ihr zugeteilten Kameraden sah, und sein Herz schlug schneller. Er fuhr sogleich zur Bank und holte die Schlüssel ab, die er im Safe deponiert hatte. Kurz nach zwei Uhr hielt er mit seinem Auto vor dem Hause Coram Street 107.

»Haben Sie die Schlüssel?« fragte sie atemlos, noch ehe er Zeit fand, sie zu begrüßen. Er beruhigte sie, und bald legte sich ihre nervöse Unruhe. Die Fahrt machte ihr offenbar Freude. Es war ein ungewöhnlich warmer, schöner Frühlingstag.

Eine Viertelstunde später stieg Havelock in Lincoln's Inn Fields zu ihnen in den Wagen.

»Hat Ihnen Miss Lansdown schon ihr Geheimnis enthüllt?«

Dick sah Sybil an, doch sie schüttelte den Kopf.

»Nun, dann will ich nicht voreilig sein«, lächelte Havelock, »aber Sie werden sehen, Miss Lansdown ist auf eine Vermutung gekommen, die vielleicht ein wertvoller Fingerzeig sein wird.«

»Eine Vermutung, die in der Gruft ihre Aufklärung findet?« fragte Dick und schlängelte sich mit seinem Wagen geschickt zwischen einem Omnibusriesen und einer vorsintflutlichen Droschke hindurch.

»Vielleicht!« Havelock lehnte sich bequem in den Sitz zurück. »Aber zügeln Sie Ihre Ungeduld, Herr Detektiv, auch Amateure schütteln bisweilen Überraschungen aus dem Ärmel, nicht nur die Herren von Scotland Yard!«

Dick sandte Sybil einen zweiten Blick. Sie sah geradeaus. Ein verheißungsvolles Lächeln strahlte in ihren Augen. Hätte sie gewußt, was ihr in den Gräbern der Selfords bevorstand, noch in diesem Augenblick hätte sie auf die Enthüllung ihres Geheimnisses verzichtet!

Als das Auto Horsham passiert hatte, bewölkte sich der Horizont, und als es zwei Stunden später vor dem Pförtnerhaus am Eingang zum Schloßpark der Selfords hielt, drängten bereits von allen Seiten düstere, scharf geränderte Wolken heran; doch die Sonne leuchtete noch vom klaren, südwestlichen Himmel.

Beim Klang der Hupe trat eine einfach gekleidete Frau aus dem Häuschen. Sie knickste vor Havelock und öffnete geschwind die beiden Torflügel.

Die Einfahrt war wohlgepflegt. Der ganze Park vor dem Hause legte Zeugnis von der liebevollen Sorgfalt eines pflichttreuen Gärtners ab.

»Wir halten alles in blitzsauberer Ordnung«, sagte Havelock mit einigem Stolz. »Der Erbe kann jederzeit einziehen. Nur ein Stab disziplinierter Dienstboten fehlt leider, könnte jedoch im Handumdrehen beschafft werden.«

»So ist das Schloß ohne jedes Dienstpersonal?« fragte Dick.

»Bis auf den Verwalter und seine Frau – ja«, erwiderte Havelock. »Der Verwalter ist jedoch ein kundiger Gärtner und versieht gleichzeitig den Park. Außerdem lassen wir das Haus von Zeit zu Zeit gründlich reinigen. Es befindet sich daher in bestem Zustand. Ein Jammer, daß es leersteht!« Er schwieg einen Augenblick und fuhr dann lebhaft fort: »Selford hat übrigens wieder geschrieben, und zwar teilte er mir mit, daß er sich zu seinem Bedauern genötigt sehe, seine Reise nach England bis zum Winter zu verschieben. Das bedeutet, daß er vor dem nächsten Frühjahr kaum hier sein wird.«

»Wo ist Lord Selford jetzt?« fragte Dick, während er gleichzeitig nach der Bremse griff.

Havelock zuckte die Achseln.

»Das ist eine von den Fragen, auf die man keine Antwort weiß. Er war in Kairo, jetzt mag er wohl schon in Damaskus sein. Ich wollte, er wäre auf dem Mars oder ich auf dem Mond!«

Das Auto hielt. Auf weiter Rasenfläche erhob sich das Schloß, ein langgestrecktes Backsteingebäude mit Giebeln und Schloten im rauhen, unfreundlichen Stil der Tudorzeit. Der Schatten der Eingangshalle lag quer über dem mit Kies bestreuten Fahrweg.

Das Knirschen der Räder hatte den Verwalter aus dem Hause gelockt; er war ein Mann in mittleren Jahren mit ehrlichen Gesichtszügen. Er wechselte ein paar Worte mit Havelock, berichtete von einem beschädigten Zaun und einer entwurzelten Eiche.

»Vorwärts, meine Herrschaften!« rief Havelock, der als erster den Wagen verließ. »Ein halbstündiger Spaziergang liegt vor uns, und wir müssen uns beeilen, wenn wir trocken heimkehren wollen.« Er deutete mit seinem Spazierstock auf den Himmel, wo die Sonne soeben im Gewitterdunst verschwand.

Havelock ging voraus, die beiden andern folgten. Man überschritt eine gemähte Wiese, bog in einen Obstgarten ein und gelangte auf einen Gutshof, der bis auf ein halbes Dutzend scharrender Hühner und einen schläfrig blinzelnden Hofhund unbewohnt schien. Dahinter erstreckte sich der Park. Eine steile Anhöhe, die dem Herrenhaus Schutz gegen die Nordostwinde bot, bildete den eigentümlichsten Reiz der Besitzung, die sich in weitem Halbkreis um die Anhöhe herumzog. Freie Grasstrecken wechselten mit malerischem Buschbestand. Ein dunkler Wald säumte ein flaches Tal.

Als sie den Abhang emporstiegen, auf dessen Höhe der dichte, fast weglose Wald begann, fiel Dick die Stille auf, die sich wie ein Dom über ihren Häuptern wölbte. Kein Vogel zirpte, kein Blatt bewegte sich. Die Bäume schienen wie tot, und am Himmel stand eine graue Wolke, die sich aufblähte und der Erde entgegendrängte, als wollte sie sich bald entladen.

Ein schmaler Pfad wand sich im Zickzack durch den Wald, beständig ansteigend. Von beiden Seiten drängte sich dichtes Unterholz heran, als wollte es mit seinen vorschießenden Zweigen die kecken Wanderer zurückhalten. Ein grauer Schimmer floß durch die Stämme, und bei einer Biegung des Pfades bot sich ganz unerwartet eine Lichtung dar, in deren Mitte ein kahler Felsen aufragte.

»Das ist die Gruft der Selfords«, sagte der Anwalt. Er reckte steil den Arm und wies mit dem Stock auf den Felsen. »Der Eingang zu den Gräbern liegt auf der anderen Seite.«

Sie traten auf die Lichtung hinaus und umgingen den Felsen. Aus einer ovalen, in den Stein gehauenen Öffnung gähnte düstere Nacht. Ein starkes Eisengitter, vom Rost zerfressen, versperrte den Eingang. Havelock suchte in seiner Tasche und brachte einen Schlüssel von altertümlichem Aussehen zum Vorschein. Er stieß ihn ins Schloß. Die Pforte öffnete sich mit einem quietschenden Mißton. An der Felsenwand hinter der Pforte hing eine Laterne. Havelock zündete sie an. Das Licht zuckte über eine schlüpfrige Treppe.

»Lassen Sie mich vorangehen«, bat er.

Er bückte sich und stieg vorsichtig hinab. Eisige Moderluft schlug ihnen beklemmend entgegen. Die Stufen waren mit Moos überwachsen. Dick zählte sie. Es waren zwölf. Sie mündeten in einen kleinen gewölbten Raum, der mit einem zweiten, leichtgefügten Eisengitter verschlossen war. Der Schlüssel, der die erste Pforte geöffnet hatte, gab auch diesen Weg frei.

Jenseits der zweiten Tür erstreckte sich ein enger Gang, zu dessen beiden Seiten die Totenkammern lagen, zehn an jeder Seite, während die einundzwanzigste den Abschluß bildete. Schwere eichene Türen führten in die Kammern. Die Namen der Toten waren ins Holz geschnitzt, doch an manchen Stellen so verwittert, daß nichts mehr zu entziffern war. Die Hand der Zeit war über die Namen geglitten und hatte sie ausgelöscht.

»Sehen Sie, das ist Sybil Lansdowns Geheimnis«, sagte der Anwalt und hielt die Laterne hoch.

Das Licht fiel auf die einundzwanzigste Tür am Ende des Ganges. Sie war nicht aus Holz. Die Fläche schimmerte wie Stein.

Dick starrte auf die Tür, als gäbe sie alle Geheimnisse der Selfords in einem einzigen großen Bekenntnis preis.

Die Tür hatte sieben Schlösser.

Sieben kreisrunde Metallscheiben mit langen Schlitzen, die in gerader Reihe untereinander standen.

Nun wußte er alles. Das war das Grabmal, das zu öffnen selbst Lew Pheeneys Kunst nicht ausgereicht hatte! In dieser schauerlichen Tiefe hatte er gearbeitet, eine Belohnung von tausend Pfund und den sicheren Tod vor Augen.

Ein phantastischer Rahmen aus Totenschädeln umgab die Tür, zwei steinerne Skelette von unheimlicher Realistik bildeten die Pfeiler.

Dick klopfte an die Tür. Sie gab keinen Klang. Sie mußte von ungeheurer Schwere und Dicke sein.

»Wer ruht in dieser Gruft?« fragte er.

Havelock deutete schweigend auf die Inschrift:

In Christo ruh' ich armer Sünder,
Des Selford-Hauses war ich Gründer.
Sieben Schlösser an meiner Tür
Sichern Ruhe und Stille mir.

»Sir Hugh soll hier begraben sein, doch die Inschrift stammt von dem vorletzten Lord Selford«, erklärte Havelock. »Er ließ die alte Tür, die ebenfalls sieben Schlösser aufwies, niederlegen und eine neue Tür aus Stahlbeton einsetzen. Vorher hatte er die Kammer genau untersucht und nichts darin gefunden außer einer leeren steinernen Urne. Etwas anderes sieht man auch nicht, wenn man in die Zelle hineinblickt.«

»Hineinblickt?« fragte Sybil erstaunt. »Aber es ist doch nirgendwo eine Öffnung!«

»Doch!« lächelte Havelock und legte seine Hand auf das Mittelstück der Tür, das auf erhabener Platte die Inschrift trug. Ein Druck, und sie glitt beiseite, wodurch eine schmale Öffnung entstand.

»Ich hätte eine Taschenlampe mitnehmen sollen«, sagte Havelock bedauernd.

Dick hatte eine bei sich. Er hielt sie in Augenhöhe empor und ließ das Licht in das Innere des Raumes fallen.

Hinter der Tür lag eine Felsenkammer, die nicht mehr als sechs Fuß im Quadrat maß. Die Wände waren grün und feucht, der roh behauene Steinboden mit einer dicken Staubschicht bedeckt. In der Mitte erhob sich ein ungefüger Altar. Auf dem Altar stand die Urne.

»Merkwürdig«, sagte Dick leise. »Für eine Leiche ist die Urne zu klein, und verbrennen ließ man sich damals noch nicht. Vielleicht enthält sie Kleinodien?«

Havelock schüttelte den Kopf.

»Lord Selford –«, begann er.

Er kam nicht weiter. Eine blaue Flamme durchleuchtete zukkend den Gang. Angstvoll umklammerte Sybil Dicks Arm.

»Ein Blitz«, sagte Havelock, »das Gewitter hat uns überrascht.«

Er hatte kaum ausgesprochen, da erschütterte dumpfes Donnerrollen den Felsen bis auf den Grund. Ihm folgte ein zweiter Blitzstrahl, der die gespensterhaften Türen vor den Totenkammern aufleuchten ließ. Sybil taumelte. Da griff Dick zu und preßte sie an sich.

»Wenn wir irgendwo sicher sind, dann hier unter der Erde«, sagte er beruhigend. »Überdies ist ein Gewitter durchaus nichts Fürchterliches, sondern die schönste Kundgebung der Natur. Als ich noch in Manitoba –«

Ein Blitz zerschnitt seine Rede. Greller als seine Vorläufer flammte er über bleiche Gesichter und erstarb in einer Explosion, unter deren betäubender Wirkung der Boden zu wanken schien. Danach erfolgte ein Prasseln, als ob ein ganzer Steinbruch in die Luft flöge. Grollend verebbte der Donner.

»Es hat eingeschlagen«, sagte Dick ruhig.

Im selben Augenblick ertönte von oben ein lautes Klirren, wie wenn Metall krachend zusammenschlägt.

Dick ließ Sybill los und sprang mit mächtigen Sätzen durch den Gang in die Vorkammer und von dort die Treppe hinauf. Ein Blitzstrahl blendete ihn, das Krachen des Donners hemmte seinen Schritt. Dann sah er, was er befürchtet hatte. Das eiserne Gitter war zugeschlagen worden, und der nasse Lehmboden zeigte die Eindrücke nackter Füße von übermenschlicher Größe.

15

Plötzlich tauchten Havelock und Sybil aus dem Dunkel des unterirdischen Gewölbes auf. Sybils Augen zeigten eine angstvolle Starre, und Havelock war bleich wie der Tod. Seine Hand zitterte krampfhaft, als er an dem Gitter zu rütteln begann.

»Wer hat sich diesen dummen Spaß mit uns erlaubt?« fragte er ärgerlich in das Toben des Gewitters hinein; seine Stimme bebte, und nackte Angst gab ihr einen schrillen Klang.

Dick antwortete nicht. Er starrte mit zusammengepreßten Lippen in das Dickicht des Waldes. In wenigen Minuten hatte sich das helle Tageslicht in drohende Finsternis verwandelt.

Aufprasselnd schlug die Regenflut auf den Boden, prallte ab und zischte dem Späher ins Gesicht. Aber in der Gefahr besaßen seine Augen eine unnatürliche Schärfe. Deutlich sah er, wie es sich hinter den Rhododendronbüschen regte. Ein nackter Schenkel wurde sichtbar. Rasch hob Dick die Pistole und feuerte zweimal.

Er hätte zum drittenmal geschossen, aber Sybil umklammerte schluchzend seinen Arm. »O bitte, bitte, schießen Sie nicht«, bat sie flehend. »Noch wissen wir nicht, ob wir das Recht haben, jemandem etwas zuleide zu tun.«

Ihr Kopf lag an seiner Brust. Da ließ er mit einem Lächeln die Waffe sinken.

»Bitte, geben Sie mir Ihren Schlüssel!« sagte er kurz zu Havelock.

Er schob den Arm durch die Gitterstangen – denn das Schloß war nur von außen angebracht – und stieß den Schlüssel hinein. Eine Drehung der Hand, und die Tür flog auf.

Dick wandte sich ruhig an Sybil.

»Bitte, gehen Sie jetzt voraus, ich komme gleich nach!«

Mit ein paar Sätzen verschwand er im Dickicht in der Richtung seines Schusses.

Er hatte nicht weit zu gehen, da leuchtete etwas gelb im Waldgrase auf. Er bückte sich und entdeckte eine Stahlflasche, an deren glatter Oberfläche ein Blutspritzer haften geblieben war. Ganz konnten also seine Schüsse nicht fehlgegangen sein. Die Stahlflasche mochte etwa vier Fuß lang sein. Sie war so schwer, daß Dick sie nur mit Mühe heben konnte. An der verschlossenen Ausflußröhre saß ein Gummischlauch. Ein paar Schritte davon entfernt fand er eine zweite Stahlflasche, die der ersten völlig glich, nur trug diese ein kreisrundes rotes Etikett, das bei der anderen offenbar abgekratzt war. Trotz der Nässe, die die Aufschrift abzuwaschen drohte, war sie noch leserlich. Dick entzifferte: »Chlorgas! Vorsicht! Gift!«

Langsam richtete er sich auf. Ein Erstickungsattentat war also geplant gewesen mit solchen Mengen giftigen Gases, daß nach Öffnung auch nur einer Flasche keiner von ihnen lebend die Totengruft verlassen hätte. Vorsichtig bog er die Zweige der nächsten Büsche auseinander, aber der unheimliche Riese war wie vom Erdboden verschluckt, seine Spuren hatte der wolkenbruchartige Regen bereits verwischt.

Mit raschen Schritten holte Dick Sybil und ihren Begleiter ein. Es blitzte unaufhörlich, der Regen brauste, die Wipfel der Bäume bogen sich, und die Donner gingen pausenlos ineinander über. Mühsam stolperte Sybil über den unebenen Boden. Nasse Zweige schlugen ihr ins Gesicht und zerzausten ihr Haar. Wortlos übernahm Dick die Führung.

»Wen haben Sie gesehen? Auf wen haben Sie geschossen?« fragte Havelock heiser.

»Auf ein Gespenst meiner Einbildung«, sagte Dick gelassen.

Endlich lichtete sich der Wald. Sie atmeten auf, obwohl sie jetzt schutzlos dem Regen preisgegeben waren. Dick begleitete Sybil bis zum Herrenhaus. Die Einladung, in die Halle zu kommen und sich an einer Tasse Tee zu erwärmen, lehnte er ab.

Noch war das Wichtigste ungetan. Er wartete, bis sich die Tür hinter Sybil geschlossen hatte, dann ging er denselben Weg noch einmal zurück. Er mäßigte den Schritt, als er den Wald betrat. Seine Augen spähten nach rechts und nach links. Er gelangte ungefährdet bis zu den Gräbern, die er genauso wiederfand, wie er sie verlassen hatte.

Er nahm ein Paar Handschellen aus der Manteltasche und schnappte sie um das Schloß, so daß es für seinen unbekannten Verfolger unmöglich war, ihn einzuschließen. Dann ging er die Stufen hinab und beleuchtete mit dem grellen Licht seiner Taschenlampe die sieben Schlösser der einundzwanzigsten Tür. In einer Innentasche seiner Weste verborgen hatte er die beiden geheimnisvollen Schlüssel bei sich. Er zog sie jetzt hervor und probierte sie an den Schlössern. Ein Schlüssel paßte zum vierten, einer zum letzten Schloß. Er drehte an beiden, die Schlösser schnappten zurück, aber die Tür bewegte sich nicht. Unbeweglich hing sie in ihren Angeln. Er begriff, sie würde sich erst öffnen lassen, wenn er alle sieben Schlüssel besaß.

Nun schob er die Platte zurück und betrachtete die Kammer. Eine lange Nische war in die Seitenwand des Felsens gehauen. Dort hatte wahrscheinlich der Sarg gestanden, der die sterblichen Überreste des großen Sünders barg. Aber er mußte in der Feuchtigkeit der Gruft schnell zerfallen sein, denn die Felsnische war leer, nur eine Staubschicht bedeckte den Boden.

Dick steckte die beiden Schlüssel ein und stieg langsam und nachdenklich die von Nässe überronnenen Stufen hinauf. Aber der erste Blick, den er ins Freie warf, ließ ihn erschaudern.

Dicht vor dem Eingang zu den Katakomben lag die Stahlflasche, die er vorher im Grase des Walddickichts entdeckt hatte. So lauerte sein unmenschlicher Gegner also immer noch zwischen den Büschen, lauerte tückisch wie ein Panther, der imstande ist, sein Opfer stundenlang zu umschleichen, bis er sich zum mörderischen Sprung entschließt.

Dick war tapfer bis in die Wurzeln seines Wesens, jetzt aber kroch ihm ein eisiges Gefühl des Schreckens durch alle Adern. Er hob die schwere Stahlflasche mit Anstrengung auf und trug sie bis zum Waldessaum. Dort warf er sie keuchend nieder.

Dann stand er einen Augenblick still und blickte starr in das Dickicht. Alle seine Instinkte hetzten ihn zur Flucht. Aber er zwang sich auszuharren. Mit eiserner Kraft meisterte er seine Nerven, bog mit Händen, in denen aller Tastsinn erstorben schien, die Zweige auseinander, und erst, als er sich vergewissert hatte, daß sein unsichtbarer Verfolger sich nirgendwo am Waldesrand verbarg, schlug er den Weg ein, der zum Herrenhaus führte. Er ging ruhig und gemessen. Er wandte sich nicht um. Aber er hatte die Zähne zusammengebissen, die Hände geballt, und seine gesammelte Energie konzentrierte sich darauf, auch nicht das kleinste knackende Geräusch im Walde zu überhören. Mit einem Gefühl tiefster Erleichterung sah er das flache Tal vor sich liegen, und als das Schloß auftauchte, sah er kaum die kalte Strenge seines Stils und fand es beinahe schön.

Die wilde Bosheit seines unheimlichen Gegners, die Hartnäkkigkeit, mit der er ihm nachstellte, ohne seiner Verwundung zu achten, der Todesernst seines mörderischen Willens hoben ihn über die menschliche Sphäre hinaus. Es mußte ein Dämon, ein Besessener sein, ein Wesen, für das es Gut und Böse nicht gab. Der Besuch der Totengruft, die Entdeckung der Tür mit den sieben Schlössern, die doch ganz offenbar nur Staub verbarg, hätte ihn um ein Haar das Leben gekostet, sein Leben und das Sybils.

Und doch schien alles unwirklich und jenseitig gleich dem verworrenen Labyrinth eines Haschischtraums. Dick hatte das Gefühl, als müsse er jeden Augenblick erwachen, um kopfschüttelnd die wilden Ausgeburten seines Hirns zu belächeln.

Nur einmal in seinem Leben hatte er sich außerhalb der Welt geifbarer Verbrechen befunden. Das war in Toronto gewesen, wo eine Reihe unbegreiflicher Katastrophen die Stadt bis in ihre Tiefen erschüttert hatte. Damals war er zum erstenmal dem intelligenten Verbrecher begegnet, der, böse von Grund auf, in seine eigene Bosheit verliebt ist. Er hätte ihn nie gefaßt, wenn er sich nicht schließlich aus Lebensüberdruß selbst verraten hätte.

Der gewöhnliche Verbrecher ist gewalttätig oder verschlagen, entnervt oder gefühllos. Genußsucht treibt ihn zum Verbrechen. Zu bequem oder zu unbegabt, sich das Wohlleben, das er ersehnt, durch Talente und Fleiß zu erringen, einer fortgesetzten Energieanspannung nicht fähig, lebt er als Parasit von dem Erarbeiteten anderer. Er ist schnell in der Bewegung, vielleicht auch gewandt im Erfassen der Situation, aber er ist ohne Phantasie.

Der dämonische Verbrecher aber, der nach den Gütern des Lebens nicht fragt, den das Verbrechen als solches in seinen Bann zieht, den Machthunger oder gar Menschenhaß treibt, ist überlegen durch seine hochentwickelte Phantasie. Er versteht es, sich in die Gedankengänge seiner Häscher zu versetzen und beugt ihren Maßnahmen vor. Sehr oft liegen seine Verbrechen außerhalb aller Gesetze oder auf einer Linie, die jeden Erfahrungskreis durchbricht.

Dick wußte jetzt, daß er im Kampf mit gleichwertigen Gegnern lag und daß er mit gewöhnlichen Mitteln nie zum Ziel kommen werde. Er konnte nur auf die Gerechtigkeit des Schicksals hoffen, die früher oder später jeden Schädling erreicht.

Er war bis auf die Haut durchnäßt, als er das Haus erreichte. Kleine Bäche rannen an ihm herab. Trotzdem wollte er von einem weiteren Aufenthalt nichts wissen, und Sybil mußte sich ihm fügen.

»Haben Sie nach dem geheimnisvollen Waldschrat gesucht? Ich denke, er war nur ein Gespenst Ihrer Einbildung?« fragte Havelock, der seinen Gleichmut wiedergefunden hatte.

»Nicht ganz«, sagte Dick. »Seine Spuren habe ich gefunden, ihn selber nicht.«

»Ob er verwundet war?« wollte Sybil wissen, und ihre Stimme zitterte voller Teilnahme.

»Schwer keinesfalls«, beruhigte sie Dick. »Höchstens kann ihn meine Kugel gestreift haben.«

»Hätten Sie ihn doch umgebracht«, sagte Havelock mit jäher Wut, »dann gäbe es sicher einen Bösewicht weniger auf der Welt.« Er hatte sich den Regenmantel des Verwalters geborgt. In seine Ecke gedrückt, schloß er erschöpft die Augen und wachte nicht eher auf, als bis das Auto vor seinem Hause hielt.

Das Gewitter hatte sich verzogen, aber das Wetter war umgeschlagen. Die Luft war rauh und kühl.

Sybil machte sich Gedanken, Havelock zu dem mißglückten Ausflug verleitet zu haben, und entschuldigte sich bei ihm.

Er wehrte gutmütig ab.

»Sehen Sie sich Mr. Martin an«, sagte er, »an ihm ist kein trockener Faden. Ich habe es unter diesem Mantel noch verhältnismäßig warm gehabt. Überdies ist es ganz gut, daß ich mich mit eigenen Augen von den dunklen Machenschaften überzeugt habe, die augenscheinlich im Gange sind; nur fürchte ich, das, was wir sahen, ist nichts, verglichen mit dem, was unseren Blikken entging.«

»Mein Gott«, sagte Sybil leise, »Sie machen mir angst.«

Havelock schüttelte den Kopf.

»Das will ich nicht, Miss Lansdown, aber wenn mich nicht alles täuscht, ist unserem gemeinsamen Freund« – er sah Dick an, der die Hand unbewegt am Steuer hielt – »eine sehr bedenkliche Entdeckung gelungen.«

Er nickte ihr zu, reichte beiden die Hand und eilte rasch ins Haus.

Dick war mit dem Wenden des Wagens beschäftigt, was bei der schlüpfrigen Nässe des Fahrdamms nicht ohne Schwierigkeiten war, und Sybil wagte nicht, die Frage an ihn zu richten, die ihr auf der Zunge brannte.

In der Coram Street trennten sie sich. Er mußte Sybil versprechen, gleich nach seiner Heimkehr ein heißes Bad zu nehmen und die Kleider zu wechseln. Nichts tat er lieber; denn sein Badezimmer schwebte ihm schon seit Selford wie ein Dorado für Götter vor. Er hatte kaum das ersehnte Bad daheim genommen, da rief er schon Inspektor Sneed an.

»Es tut mir leid, wenn ich Sie in Ihrem Nickerchen gestört habe, aber ich muß Sie bitten, sogleich zu mir zu kommen. Ich habe einen ganzen Sack voll Neuigkeiten für Sie.«

Sneed grunzte unzufrieden; nach einer Weile gab er aber seine Zustimmung zu erkennen, und bald darauf läutete er an Dicks Tür. Er wankte erschöpft durch die Diele, steuerte ins Arbeitszimmer und ließ sich mit einem Aufatmen in den ersten besten Ledersessel fallen.

»Ich habe den Haussuchungsbefehl gegen Staletti. Die Sache steigt heute abend um zehn.«

»Haben Sie nicht die Polizei in Sussex auf elf Uhr fünfzehn bestellt?« fragte Dick mit ungeheucheltem Erstaunen.

»Mein Gott, ja, was soll man sonst tun, um sich die Provinzler vom Hals zu halten? Viele Köche verderben den Brei. Aber nun schießen Sie los! Sie haben die merkwürdige Eigenschaft, jeden Tag ein neues Kapitel Ihres Romans zu erleben.«

Er lauschte mit geschlossenen Augen und öffnete sie nur einmal, als Dick von der Strickleiter sprach, die er an seiner Balkonbrüstung entdeckt hatte.

»Lew Pheeney«, sagte er kurz.

Dick nickte und fuhr dann fort, von seinem Besuch in der Familiengruft zu erzählen. Da richtete Sneed sich auf.

»Jemand anders hat einen Schlüssel zum Tor«, sagte er langsam. »Und einen Schlüssel zum einundzwanzigsten Grabe«, setzte er hinzu.

Er strich sich mit der Hand übers Gesicht.

»Sieben Schlösser«, sann er, »sieben Schlüssel! Zwei haben Sie. Wer hat die fünf anderen? Könnte man alle Schlüssel herbeischaffen, das Rätsel wäre gelöst . . . oder noch besser, man wartet nicht, man sprengt die Tür gleich auf!«

Dick drehte seine Zigarette in die Meerschaumspitze.

»Dazu müßte man die Erlaubnis Lord Selfords haben, und er wird sie schwerlich geben, wenn er unsere Gründe nicht kennt.«

Sneed zog die Brauen zusammen.

»Vielleicht kann man die Schlösser aufbrechen?«

Dick schüttelte den Kopf.

»Unmöglich! Das hat Lew Pheeney schon vergeblich versucht!«

Sneed zuckte zusammen.

»Lew Pheeney – ja – Sie haben recht. Er hatte das Geheimnis der sieben Schlösser kennengelernt und mußte dafür mit seinem Leben bezahlen. Sieben Schlösser – sieben Opfer! Silva, Lew Pheeney sind tot – wer mag als dritter an der Reihe sein?«

Er starrte vor sich hin. Die Hände lagen schlaff zwischen seinen Knien. Plötzlich sah er auf: »Bitte lassen Sie mich doch einmal die Schlüssel sehen!«

Dick legte sie auf seine flache Hand. Das Licht funkelte auf ihrer blanken Fläche und ihren merkwürdigen Verzahnungen.

Sneed nickte und gab sie Dick zurück.

»Und Sie können von diesem nackten Ungetüm gar keine Beschreibung geben?«

Dick schüttelte den Kopf.

»Meine Hände wissen mehr von ihm als meine Augen«, sagte er. »Trotz seiner riesigen Stärke ist er schnell und glatt wie ein Aal. Nur eins glaube ich schon jetzt mit Sicherheit sagen zu können: er folgt Eingebungen, deren Ursprung außerhalb seiner Natur liegt!«

Aus den schmalen Augenritzen des Inspektors schoß es wie ein suchender Blitz.

»Ah«, sagte er langgedehnt, »der Ursprung liegt bei Staletti, nicht wahr? Er bedient sich der Opfer seiner Experimente?«

Dick nickte. Eine lange Pause folgte, die von ungesprochenen Worten und innerer Auflehnung schwer war.

Bedächtig zog der Inspektor die Schlußbilanz.

»Die Stahlflaschen lagen natürlich schon vorher dort. Man hat Sie wohl seit längerer Zeit erwartet. Wahrscheinlich hat man Havelock zuerst nicht erkannt und gemeint, Sie hätten die Eingangspforte mit einem Dietrich geöffnet. Was sollte sonst das Einschließen für einen Sinn haben? Das Öffnen mit einem Dietrich erfordert Zeit, insbesondere hier, wo das Schloß nur von außen zu erreichen war. Sie wären lange tot gewesen, ehe Ihnen der Befreiungsversuch geglückt wäre. Dann trat Havelock zu Ihnen, und jetzt erst wird man ihn erkannt haben. Seine Anwesenheit, mit der niemand gerechnet hatte, brachte die Angreifer in Verwirrung und rettete Ihnen das Leben. Es ist das natürlich nur eine Vermutung, aber ich glaube, sie trifft die Wahrheit.«

Er erhob sich schwerfällig und reckte die steifen Glieder.

»Und jetzt auf zu Staletti! Gebe Gott, daß wir die Spinne in ihrem Netz fangen!«

16

Die Tür wurde aufgestoßen.

Staletti warf einen Blick auf die Kriminalbeamten, die den Treppenaufgang besetzt hielten. Uniformierte Polizisten umzingelten das Haus. Ein dünnes Lächeln zuckte um Stalettis blassen Mund. Sein Gesicht sah gelber und schmieriger aus als je. Die Wangen waren eingefallen, der Bart zerzaust. Er trug einen langen Umhang, den er vorn zusammenzog. Seine Füße steckten in zerfaserten Filzschuhen.

Sneed erklärte ihm in kurzen Worten den Zweck des späten Besuchs und zeigte ihm den Haussuchungsbefehl und seine Marke.

Staletti winkte gnädig ab.

»Oh, ich erinnere mich Ihrer sehr gut, Inspektor – darf ich hinzusetzen: leider?« Sein Blick flog weiter und haftete auf Dick. »Ah – und da ist ja auch der Herr, dem ich neulich mit meinem Benzin aushalf! Treten Sie näher, meine Herren, setzen Sie Ihren Fuß über die Schwelle meines stillen Tuskulums!«

Er verbeugte sich mit übertriebener Geste und führte seine Besucher in die Halle, die er durch Einschalten sämtlicher Lichter in strahlende Helle versetzte.

»Was darf ich Ihnen zeigen, meine Herren? Vielleicht den Salon? Vielleicht das Eßzimmer?«

»Das Laboratorium«, sagte Sneed, der den Spott seines Gegners witterte, mit gerunzelten Brauen.

»Aha – der Tempel der Wissenschaft reizt Ihre Neugierde. Bitte folgen Sie mir! Mein bescheidenes Heim steht ganz zu Ihrer Verfügung!«

Er öffnete die Tür zum Laboratorium, in der er Cody empfangen hatte. Sneed warf einen mißtrauischen Blick auf den Schreibtisch. Er war mit losen Blättern, Büchern und Zeitungen bedeckt. Nichts Verdächtiges bot sich dem Beschauer dar.

»Sie müssen noch ein Laboratorium haben«, sagte Sneed unwirsch. »Es liegt, soviel ich weiß, im ersten Stock. Führen Sie uns hinauf!«

Staletti zuckte die Achseln.

»Wie Sie wünschen. Auch dort werden Sie nur Beweise meines emsigen Forschens sehen. Ich hätte Ihnen den überflüssigen Weg gern erspart.«

Er wandte sich zur Halle zurück und deutete stumm auf die Treppe. Drei Türen wies der obere Gang auf. Die erste führte in einen luftigen Raum, dessen ärmliche Ausstattung in seltsamem Gegensatz zu der Einrichtung der Halle stand. Ein schmieriger Waschständer, ein altes Feldbett, ein verschlissener Armsessel dienten schlecht und recht dem Gebrauch des Bewohners.

»Die Klausur eines Gelehrten«, sagte Staletti mit weiter Handbewegung in stillem Hohn.

Linker Hand führte eine Tür ins zweite Zimmer. Es sah wie der Speicher eines Pfandhauses aus, so vollgestopft war es mit Möbeln, die keine Auswahl und kein Geschmack zu einem harmonischen Gesamteindruck verbanden. Die Unordnung, in der sich dieser Raum befand, spottete jeder Beschreibung. In der Ecke stand ein Stahlschrank, der in Schubfächer eingeteilt war.

Staletti, der Sneed fortgesetzt aus den Augenwinkeln belauerte, sah dessen Blick.

»Sie wollen wissen, was sich in dem Schrank befindet? Überzeugen Sie sich«, sagte er und zog eins der Schubfächer auf. Es enthielt eine Sammlung exotischer Käfer. »Mein naturhistorisches Museum. Der Feuergefahr wegen ist es aus Stahl.«

Sneed warf einen flüchtigen Blick über den farbigen Glanz schillernder Flügeldecken. Er schaute in diesen und jenen Winkel, doch er fand nichts, wo er hätte einhaken können.

Finster blickend stieß er die Tür zum dritten Zimmer auf. Es war nur eine Kammer. Sie enthielt zwei Matratzen und ein paar Decken. Sonst nichts.

»Meine Rumpelkammer«, sagte Staletti auf den fragenden Blick des Ispektors.

»Und nun zum zweiten Laboratorium!«

Staletti nickte.

Er führte die Herren dienstbeflissen noch ein paar Stufen hinauf, bis sie vor einer hohen Tür standen.

Dahinter lag das Laboratorium, das offenbar nach Erbauung des Hauses aufgestockt worden war. Zwei Dachfenster spendeten Licht. Ein mächtiges Regal lief an zwei Wänden entlang und war mit Gläsern aller Art gefüllt. Eine Kommode, auf der ein Sterilisierapparat stand, enthielt chirurgische Instrumente. In der Mitte des Raumes stand ein langer schmaler Tisch. Darauf befanden sich in grauenhaftem Durcheinander eine halb sezierte Ratte, die an ihren vier Füßen aufgespießt war, ein großes, wertvolles Mikroskop, ein paar Meßinstrumente, mehrere Reagenzgläser, eine Feinwaage und eine Sodaflasche, die mit roter Flüssigkeit gefüllt und mit Baumwolle verstopft war.

Sneed beugte sich sogleich über die Ratte.

Es zuckte um Stalettis Lippen. Seine Hände öffneten und schlossen sich wie in einer Zuckung von Wut.

»Ja, Inspektor«, sagte er ölig, »hier können Sie sehen, womit ein armer Gelehrter seine Mußestunden ausfüllt. Sie gehen in eine Revue, Ihr Auge labt sich an schlanken Mädchenbeinen. Er aber forscht im Bauch der Ratte; sein Blick sieht in ihrem Gekröse den schönsten Sinn der Welt. Nein, nein, die Ratte war tot, ehe ich sie aufschnitt«, setzte er rasch hinzu, als Sneed das Tier mit mißtrauischem Finger befühlte. »Ihre Gesetze sind stärker als ich. Ich vivisezierè nicht mehr. Ich versage mir blutenden Herzens den höheren Weg zum Wissen, weil Ihr törichtes Land es so will.«

»Sie sind heute sehr geschwätzig, Staletti«, sagte Sneed mit dunklem Groll.

»Die Freude macht mich geschwätzig, Inspektor! Die Freude, einmal meinesgleichen zu sehen! Ich sitze wochenlang einsam in diesem Hause. Ich höre nichts außer dem Rauschen der Blätter und dem fernen Surren der Autos draußen auf der Chaussee. Oh, ich bin betrübt! Ich denke an die flachbrüstigen kleinen Männer, die in den Autos sitzen und deren Hirn zu nichts taugt als zu faden Geschäften; ich denke an die geschminkten Weiber, die nichts gelernt haben außer Flirt, Zigarettenrauchen und Tennis. Wie sind sie sklavisch voneinander abhängig mit ihren kleinen Sorgen und jämmerlichen Begierden. Ich bin von niemandem abhängig. Nicht einmal eine Köchin brauche ich, denn ich lebe von rohem Fleisch, wie es mein Schöpfer wollte, als er mich zum Fleischfresser schuf. Aber Sie, Inspektor, Sie sind aus anderem Holz als die Chausseeflöhe, die mich mit ihrem Benzingestank irritieren. Sie sind groß und stark. Sie nähern sich meinem Ideal. Sie sind eine willkommene Unterbrechung meiner Einsamkeit, und da rede und rede ich, um so lange wie möglich Ihren Anblick zu genießen.«

Sneed ließ das Geschwätz wie Wasser an sich abgleiten. Er machte eine kurze, ungeduldige Bewegung mit den Armen.

»Wer schläft auf den beiden Matratzen in der Kammer?« polterte er los.

»Niemand.« Staletti schüttelte verwundert den Kopf. »Ich sagte doch, es ist meine Rumpelkammer. Die beiden Matratzen habe ich ausrangiert.«

Dann blitzte es plötzlich in seinen Augen auf.

»Ah – nun verstehe ich! In der Heimlichkeit Ihres Herzens haben Sie ein paar Päppelkinder bei mir zu sehen gehofft. Sie haben sich gedacht: Ei, sieh da, dieser Staletti lebt einsam in seinem einsamen Haus. Das hat einen triftigen Grund. Die drei Monate haben ihn also doch nicht sittlich geläutert. In seiner Hexenküche ist dieser verfluchte Schwerenöter wieder dabei, aus jämmerlichen Kreaturen menschlicher Degeneration ein paar vorweltliche Riesen zu züchten. Nichts zu machen, Inspektor! So gruselige Sachen klingen in der Theorie ganz nett, in der Praxis –«

»Mr. Martin hat einen furchtbaren Schrei gehört, als er sich das Benzin von Ihnen holte«, schnitt Sneed wütend den unerschöpflichen Redestrom ab.

»Hat er? Wie ungesund für ihn! Ich merkte dem Herrn sogleich eine nervöse Überreizung an.«

»Er wurde auf dem Fahrweg von einem halbnackten Wilden überfallen. Nennen Sie das auch eine nervöse Überreizung?«

»Gewiß, Inspektor! Sie glauben gar nicht, wie anfällig ein nervöses Gehirn für solche Komplexe ist.«

Sneed sah Staletti in die Augen, als wollte er in die tiefsten Geheimnisse seiner Seele dringen. Staletti begegnete dem Blick mit funkelndem Spott und ohne auch nur mit den Wimpern zu zucken.

Da wandte sich Sneed wortlos ab und verließ mit seinen Begleitern das Haus.

Die Beamten stiegen in ihre Autos und fuhren langsam den Fahrweg hinab. Man hielt Ausschau nach allen Seiten. Nichts zeigte sich. Die Grube an der Hecke war zugeschüttet worden.

Staletti schaute vom Fenster seines Schlafzimmers den Davonfahrenden nach. Dann rieb er sich mit heimlichem Lächeln die Hände und ging ins Nebengemach. Er stieß die Schublade des Stahlschranks zurück – die einzige übrigens, die sich öffnen ließ – und drückte auf einen Knopf. Die ganze Vorderseite des Schranks schwang heraus, und aus dem tiefen Dunkel dahinter blinzelten zwei Augenpaare ins Licht.

17

Es war am nächsten Morgen. Havelock las wohl zum dritten Male einen Brief, der mit der ersten Post gekommen war, als Dick Martin bei ihm gemeldet wurde.

»Ich hoffe, mein Telefonanruf kam Ihnen nicht ungelegen, Mr. Martin«, entschuldigte sich der Anwalt. »Ich hätte Sie mit diesem Brief nicht behelligt, wenn die Vorkommnisse der letzten Tage mich nicht so bedenklich gestimmt hätten.«

Er reichte Dick das Schreiben Lord Selfords, das den Aufdruck von Shepherds Hotel in Kairo trug.

Dick las:

Lieber Havelock!
Ich erhielt Ihr Kabeltelegramm mit der Nachfrage nach Dr. Cody und beeile mich, darauf zu erwidern. Gewiß ist mir Cody persönlich bekannt. Ich bin ihm einmal im Ausland begegnet und stand zeitweilig in ziemlich lebhaftem Briefwechsel mit ihm. Es ist mir unerfindlich, warum er das leugnet. Möglicherweise trägt daran eine gewisse Gereiztheit auf seiner Seite die Schuld. Er bat mich vor einiger Zeit um ein ziemlich beträchtliches Darlehen, weil er sich in England von irgendeinem heimlichen Gegner bedroht fühlte. Er schrieb mir, daß er Grund habe, um sein Leben zu zittern. Ich nahm ihn jedoch nicht ernst. Seine Befürchtungen hielt ich für Spiegelfechterei, die mich zur Hergabe der Summe bewegen sollte. Kurzum, ich lehnte ab und habe seitdem auch nie wieder von ihm gehört.

Ich benutze die Gelegenheit, um Sie zu bitten, sogleich 25 000 Pfund für mich flüssigzumachen. Schicken Sie das Geld in französischen Banknoten als Wertpaket nach Konstantinopel, Hotel Péra Palace. Gleich nach dem Empfang des Geldes gedenke ich nach Konstanza aufzubrechen. Es sollen in Rumänien große, wertvolle Besitzungen für ein Butterbrot zu haben sein.

Der Brief endete mit höflichen Floskeln und trug die Unterschrift ›Pierce‹.

»Werden Sie seinem Wunsch nachkommen?« fragte Dick

»Ich muß wohl!«

Dick schüttelte den Kopf.

»Sie übernehmen da eine große Verantwortung.«

Havelock nagte nervös an seinen Lippen.

»Was soll ich tun? Er ist mündig. Er ist mein Klient. Ich habe nicht das Recht, ihm etwas zu verweigern.«

»Eine sehr peinliche Lage für Sie«, sagte Dick.

»Gewiß, und ich möchte am liebsten den ganzen Karren lassen, wo er ist – mag ihn, wer da will, aus dem Dreck ziehen! Auch mein Bürovorsteher, dessen gesundes Urteil ich mehrfach bewundern konnte, rät mir dazu. Es ist allerdings ein Schritt, der sehr überlegt sein will; denn die Verwaltung bringt jährlich gegen fünftausend Pfund ein.«

Staunen erfaßte Dick, als er die Ziffer hörte.

»Ist das Vermögen so groß?«

»Es ist eins der größten in England, und jedes Jahr fügt seinem Wert noch allerhand hinzu.«

»Alle Achtung! Da geht es dem jungen Lord besser als den meisten seiner Standesgenossen im Oberhaus. Hat sein Vater vielleicht einen Schatz entdeckt?«

Havelock lächelte.

»Sie fragen das spöttisch, und doch treffen Sie den Nagel auf den Kopf. Er hat tatsächlich einen Schatz entdeckt, einen unerschöpflichen Schatz an schwarzen Diamanten. Seine Kohlenlager in Yorkshire und Northumberland haben sich in den letzten zwei Jahrzehnten zu reinsten Goldgruben entwickelt. Seine Besitzungen in Südafrika und Australien sind heute das Hundertfache von dem wert, was er für sie bezahlt hat. Aber ich sehe es Ihnen an, Sie dachten an einen anderen Schatz – an vergrabene Goldmünzen hinter sieben Schlössern . . . Nein, Mr. Martin, was für ein Geheimnis auch die Tür verbirgt, in Geld ließ und läßt es sich gewiß nicht umsetzen.«

»Hat der junge Lord nie Lust verspürt, die Tür zu öffnen?«

»Nicht, daß ich wüßte! John ist ein nüchterner junger Mann, der ganz in der Wirklichkeit wurzelt. Ich selbst war gar nicht neugierig auf die Tür, und erst das gestrige Erlebnis wirft auf die sieben Schlösser ein etwas unheimliches Licht. Aber wie wollen wir die Tür öffnen? Wir haben die Schlüssel nicht. Und zu einer Sprengung würde Lord Selford niemals die Erlaubnis geben. Dazu respektiert er seine Ahnen zu sehr. Aber ich habe mir sagen lassen, daß Sie sehr geschickt im Öffnen von Schlössern sind. Wie wär's, wenn Sie Ihre Kunst an der einundzwanzigsten Grabkammer versuchten?«

»Ausgeschlossen! Ich kenne meine Talente, aber ich weiß auch, wo sie zu Ende sind.«

Havelock nickte und griff versonnen nach dem Brief.

»Wenn Sie nun mit dem Geld nach Konstantinopel reisten . . .? Diesmal könnte Ihnen doch der Teufelsjunge nicht entgehen!«

Dick schüttelte energisch den Kopf.

»Danke sehr! Ich habe an einer Reise genug.«

Havelock wiegte den Kopf.

»Ich bedaure Ihren Entschluß sehr, aber ich kann ihn nachfühlen. Der Mann im Mond läßt sich, glaube ich wenigstens, leichter fangen als Pierce.«

Dick zog den Brief zu sich herüber und betrachtete ihn.

»Könnte er nicht doch eine Fälschung sein?« fragte er.

»Unmöglich! Ich kenne Johns Handschrift und seine charakteristischen Eigentümlichkeiten besser als – als meine eigene, hätte ich beinahe gesagt. Überdies hat er einen seiner Briefe vor meinen Augen geschrieben, und es war dieselbe Schrift.«

»Dann bliebe noch die Möglichkeit, daß Sie durch einen Doppelgänger getäuscht würden.«

»Undenkbar, Mr. Martin! Sein schmales Gesicht, sein sandfarbenes Haar, seine Augen, aus denen jeder Ausdruck nach innen gewichen zu sein scheint, seine lispelnde Sprechweise – alles das kommt sicher nicht zweimal vor. Überdies hat er ein Muttermal an der Wange unter dem rechten Ohr. Wenn alles andere täuscht, dieses Mal ist ein untrügliches Zeichen. Auch ich hatte an die Möglichkeit eines Doppelgängers gedacht, aber ich bin davon abgekommen. Man zerbricht sich den Kopf über Lord Selford. Man fragt sich, ist er Erpressern zum Opfer gefallen, zieht er als eine Art Medium durch die Welt, spielt er gar selbst aus dunklen Gründen Komödie? Und was ist des Pudels Kern? Der junge Herr ist ein spleeniger Engländer, der seinen Stolz in den Verbrauch von Schuhsohlen und Gummireifen setzt.«

Dick nickte.

Sein Blick heftete sich noch einmal auf den Geschäftsbriefbogen aus Shepherds Hotel.

»Ein merkwürdiger Herr muß es jedenfalls sein«, sagte er aufblickend. »Diesen Brief hat er zum Beispiel mit grüner Tinte geschrieben –«

Sybil Lansdown hatte die ganze Nacht in fiebernder Unruhe verbracht. Sie fühlte, daß ihre Beziehungen zu Dick in ein ganz neues Stadium getreten waren, und sie wußte nicht, ob sie sich darüber freuen durfte. Mit leiser Beschämung dachte sie daran, wie ihr Kopf an seiner Brust geruht hatte. Sie schalt die Schwäche ihres Charakters, die ihr selbst etwas ganz Neues war. Wie konnte ein moderner Mensch bei dem bloßen Getöse einer elektrischen Entladung so in Angst und Schrecken geraten, daß er die Würde seiner Haltung vergaß. Immerhin, es war geschehen, und die ganze Bücherweisheit der Bibliothek wischte die Erinnerung daran nicht fort. Und dann fragte sie sich plötzlich in heißem Erschrecken: Wollte sie denn, daß die Erinnerung ausgelöscht würde?

Es war um die Mittagszeit. Der mächtige Saal hatte sich geleert. Ringsumher standen die Bücher in ihren Regalen. Es war Sybil zur Gewohnheit geworden, die ruhigen Mittagsstunden zu nutzen, um wieder Ordnung in die durcheinandergeratenen Bücherreihen zu bringen.

Da trat eine hagere Frau in schwarzem Seidenmantel durch die hohe Tür, und sofort verbreitete sich ein aufdringliches Parfüm, das den strengen Ledergeruch der Bücher vergessen machte. Die Frau kam raschen Schrittes näher. Ihre Hand fingerte an einem Lorgnon an goldener Kette.

»Sie sind Miss Lansdown?« fragte sie mit schriller Stimme.

Sybil nickte und erhob sich von ihrem Stuhl.

»Ich komme in einer äußerst delikaten Sache«, sagte die Frau und ließ sich umständlich auf einen Stuhl nieder. »Ich kannte Ihren Vater, Miss Lansdown.«

Sie streifte die Handschuhe ab und sorgte dafür, daß das Sonnenlicht auf ihre Brillanten fiel.

Sybil starrte die Frau an. Auf den ersten Blick war sie ihr unsympathisch. Sie erriet, daß sie aus keiner guten Gesellschaft kam und nicht den Geschmack hatte, sich ihres Reichtums auf vornehme Art zu freuen. Die ringübersäten Finger, das aufdringliche Parfüm, die viel zu üppige Kette genügten, um ihr den Stempel geschmacklosen Reichtums aufzudrücken. Es hätte der groben Züge und des gewöhnlichen Mundes nicht bedurft.

Inzwischen plauderte die Frau unbekümmert darauf los.

»Ihr Vater war ein ausgezeichneter Mann, liebes Fräulein, aber er war viel zu vertrauensvoll. Schlechte Freunde beuteten seine Gutmütigkeit aus und ließen ihn im Stich, als das Boot leck wurde. Wie oft hat mein lieber Mann zu mir gesagt: Elisabeth, hat er gesagt, paß auf, es gibt ein Unglück! Und als dann das Ärgste eintrat, war Ihr Vater zu stolz, sich an seine wahren Freunde zu wenden. Wir hätten ihm gern geholfen.«

Sybil starrte die Frau an, deren Redestrom sie bedrückte.

»Sie sprechen in lauter Rätseln. Wer sind Sie eigentlich? Was wollen Sie von mir?«

»Ihr Bestes will ich! Mein Name ist Mrs. Cody«, sagte die Besucherin.

Cody . . . Cody . . . hatte sie den Namen nicht schon einmal gehört? Sybil krauste die Stirn, aber ihr Erinnerungsvermögen versagte.

»Wie gesagt, ich komme in Ihrem eigenen Interesse«, begann Mrs. Cody wieder und legte eine leise Nuance des Gekränktseins in ihren Ton. »Mein Mann war seinerzeit stark in die Geschäfte Ihres Vaters verwickelt und hat selbst Verluste gehabt. Jetzt hat er Informationen erhalten, auf Grund deren sich vielleicht ein Teil Ihres Vermögens wiedergewinnen läßt.« Sie klopfte mit dem Lorgnon auf den Tisch. »Es war eine Ungerechtigkeit, mein Kind, daß Ihr Vater allein die Verluste der Gesellschaft decken mußte. Es sind Schiebungen vorgekommen – Schiebungen, sage ich Ihnen, daß sich einem die Haare sträuben! Mein Mann hat das Material gesammelt, oh, einen Berg von Akten, so hoch!« Sie deutete mit den Händen den Umfang des Aktenbündels an. »Ganz gewiß lassen sich für Sie und ihn Ersatzansprüche daraus herleiten.«

Sybil schwindelte es unter diesem unaufhörlichen Geplätscher der Rede. Sie mußte sich setzen. War das wahr? Konnte das wahr sein? Aber warum nicht? Ihr Vater hatte in den letzten Jahren seines Lebens, besonders nach dem Zusammenbruch seiner Gesellschaft, mit merkwürdigen Menschen zu tun gehabt. Möglich, daß sich auch Cody unter den Geschädigten befand und jetzt wirklich auf eine wichtige Entdeckung gestoßen war. Jedenfalls mußte sie ihn anhören, schon im Interesse ihrer Mutter, die sehr schwer an dem Vermögensverlust trug, obschon sie nie klagte. Rasch faßte sie ihren Entschluß.

»Kann ich Ihren Gatten nicht sprechen?« fragte sie die Frau.

Darauf hatte Mrs. Cody gewartet.

»Aber selbstverständlich, liebes Kind! Deswegen bin ich ja hier! Ich wollte Sie zu uns zum Tee bitten. Mein Mann legt den größten Wert darauf, Sie heute noch zu sprechen. Elisabeth, hat er zu mir gesagt, nimm das Auto, fahre zur Bellingham-Bibliothek und suche Miss Lansdown zu bewegen, unser bescheidenes Heim mit ihrem Besuch zu beglücken! Der Gegenstand unserer Unterhaltung verbietet einen öffentlichen Ort. Und so bin ich hier. Ich sage Ihnen, wir haben Mühe gehabt, uns Ihre Adresse zu beschaffen. Aber was tut man nicht für das Kind eines alten Geschäftsfreundes!«

»Wohnen Sie weit?« fragte Sybil, gegen den Wortschwall ankämpfend.

»Was heißt weit, wenn man ein Auto hat! Keinen Fordwagen etwa, bewahre! Einen Siebzig-PS-Rolls-Royce!« Sie rollte das Wort mit der Zunge, als könne sie sich nur schwer von ihm trennen. »Wir wohnen in Sussex, dicht an der Chaussee nach London. Im Handumdrehen können wir da sein.«

Es fiel Sybil flüchtig ein, daß sie schon gestern diesen Weg gefahren war. Sie blickte auf die Uhr.

»Gut«, sagte sie, »ich werde kommen. Aber wir schließen erst um vier Uhr. Vorher kann ich die Bibliothek nicht verlassen.«

»Das schadet gar nicht, mein liebes Kind«, beeilte sich Mrs. Cody zu erwidern. »Ich mache noch ein paar Einkäufe und warte dann mit meinem Wagen unten vor der Tür.«

Sie verabschiedete sich. Der Geruch ihres Parfüms folgte ihr wie ein Kometenschweif.

Sybil stand einen Moment regungslos. Mrs. Codys Besuch hatte die Erinnerung an ihren Vater heraufbeschworen und an die traurigen Monate, die seinem Tod vorangingen. Sie war im Tiefsten erregt. Die ungeheuerliche Ungerechtigkeit, die an ihrem Vater begangen worden war, ließ sie noch heute erbeben. Viel, viel mehr als das verlorene Vermögen schmerzte sie das unverdiente Unglück ihres Vaters.

Sie rief die Mutter an, um sie von dem Vorgefallenen in Kenntnis zu setzen. Niemand meldete sich. Da fiel ihr ein, daß ihre Mutter diesen Tag bei ihrer Freundin verleben wollte, und sie hängte den Hörer ein. Ihr nächster Gedanke war Dick. Sie mochte es sich nicht eingestehen, daß eine kleine Unsicherheit in ihrem Innern zurückblieb. Sie hätte gern seine starke, zuversichtliche Stimme gehört. Doch auch dieser Anruf war erfolglos.

Um vier Uhr verließ sie die Bibliothek. Das Auto hielt an der Bordschwelle. Der Fahrer war ein jüngerer Mann in schlichter Livree. Er lächelte ihr zu, als er sie erblickte, und sein offenes, frisches Lächeln zerstreute ihre letzten Bedenken. Sie stieg ein.

Tom Cawler setzte das Auto in Bewegung. Der wunderbare Wagen glitt wie beschwingt über den Fahrdamm. Eine elastische Federung fing jeden Stoß auf.

»Haben Sie Ihrer Mutter Bescheid gesagt?« fragte Mrs. Cody, indem sie eine schimmernde Moirédecke über Sybils Knie legte.

Das junge Mädchen schüttelte den Kopf.

»Sie war nicht zu Hause«, sagte sie unbefangen.

»Nun, dann haben Sie doch jemand anders von dem Ziel Ihres Ausfluges unterrichtet, damit sich Ihre Mutter nicht über Ihr Ausbleiben beunruhigt?«

»Oh«, sagte Sybil, »so schlimm ist das nicht. Meine Mutter ist daran gewöhnt, daß ich zuweilen mit Freundinnen ausgehe.«

Mrs. Cody sagte nichts mehr. Aber in ihrem Gesicht zeigte sich ein befriedigtes Lächeln.

18

»Sie sind also die Tochter meines alten Freundes!« So begrüßte Cody das junge Mädchen, als das Auto vor der Terrasse seines Hauses hielt.

Sybil blickte ihn aufmerksam an und durchforschte ihr Gedächtnis. Sie war sicher, sie hatte diesen kleinen kahlköpfigen Mann noch nie gesehen.

»Können Sie sich meiner nicht mehr erinnern?« fragte er.

Sybil schüttelte mit einem um Entschuldigung bittenden Lächeln den Kopf.

»Nun«, meinte Cody, »das ist nicht so seltsam. Als ich Sie das letzte Mal sah, machten Sie gerade Ihre ersten Gehversuche.«

Er bot dem jungen Mädchen den Arm und führte es ins Haus. Mrs. Cody sandte ihm einen warnenden, gereizten Blick nach, aber er zog es vor, ihre säuerliche Miene zu übersehen.

Im Wohnzimmer schob er Sybil den bequemsten Sessel hin und legte ihr trotz ihrer lachenden Proteste noch ein weiches Kissen hinter den Rücken.

Der Tisch war anheimelnd gedeckt.

»Der Tee kommt sofort, mein Kind. Gewiß hat die lange Fahrt Sie angegriffen?«

Er suchte ihren Blick.

Plötzlich stand, wie aus dem Boden gezaubert, Mrs. Cody vor den beiden. Cody, der sich halb über das junge Mädchen gebeugt hatte, fuhr ertappt zurück.

»Bertram«, sagte sie, »darf ich dich einen Moment sprechen?« Und dann mit süßlichem Lächeln zu Sybil: »Miss Lansdown, wollen Sie meinen Gatten für einen Augenblick entschuldigen?«

Sybil, die ihre Absicht durchschaut hatte, mußte ein Lächeln verbeißen. Sie begnügte sich mit einer lässig-höflichen Bewegung der Hand.

Cody aber war durchaus nicht in der Stimmung, sich eine Gardinenpredigt anzuhören; er funkelte seine Frau böse an.

»Das hat wohl Zeit bis nachher«, sagte er abweisend.

Eine Blutwelle schoß Mrs. Cody in den Kopf. Sie versuchte, ihren Mann mit einem vernichtenden Blick zu strafen, und da ihr das nicht gelang, schoß sie wie ein Bolzen aus dem Zimmer. Nichts blieb von ihr zurück als der Geruch verwelkender Blumen.

Sofort bot Cody seinem Gast eine Zigarette an, und nach einer Weile hatte der Rauch das Zimmer vom Parfüm gesäubert.

In der Halle stand der Chauffeur, die Hände in den Hosentaschen. Er klimperte mit losem Geld und pfiff leise durch die Zähne. Als Mrs. Cody wutentbrannt aus dem Wohnzimmer fegte, drehte er sich auf dem Absatz herum.

»Tante, wer ist die Dame? Warum umtanzt sie der Onkel wie eine Henne ihr Küken? Es sieht so lächerlich aus!«

»Was geht das dich an!« sagte sie unwirsch. »Deine Neugierde fällt mir nachgerade auf die Nerven.«

Er überhörte den Vorwurf.

»Sie hat ein nettes Lärvchen. Ich wundere mich, daß du die beiden alleinläßt.«

»Wundere dich gefälligst im stillen, und jetzt geh und bring das Auto in die Garage! Ich habe noch weitere Befehle für dich!«

Tom Cawler zuckte die Achseln.

»Wozu sich abhetzen? Ein schönes Sprichwort lautet: Eile mit Weile. Was will der Alte von ihr?« Er deutete mit dem Daumen über seine Schulter ins Wohnzimmer.

»Weiß ich's?« stieß sie hervor. In ihrer Stimme schwang verhaltene Wut.

Tom tat einen langen Pfiff durch die Zähne. So also stand es. Der Fuchs da drinnen fischte auf eigene Faust.

»Hat sie den Schlüssel mit?« fragte er langsam.

Mrs. Cody starrte ihn an. Ihre farblosen Augen wurden noch heller, so sehr drängte sich das Weiße vor.

»Was weißt du von dem Schlüssel?«

Tom Cawler wiegte den Kopf. Wieder vergrub er die Hände in den Taschen. Er tat, als hätte er ihre Frage nicht gehört.

»Das Haus ist leer«, sagte er. »Ich werde mir meinen Tee allein brauen müssen. Die Mamsell und die Köchin sind auf Urlaub, das Stubenmädchen liegt krank im Hospital. Merkwürdige Geschichte! Merkwürdiges Paar, du und er!«

Ohne noch einen Blick auf seine Tante zu werfen, schlenderte er zur Tür. Er betrachtete den Griff, er hob die Hand – doch plötzlich fuhr er herum.

Er hatte die Stirn vorgestreckt, das Kinn zurückgebogen.

»Was habt ihr vor, Tante?«

Mrs. Cody verlor die Beherrschung, um die sie mühsam während der ganzen Unterhaltung gekämpft hatte.

»Schweig, Tom! Ich sage dir, schweig! Es hat sich ausgetantet! Ich bin keine Tante für dich. Ich bin Mrs. Cody! Hast du verstanden, du Galgenvogel? Hast du –«

Ihre Stimme war schrill geworden und brach jäh ab. Da wandte sich Tom Cawler und ging hinaus, um sein Auto in die Garage zu bringen.

Seit sieben Jahren lebte er im Hause der Tante. Er bezog ein gutes Gehalt. Seine Pflichten waren recht bescheiden. Es hatte

Sybil nickte. Sie konnte ohne Gefahr ihre Zustimmung geben. Ihre Mutter war kaum vor acht Uhr in der Wohnung.

Cody verschwand hinter dem Vorhang. Nach fünf Minuten kam er strahlend wieder. Er rieb sich vergnügt die Hände.

»Alles bestens geordnet. Das Auto ist bereits unterwegs. Ihre liebe Mutter hat zugesagt. Sie wird die Karten für eine andere Vorstellung umtauschen.«

Sybil sah ihn an, starr vor Staunen. Spott, daß er sich so kläglich bloßstellte, verzog ihre Lippen zu einem verächtlichen Lächeln. Die Theaterkarten waren eine augenblickliche Eingebung gewesen, um einen Besuch, der ihr nicht gefiel, so schnell wie möglich zu beenden. Er aber hatte ihre kleine Notlüge für bare Münze genommen. Es war klar: das Telefongespräch war fingiert. Er log mit dreister Stirn. Plötzlich wurde der Widerwille, der in ihrem Unterbewußtsein geschlummert hatte, zum flammenden Abscheu.

Aber warum hatte man sie hergelockt, warum hielt man sie fest?

Da zuckte ein kalter Strahl der Furcht durch ihre Seele. Gefahr! rief es in ihr; Gefahr! zuckte es ihr durch alle Nerven.

Es war ihr, als stünde sie auf einer sausenden Lokomotive. Frei lag der Schienenweg, Ruhe wohnte in ihrem Herzen. Da plötzlich schnellte ein Signalarm hoch. Rot glühte das Licht. Gefahr! Und mit beiden Händen riß sie an der Bremse.

Sekundenlang dauerten Sybils Überlegungen, sekundenlang hämmerte ihr Herz. Doch als Cody zu ihr zurückkehrte, hatte sie sich bereits besser in der Gewalt.

»Das ist nett, daß ich noch bei Ihnen bleiben kann«, sagte sie und wunderte sich, daß ihre Stimme nicht heiser klang. »Sie haben ein gemütliches Heim.«

»Oh, es läßt sich sehen«, sagte er behaglich, indem er sich in ihrer Nähe niederließ. »Ursprünglich war es ein Wittumslehen, und es gehört noch heute Ihrem Verwandten, Lord Selford. Ich selbst habe es nur von Havelock gepachtet.«

»Sie kennen Mr. Havelock?« fragte Sybil rasch.

»Persönlich nicht. Der Bürovorsteher hat die Verpachtung und andere Geschäfte vermittelt. Kennen Sie ihn denn?«

Sybil nickte und führte einiges zu seinem Lobe an. Im geheimen suchte ihr Hirn fieberhaft nach einer Lösung, einem Ausweg. Das beste war, sie veranlaßte ihn, ihr den Garten zu zeigen. War sie erst einmal im Freien, so würde sie der Schnelligkeit ihrer Füße vertrauen. Sie würde zum Pförtnerhaus laufen, auf die Landstraße, zum Dorf. Es konnte nicht weit sein. Sie hatten es ja gestern durchfahren. Ihr Blick haftete am Fenster.

»Oh, was für eine schöne Aussicht Sie haben!«

Sie zwang ihre zitternden Beine, ihren Körper zu tragen, der ihr noch nie so schwer vorgekommen war, und trat zum Fenster. Ein Narzissenbeet leuchtete zu ihr empor.

»Sie müssen mir Ihren Garten zeigen, Mr. Cody. Ich habe eine solche Leidenschaft für gepflegte Gärten!«

Cody wiegte den Kopf.

»Es ist feucht nach dem Regen. Alle Wege sind aufgeweicht!«

»Das tut nichts«, sagte sie, und ihr Lachen klang fremd und hohl an ihr Ohr. »Gerade nach dem Regen finde ich es am schönsten im Freien. Dann duftet alles nach Erde und frischem Grün.«

»Schön, Miss Lansdown. Wenn es Ihnen solche Freude macht, wollen wir in den Garten gehen. Lassen Sie mich nur noch eine Tasse Tee trinken.«

Er goß sich den Tee ein. Dann blickte er in ihre Tasse. »Aber Sie haben Ihren Tee ja kaum angerührt«, rief er kummervoll. »Kommen Sie, ich gebe Ihnen eine frische Tasse.«

»Nein, danke ich habe genug«, wehrte Sybil ab. Sie kehrte zu ihrem Platz zurück. Sie konnte sich kaum noch aufrecht halten, und sie brauchte ihre Kraft – für nachher.

Wie war sie töricht gewesen, den Versicherungen einer wildfremden Frau Vertrauen zu schenken! Gewiß, es hatte alles so einleuchtend geklungen, aber hatte sie in den letzten Wochen nicht unablässig Dinge erlebt, die sie bei jedem Schritt zur Vorsicht mahnten?

Ihr Mund war trocken, ihre Gedanken verwirrten sich. Wieder bot Mr. Cody ihr den Tee an. Diesmal zögerte sie nicht, die Tasse anzunehmen. Sie beherrschte ihre Nervosität, damit ihre Hand nicht zitterte, und hob die Tasse an den Mund.

Der Tee hatte einen metallischen Geschmack. Er ist abgestanden, dachte sie und setzte die Tasse nach einem kleinen Schluck nieder. Aber vielleicht war es auch die furchtbare Spannung dieser Stunde, die ihren Gaumen so empfindlich machte.

»Warten Sie einen Moment, ich hole meine Mütze«, sagte Cody, indem er sich erhob. »Mit meinem blanken Schädel könnte ich mir bei diesem feuchten Wetter eine Erkältung zuziehen!« Er strich sich lächelnd mit der Hand über die Glatze.

Sybil nickte stumm. Ein wirbelndes Gefühl der Übelkeit lähmte ihre Zunge. An der Tür drehte sich Cody noch einmal um.

Mit einem Ächzen hielt sich Sybil am Rand des Tisches fest. Ihr Gesicht war totenbleich, ihre Augen hatten einen gläsernen Blick.

»O Gott, Miss Lansdown, was fehlt Ihnen?« rief Cody.

Da sank sie ohnmächtig zusammen.

Halb trug er sie, halb schleppte er sie zum Sofa, schob ein Kissen unter ihren Kopf und betrachtete sie mit stillem Triumph. Dann ging er auf Zehenspitzen zum Zimmer hinaus und schloß die Tür sorgfältig hinter sich zu.

19

Cody fand den Chauffeur auf der Terrasse. Er hatte ein Bein über die Brüstung gelegt und rauchte eine Zigarette. Er dachte gar nicht daran, seine Haltung zu ändern, als sein Brotgeber erschien.

»Wo ist meine Frau?« fragte Cody scharf. Der Unwille rötete seine Stirn. Aber er wagte Tom Cawler nicht zu sagen, wie sehr ihm seine Haltung mißfiel.

»Wo soll sie sein? Doch wahrscheinlich auf ihrem Zimmer.«

»Geh hinauf und sag ihr, daß ich sie sprechen muß.«

»Geh selber hinauf«, erwiderte Cawler ungnädig und zertrat die glimmende Zigarette.

Der Zorn stieg Cody zu Kopf. Es zuckte in seinen Fäusten, aber die Feigheit hemmte ihn. Mühsam würgte er seine Wut nieder.

»Dann geh ins Dorf und besorge mir ein paar Briefmarken. Ich habe eilige Post.«

»Ich denke nicht daran. Ich bleibe hier und bewache den Eingang. Wo ist die junge Dame?«

»Sie hat sich niedergelegt. Sie hatte einen heftigen Anfall von Migräne.«

»Sie sah nicht nach Migräne aus, als sie herkam. Wann fährt sie heim?«

»Heute wohl nicht, Tom. Sie bleibt unser Gast, bis ihre Schmerzen sich gelegt haben, und so ein Anfall dauert oft vierundzwanzig Stunden. Ich kam heraus, um meine Frau zu bitten, daß sie die Betten im Fremdenzimmer bezieht.«

Tom Cawler erwiderte nichts, aber seine Augen redeten eine drohende Sprache.

Unter diesem Blick kroch Cody zusammen, und mit der lärmenden Wut, die dem Feigling eigen ist, polterte er los.

»Was stehst du hier auf der Terrasse und hältst Maulaffen feil? Scher dich in die Küche! Da gehörst du hin. Ich habe deine Tante geheiratet, nicht dich!«

Tom Cawler steckte die Hände in die Taschen. Er warf den Kopf zurück und lachte grimmig auf.

»Ja, das hast du! Esel, der du warst! Aber du hättest besser daran getan, des Teufels Großmutter zu heiraten!«

Cody keuchte vor Zorn.

»Wie, du wagst es, so von deiner einzigen nahen Verwandten zu reden? Hast du denn gar keinen Respekt mehr?«

Cawler verzog die Lippen und schob das Kinn vor.

»O doch, ich habe Respekt – vor der Niedertracht deiner Frau. Ich habe noch nie einen Menschen gesehen, der so kaltherzig und gemein sein kann. Unterbrich mich nicht, Cody! Sieben Jahre habe ich den Mund gehalten, aber jetzt habe ich das Schweigen satt. Meine Tante und ich, wir gehören keiner Familie an, mit der man Staat machen kann. Ein verdammt böses Blut rollt durch unsere Adern. Aber das sage ich dir, trotz allen Reichtums möchte ich mit Mrs. Cody nicht tauschen. Habgierig ist sie wie ein Drachen, der in der Höhle über seinen Schätzen brütet. An ihren schmutzigen Händen klebt das Geld wie Pech.

Für einen Schilling verkauft sie ihre Seele an den Satan – was würde sie erst für ein Vermögen tun!«

Er schloß die Augen. Dann öffnete er sie wieder, und solch ein Blitz des Hasses schoß aus seiner Lidspalte hervor, daß Cody zurücktaumelte.

»Sie bildet sich ein, daß ich ihr Dank schulde. Dank wofür? Mit Hunger und Prügeln hat sie mich großgezogen.« Er lachte wild und schneidend. »Hast du je von meinem Zwillingsbruder Johnny gehört? Ich habe die letzte Nacht von ihm geträumt, und seitdem kann ich sein Bild nicht mehr loswerden. Er war ein kleiner Knirps von sieben Jahren, als er spurlos verschwand.«

»Als er starb«, verbesserte Cody leise.

»Starb er wirklich? Meine Tante behauptet es. Ich habe ihn nicht sterben sehen.«

Sein Atem ging keuchend. Eine tiefe Falte lief quer über seine Stirn. Cody wich zur Tür zurück und hob die Hand schon zur Klinke, als Cawler ihm mit einem Tigersprung den Weg zum Rückzug verstellte.

»Bleib hier und höre, was ich dir zu sagen habe! Mit meinen eigenen Augen habe ich gesehen, wie sie den kleinen Burschen grundlos so lange verprügelt hat, bis ihn die Besinnung verließ. Wie ein Sack fiel er zu Boden. Und er soll eines natürlichen Todes gestorben sein? Deine Frau wird schon wissen, warum er starb ... Und der Tag wird kommen, wo sie Rechenschaft ablegen muß. Wenn sie ein Mann wäre, da wüßte ich, was ich täte! Keine Stelle an ihrem Körper bliebe heil. So, das wäre meine kleine private Abrechnung, nach der es mich schon lange gedürstet hat. Und jetzt hole ich das Auto. Du bist gewarnt, Cody!«

Bertram Cody starrte ihm nach. Sein Gesicht war fahl geworden. Die Knie schlotterten ihm. Die Angst hatte jeden Gedanken an Widerstand erstickt. In der Halle blieb er stehen und wischte sich die Schweißtropfen von der Stirn. Dann stieg er die Treppe zum ersten Stock hinauf und gelangte keuchend ins Zimmer seiner Frau. Die Tür knallte ins Schloß. Zwei Stimmen tobten gegeneinander – in grellem Diskant die eine, dumpf polternd die andere. Ein Gegenstand fiel krachend zu Boden. Jäh überschlug sich die helle Stimme und endete in zornigem Schluchzen. Dann wurde alles still. Nach einer Weile kam Mrs. Cody heraus. Ihre Augen waren vom Weinen geschwollen, ihre Züge verzerrt, die Lippen verkniffen. Sie ging leise die Treppe hinab, blieb vor dem Wohnzimmer stehen, lauschte mit verhaltenem Atem und drückte dann die Klinke vorsichtig nieder.

Sybil saß auf dem Sofa. Sie hatte ihren Kopf in die Hände gestützt und stöhnte. Ihre Augen hatten einen leeren, verschwommenen Blick. Sie war nur halb bei Besinnung.

Wortlos packte Mrs. Cody sie am Arm und zerrte sie empor. Sie legte ihr die eine Hand unter die Achsel, mit der anderen schob sie die Taumelnde vor sich her. Es dauerte lange, ehe die Treppe zum oberen Stockwerk, noch länger, bis die Stiege zur Mansarde erklommen war. Vor einer roh gezimmerten Tür blieb Mrs. Cody stehen. Sie stieß sie mit dem Fuß auf und warf Sybil auf das schmale Feldbett, das dicht unter dem schrägen Dach stand.

Sybil blieb reglos mit geschlossenen Lidern liegen. Mrs. Cody schenkte ihr keinen Blick, während sie in der Kammer hantierte. Die Nacht war bereits hereingebrochen, als sie die Tür von außen verriegelte und ihre Schritte in der Tiefe des Hauses verhallten.

Sybil vermochte sich an nichts zu erinnern, als sie mit berstendem Kopf aus der Betäubung erwachte. Alle Pulse an den Schläfen und an der Stirn hämmerten mit bohrendem Schmerz und dumpfem Dröhnen.

Ächzend richtete sie sich auf. Ein Tischchen war an das Bett gerückt. Eine Nachtlampe brannte darauf mit trübem Schein. Daneben stand ein Glas Wasser. Sie griff gierig nach dem Glas und entdeckte eine geöffnete Hülse, aus der ein paar Aspirintabletten auf ihre Hand fielen. Instinktiv nahm sie zwei davon auf die Zunge und spülte sie mit einem Schluck Wasser hinunter.

Danach lag sie wieder eine lange Zeit, ohne sich zu rühren, und lauschte auf das Pochen des Blutes, das ihre Adern zu sprengen drohte. Allmählich nahm die Kraft des Hämmerns ab, das Dröhnen in ihren Ohren wurde zum leisen Gesumm, und plötzlich hoben sich die Nebelschwaden von ihrer Erinnerung. In die Dauer einer Sekunde preßte sich alles, was sie erlebt hatte. Herzensangst ballte sich zusammen und steigerte sich zu einem furchtbaren Verstehen ihrer gegenwärtigen Lage. Langsam richtete sie sich auf. Aber noch nahmen ihre Augen nichts von ihrer Umgebung wahr, die Winkel verschoben und überschnitten sich, ein gräßliches Schwindelgefühl erfaßte sie und stürzte sie in einen bodenlosen Abgrund hinab.

Doch auch das ging vorüber. Die Linien bogen sich zurecht, die Gegenstände rückten an ihren Platz, und sie sah, daß sie sich in einem Mansardenstübchen befand. Ein schwerer dunkelbrauner Schrank füllte die Breite des Zimmers aus. Das Waschgerät stand in der Nähe des Tischchens, ein Stuhl am Bett. Auf dem Boden lag ein schäbiger Läufer. Ihr Blick suchte die Tür. Sie reichte nicht ganz bis zum Boden. Durch die handbreite Spalte fiel ein matter Lichtschein von draußen. Sybil sammelte alle ihre Kräfte und ging schwankend zur Tür. Sie rüttelte am Griff. Umsonst. Die Tür war verschlossen. Sie wandte sich um und starrte zum Fenster hinauf. Es war nur eine Dachluke, und sie lag so hoch, daß sie auf einen Stuhl steigen mußte, um sie zu erreichen. Sie hatte die Nachtlampe mitgenommen und beleuchtete die staubüberkrustete Scheibe.

Es dauerte lange, ehe sie sich öffnen ließ. Als sie endlich aufsprang, war Sybil um eine Hoffnung ärmer. Die Luke war durch ein eisernes Gitter gesichert, das viel zu engmaschig war, als daß sie auch nur ihren Kopf hätte hindurchzwängen können. Das war also kein Ausweg.

Da hörte sie plötzlich schwere Schritte die Treppe heraufkommen. Sie drückte das Fenster zu, sprang vom Stuhl herab und trug ihn ans Bett zurück. Draußen wurde der Riegel zurückgeschoben, der Schlüssel ins Schloß gesteckt und zweimal herumgedreht. Dann trat Cody ein.

Er hielt eine Aktenmappe in der Hand. Sein Gesicht zeigte einen besorgten Ausdruck.

»Aber liebes Kind«, begann er schon auf der Schwelle, »was haben Sie uns für einen Schrecken eingejagt! Leiden Sie öfter unter derartigen Anfällen?«

Sie starrte ihn an. Blitzartig begriff sie, worauf er hinauswollte.

»Anfällen?« fragte sie langgedehnt.

»Nun ja, ich wähle noch eine sehr milde Bezeichnung.« Sein Ton kühlte sich merklich ab. »Ich will Ihnen keine Vorwürfe machen. Bewahre! Die Sünden der Väter werden an den Kindern gerächt. Ist in Ihrer Familie vielleicht Epilepsie erblich?«

Die uferlose Dreistigkeit dieses kleinen, betulichen Mannes benahm Sybil den Atem. Sie antwortete nicht.

»Ich will natürlich keineswegs behaupten, daß es ausgesprochen epileptische Krämpfe waren«, nahm Cody sogleich wieder das Wort. »Das zu beurteilen, fehlen mir die psychiatrischen Kenntnisse. Aber ich denke mir, es muß Epilepsie sein; denn wie könnte man sonst ohne jeden äußeren Anlaß in Schreikrämpfe ausbrechen?«

Sybil mußte mit aller Kraft an sich halten. Am liebsten wäre sie diesem Fuchs an die Gurgel gefahren. Aber still, still! Sie war ihrer Mutter schuldig, daß sie ihre traurige Lage nicht noch weiter verschlechterte.

»Ich kann mich durchaus nicht an Schreikrämpfe erinnern«, sagte sie mit einer Stimme, die wie Glas klang.

Cody legte den Aktendeckel auf den Tisch und entnahm ihm einen Bogen Papier. Dazu nickte er kummervoll wie ein chinesischer Mandarin.

»Dachte ich es mir doch – Bewußtseinsstörung, Gedächtnisschwund! Erstes Stadium der Epilepsie, das zweite ist Tobsucht!«

Sybil ballte die Hände, daß sie die Schärfe der Nägel in der Handfläche spürte. Sie richtete sich auf.

»Geben Sie den Weg frei!« sagte sie. »Ich wünsche das Haus zu verlassen!«

Cody stellte sich vor die Tür.

»Gemach, gemach, junge Dame. Vorerst harren noch einige kleine rechtliche Förmlichkeiten der Erledigung.«

Er nahm einen Füllfederhalter aus seiner Westentasche und schraubte ihn umständlich auf. Dann strich er mit der Hand glättend über den Konzeptbogen.

»Sie sind frei, wenn Sie das unterzeichnen!« sagte er und deutete auf das engbeschriebene Papier.

Sie streckte die Hand nach dem Bogen aus, den er sofort wieder zurückzog.

»Sie werden begreifen«, sagte er in dozierendem Ton, ohne das junge Mädchen dabei anzusehen, »daß Sie mich durch Ihre Hysterie in eine Zwangslage versetzt haben. Ich lade Sie zu einer hochwichtigen Besprechung ein. Beim ersten Wort bekommen Sie Schreikrämpfe, wälzen sich in Zuckungen auf dem Sofa. Ich trage Sie in diese Kammer und schließe Sie ein, um Sie vor sich selber zu schützen. Eine Mutter kann nicht mehr für ihr Kind tun. Soweit ganz schön, aber meine Frau meint mit Recht, daß hysterische junge Damen mitunter an merkwürdigen Zwangsvorstellungen leiden. Vielleicht, sagt sie, setzt sich Miss Lansdown in den Kopf, wir hätten Gift in ihren Tee gemischt und sie gegen ihren Willen hier festgehalten. Was können wir später gegen eine solche irrtümliche Darstellung tun? Nichts! Man würde uns nicht glauben. Staatsanwälte haben die Eigentümlichkeit, immer von ihren Mitmenschen das Schlimmste anzunehmen. Sie werden es mir nicht verargen, wenn ich beizeiten solchen Möglichkeiten vorbeuge. Ich habe daher eine Erklärung aufgesetzt, die mich von jedem Vorwurf freispricht. Setzen Sie Ihren Namen darunter – und mein Auto bringt Sie sofort nach Hause.«

»Ich denke, meine Mutter war bereits auf dem Weg hierher?« fragte Sybil, die sich diesen Hieb mit blanker Waffe nicht versagen konnte.

Cody war auf diesen Einwand gefaßt gewesen.

»Ich habe sie noch telefonisch erreichen können und sie gebeten, von ihrem Besuch abzusehen«, parierte er geschickt. »Das Auto ist noch nicht zurück, aber es muß jeden Augenblick da sein.«

»Kann ich die Erklärung lesen?« fragte sie.

»Wozu? Das würde zu weit führen. Die Zeit drängt. Unterschreiben Sie!«

»Es ist ein bißchen viel verlangt, daß ich selber meine Geistesgestörtheit bescheinigen soll«, sagte Sybil und trat einen Schritt zurück.

»Das sollen Sie durchaus nicht! Wer spricht davon? Was Sie

unterschreiben sollen, ist nichts weiter als ein Zeugnis für Ihre absolute Unversehrtheit und die Ehrenhaftigkeit und Sorgfalt meiner Handlungsweise!«

»Warum soll ich es dann nicht durchlesen?«

»Einfach deshalb, weil die Phraseologie des Juristen jeder Frau fremd ist. Sie würden dies und jenes nicht verstehen, und das würde zu Mißverständnissen und Erörterungen führen. Kommen Sie! Lassen Sie mich nicht länger warten! Ich habe Aufregung genug durch Sie gehabt. Meine Frau hat sich mit schwerer nervöser Überreizung ins Bett gelegt. Ich muß ins Dorf und einen Arzt holen!«

Er reichte Sybil mit gewinnendem Lächeln den Halter.

Sie näherte sich dem Tisch und sah jetzt, daß der Bogen mit sehr kleiner Schreibmaschinenschrift bedeckt war. Als er ihren Blick sah, legte er rasch seine Hand über die Schrift. Mit der anderen deutete er stumm auf eine freie Stelle. Schon wollte sie die Feder ansetzen; denn sie war nur von dem Wunsch beseelt, die Freiheit wiederzugewinnen, gleichgültig, um welchen Preis. Da las sie zwischen seinen gespreizten Fingern eine Zeile:

Sollte die besagte Sybil Lansdown vor dem besagten Bertram Cody sterben, so . . .

»Nein«, sagte sie ruhig und fest, »ich unterschreibe prinzipiell nur, was ich vorher geprüft und gelesen habe.«

Da fiel die Maske von seinem Gesicht ab. Seine Kinnladen verschoben sich, seine Lippen entblößten die gelben Zähne, die Augen versanken in der Lidspalte. Er war nicht mehr der joviale, redegewandte Herr, er war jetzt der verstockte, in Sünden ergraute Verbrecher, der vor keiner noch so gemeinen Niedertracht zurückschreckt.

»Unterschreiben Sie«, brüllte er sie an, »oder ich gebe Ihnen Veranlassung, Ihre Weigerung zu bereuen!«

»Ich unterschreibe nicht. Bemühen Sie sich nicht länger!« sagte sie kalt und ablehnend.

Da riß er das Dokument vom Tisch und warf es in die Mappe.

Diesen Augenblick hatte sie abgepaßt. Mit einem Sprung war sie an der Tür. Schon hatte sie die Hand am Griff. Da packte er sie am Gelenk und schleuderte sie so kräftig zurück, daß sie zu Boden stürzte.

Er sah sie höhnisch an. Er gab sich keine Mühe mehr, sich zu verstellen.

»Hier bleiben Sie, bis Sie kirre geworden sind, mein Fräulein! Ich habe Zeit zu warten. Ob Sie warten können, ist eine andere Frage. Wenn Ihre Vernunft Ihnen nicht den einzigen Weg zur Rettung zeigt, wird der Hunger es tun müssen.«

Er warf die Tür ins Schloß und drehte den Schlüssel um. Seine Schritte verloren sich auf der Treppe. Sybil war allein.

Eine Zeitlang war sie zu gelähmt, um irgendeinen klaren Gedanken zu fassen. Dann aber meisterte sie allmählich ihre zukkenden Nerven und versuchte, ihre Lage zu übersehen. Sie hoffte auf Dick. Er war der einzige Posten, den sie auf ihrer Kreditseite hatte. Er stellte zwischen den bösen und guten Mächten ihres Schicksals den Ausgleich her. Gewiß, er würde sie finden und retten, ehe der Hunger sie zermürbt hatte. Vor allen Dingen mußte sie Cody daran hindern, die Kammer zu betreten, während sie womöglich im Schlaf lag.

Sie versuchte, den Schrank vor die Tür zu rücken, aber er war zu schwer. Nun stellte sie den Tisch davor, hob den Waschständer hinauf und stemmte ihn gegen die Klinke, so daß sie eingeklemmt und nicht zu bewegen war. Dann warf sie sich erschöpft auf die Matratze. Wie ein Panther umschlich sie der Schlaf. Sie versuchte, ihm zu entgehen. Verzweifelt rezitierte sie Gedichte, sprach das Alphabet, das kleine Einmaleins, es half nichts. Mitten in einer Multiplikation verschwammen ihre Gedanken, löste sich alles in wesenloses Nichts auf.

Sie erwachte jäh mit einem wilden Hämmern ihres Herzens. Ein Laut war aus der Tiefe des Hauses zu ihr emporgedrungen, ein Laut wie von schlürfenden Schritten, den ihr getreuer Wächter, das Gehör, im tiefsten Schlaf aufgefangen und auf ihr Gehirn übertragen hatte. Kam Cody etwa wieder, um sie zu quälen und zu drängen? Nun wohl, sie war gerüstet; mit dem Stuhl in der Hand würde sie ihn empfangen. Sie würde ihr Leben teuer verkaufen. Aber das Geräusch war verstummt. Eine lange Zeit blieb alles totenstill. Doch dann plötzlich zitterte durch das Haus ein dumpfer Schlag, als ob irgendein schwerer Körper zu Boden gefallen wäre. Ein Mann schrie auf, einmal, zweimal – die Schreie ertranken in verworrenem Lärm, und es klang, als würden Möbel zertrümmert. Sie lauschte mit allen Nerven, ihre Hand ballte sich über ihrem Herzen, umsonst beschwor sie den jagenden Puls ihres Blutes. »A-u-u-uh!«

Plötzlich war das ganze Haus von Jammergeschrei erfüllt. Es war der Schrei einer von Schreck geschüttelten Bestie, hoch und durchdringend – ein Schrei, der durch Mark und Bein drang. Dem ersten folgte ein zweiter Schrei, tiefer, gutturaler noch, dem dumpfer Schmerz beklemmend beigemischt war.

Sybil umkrampfte das eiserne Gitter des Bettes, einen Augenblick war sie vor Entsetzen der Ohnmacht nahe. Das Brausen ihres Blutes übertönte jedes von außen kommende Geräusch. Doch als sich die Schreie nicht wiederholten, beruhigte sich ihr Puls. Wieder lauschte sie an der Tür. Ein schwaches Schluchzen drang von unten herauf. Es mochte zehn Minuten dauern, dann wurde alles still.

Die Stille währte lange; es war die qualvollste Spanne Zeit, die Sybil in diesem Haus des Grauens verbracht hatte. Dann hörte sie wieder das unheimlich schlürfende Geräusch, das sie geweckt hatte. Es kam die Treppe herauf, jetzt war es im Gang vor ihrer Tür. Kein Zweifel, es rührte von nackten Füßen her, die schwer über eine glatte Fläche gingen. Jetzt blieben die Füße stehen. Sybil glitt vom Bett herab. Sie umfaßte den Stuhl mit beiden Händen und rückte so weit von der Tür ab, wie es ihr der enge Raum gestattete. Sie biß die Zähne zusammen, um den Schrei zu unterdrücken, den ihr gepreßtes Herz durch die Kehle hinaufjagte.

Jetzt faßte auf der anderen Seite eine Hand an die Klinke und versuchte, sie niederzudrücken. Aber Sybil hatte sie gut gesichert, und sie bewegte sich nicht. Wieder folgte eine Sekunde Stille, in der Sybil den Atem hörbar durch die Lippen zog, dann hämmerte eine Faust gegen die Tür, die in ihrem Rahmen wankte, aber nicht nachgab. Wer auch in die Kammer einbrechen wollte, er besaß keinen Schlüssel und kein anderes Werkzeug als die grobe Faust.

Sie hörte ein scharfes Geräusch am Boden, ihre Blicke richteten sich auf die Schwelle. Im nächsten Augenblick erstickte sie ihren Aufschrei der Angst mit der zusammengekrümmten Rechten. Ihre Augen starrten wie entrückt auf den Boden. Dort zeigte sich zwischen Tür und Schwelle eine nackte, mißgestaltete Zehe wie vom Fuß eines Riesen. Sie zog sich zurück, doch dann schoben sich drei große stumpfe Finger durch die Spalte. Sie waren naß und rot von Blut. Und jetzt griffen zwei Mörderhände unter die Tür und versuchten, sie aus den Angeln zu heben.

Bei diesem Anblick brach jeder Gedanke an Verteidigung in Sybil zusammen. Ihr Mund öffnete sich zu einem langgezogenen Schrei des Entsetzens. Nur hinaus! Hinaus!

Sie sprang auf den Stuhl. Sie hatte in der Panik des Augenblicks nur den einen unklaren Gedanken: Flucht durch das Fenster. Das Gitter, das die Dachluke versperrte, hatte sie vergessen. Sie packte den Riegel der Scheibe, doch jäh fuhr sie zurück. Hinter den Eisenstäben auf dem Dach erschien ein Gesicht, das auf sie herabstarrte – totenbleich, von Schweißtropfen überperlt . . .

20

Da Inspektor Sneed Dicks Meinung teilte, daß seine unbekannten Gegner ein zweites Attentat auf sein Leben nicht versuchen würden, nachdem das erste so schmählich mißglückt war, hatte er die Posten aus Dicks Wohnung zurückgezogen. Sie kam dem jungen Mann daher bei seiner späten Heimkehr merkwürdig leer und unbewohnt vor. Er war am Nachmittag in der Bibliothek gewesen – als Leser, wie er vorgab, in Wahrheit aber, weil es ihn drängte, Sybil wiederzusehen. Eine Enttäuschung harrte seiner. Sie war fortgegangen. Eine Dame habe sie in einem Auto abgeholt, erzählte ihre Kollegin.

Er nahm nun ein Buch aus dem Schrank und versuchte zu lesen. Aber seine Aufmerksamkeit haftete nicht an den Worten. Alle Buchstaben formten sich zu Sybils Namen, und seine Gedanken liefen fortwährend im Kreise um das Geheimnis der sieben Schlösser, in das Sybil verstrickt war. Endlich befiel ihn eine sanfte Müdigkeit, so daß er auf erquickenden Schlaf hoffen durfte. Er stellte das Telefon wieder in sein Schlafzimmer und begab sich zu Bett. Einen Augenblick fiel ihm das Ungetüm ein, das ihn beinahe in seinen Kissen erwürgt hätte, und ein kalter Schauder durchrieselte ihn. Er hob seine Hand zur Lampe, aber er zog sie wieder zurück. Keinesfalls durfte er seine Nerven zu Herren seiner Vernunft werden lassen. Er schloß die Augen und überließ sich einem Zustand zwischen Wachen und Dämmern.

Da fuhr er hoch. Das Telefon klingelte aufdringlich dicht neben seinem Ohr. Er griff zum Hörer und schaltete mit der anderen Hand das Licht ein. »Halloh!« meldete er sich.

»Ferngespräch! Bleiben Sie am Apparat«, erwiderte eine dünne Stimme.

Er wartete. Ein Knacken ging durch die Leitung. Dann wurde alles still. Doch da –

»M-ö-r-d-e-r . . . H-i-l-f-e . . . M-ö-r-d-e-r«, schrie es auf und wieder: »H-i-l-f-e . . . er ist da . . . er läßt mich ermorden . . .«

Dicks Hand, die den Hörer festhielt, bebte. Sein ganzes Wesen drängte zum Beistand. Hier lag er hilflos, viele Meilen vom Schreckensort entfernt, und mußte alles mit anhören.

»Wer ist am Apparat?« fragte er heiser.

Keine Antwort.

»Wer spricht?« rief er lauter. »Mein Gott, antworten Sie doch! Wie soll ich Ihnen sonst helfen?«

Keine Antwort. Und doch . . .

Die Antwort war ein Schrei, ein dumpfer Schlag, ein langgezogenes Stöhnen.

»Wer sind Sie?« schrie Dick, den die Aufregung schüttelte. »Wer sind Sie? Von wo telefonieren Sie?«

Plötzlich war wieder die Stimme da. Sie lallte ein Wort. Das Wort wurde zum Schrei, wie in letzter Todesnot hervorgepreßt, und in schrillem Aufschluchzen endend. Dann entfernte sich die Stimme, als würde sie gewaltsam vom Apparat getrennt. Nur erstickt klang sie an Dicks Ohr.

»Rührt mich nicht an! Ich war – mit der Polizei verbunden Ich liefere euch aus! H-i-l-f-e! H-i-l-f-e!«

Ein Knall unterbrach die Schreie. Danach war Grabesstille.

Dick trommelte auf die Gabel. Nach einigen Sekunden, die ihm wie Ewigkeiten vorkamen, meldete sich das Fernamt.

»Können Sie feststellen, woher der Fernruf kam?«

»Ich glaube aus Sussex«, erwiderte die Beamtin. »Haben Sie besondere Gründe, eine solche Feststellung zu wünschen?«

»Die dringendsten! Es war ein Hilferuf. Jemand, der mich kennt, muß überfallen worden sein!«

»Ihr Name, bitte!«

»Dick Martin von Scotland Yard.«

»Ihr Amt und Ihre Nummer?«

Dick nannte sie.

»Danke sehr. Sie können auflegen. Wir rufen an.«

Dick Martin legte den Hörer nieder und sprang aus dem Bett. Er hatte ein feines Unterscheidungsvermögen für Trug und Wahrheit. Er wußte, hier hatte ein Mensch in höchster Todesnot zu ihm gesprochen. Die Stimme konnte er vorerst mit keiner Person in Verbindung bringen, obwohl sie ihm bekannt vorkam. Er schnürte gerade an seinen Halbschuhen, als sich das Telefon wieder meldete.

»Hier Fernamt. Der Anruf kam aus South Weald, Sussex!«

Dick stand einen Moment wie versteinert.

Wie in einem elektrischen Transparent flammten Buchstaben vor ihm auf und bildeten ein Wort: ›Cody‹.

Cody war der Pächter von South Weald House. Er hatte mit ihm gesprochen. Er mußte gehofft haben, daß seine Verbindung mit dem gefürchteten Detektiv die Mörder von dem Schlimmstem abhalten würde. Aber diese Hoffnung hatte getrogen. Seine Sterbeschreie legten davon ein grimmiges Zeugnis ab.

Es dauerte einige Sekunden, bis Dick sich gefaßt hatte, dann bat er unter Schilderung der näheren Umstände das Fernamt, die nächstgelegene Polizeiwache von dem Überfall in Kenntnis zu setzen.

Schließlich ließ er sich die Nummer Brixton 9007 geben. Sneed war sein erster Gedanke. Er mußte helfen. Wenn nur das Klingelzeichen stark genug war, um seinen Bärenschlaf zu unterbrechen.

Zu seinem Erstaunen meldete Sneed sich sofort.

»Sie sind es, Dick Martin? Menschenskind, Sie stören meine schönste Bridgepartie. Ich nehme hier einigen Kollegen vom Hauptquartier scheffelweise das Geld ab. Es sind die reinsten Säuglinge, sag' ich Ihnen –« Protestierende Stimmen wurden im Hintergrund laut. »Na, wollt ihr etwa behaupten, daß ihr mehr vom Bridge versteht als ein schnullerndes Baby?«

Dick riß die Geduld.

»Aber so hören Sie doch mit dem Unsinn auf, Sneed! Ich habe Ihnen etwas sehr Wichtiges zu sagen. Cody hat mich angerufen. Er ist überfallen worden – Mörder befinden sich in seinem Hause.«

Er schilderte, auf wie sonderbare Weise ihn die Kunde davon erreicht hatte.

»Das klingt böse«, sagte Sneed, plötzlich sehr ernst geworden. »Wir fahren hin. Ich rufe sofort ein Auto!«

»Mein Wagen fährt schneller. Ich hole Sie ab.«

»Gut, Martin. Wir kommen Ihnen entgegen. Erwarten Sie uns unter dem Eisenbahnbogen. Inspektor Elbert und Sergeant Staynes werden uns begleiten.«

»Ausgezeichnet. Ich fürchte, wir brauchen jeden Arm!«

Dick hängte ein, froh über die Unterstützung, die er sich gesichert hatte. Er riß den Mantel vom Riegel und stürzte zur Tür. Als er sie öffnete, fuhr er in höchstem Erstaunen zurück. Eine bleiche Frau hob die Hand zur Türklingel.

»Mrs. Lansdown!« stammelte er.

Sybil! Eiskalter Schrecken überfiel ihn.

»Ich weiß mir keinen Rat mehr«, klagte sie. »Meine Tochter ist verschwunden!«

»Bitte, kommen Sie doch herein«, sagte Dick, der plötzlich sein Herz schlagen hörte. »Erzählen Sie mir alles der Reihe nach. Jede Einzelheit ist von Wert.«

Mrs. Lansdowns Geschichte war rasch erzählt. Als sie gegen acht Uhr nach Hause kam, war Sybil nicht da. Bis um zehn machte sie sich deswegen noch keine Sorge. Dann rief sie bei ihrer Freundin an, bei der Sybil oft die Abende verbrachte. Sie hatte sie seit Tagen nicht gesehen. Ein zweiter, ein dritter Anruf bei anderen Bekannten blieb ebenso erfolglos. Dann war es ihr geglückt, Sybils Kollegin zu erreichen. Das junge Mädchen gab endlich den gewünschten Aufschluß. Eine fremde Dame habe Sybil besucht und sie zu einer Autofahrt eingeladen. Wer war die Dame? Darüber zergrübelte sich die Mutter den Kopf. Inzwischen wurde es Mitternacht, und von Sybil noch immer keine Spur.

Dick hörte aufmerksam zu. Mit eiserner Ruhe zwang er die tobende Unruhe seines Herzens nieder.

»Hat Sybils Kollegin eine Beschreibung der Dame gegeben?«

Mrs. Lansdown nickte.

»Wie sah sie aus?«

Mrs. Lansdown gab ein paar Anhaltspunkte. Sie war noch nicht zu Ende, da setzte fast sein Herz aus. Er kannte die grobknochige, penetrant duftende Dame, die er ursprünglich für eine einfältige Wirtschafterin gehalten hatte. Es war Mrs. Cody.

Mrs. Lansdown sah ihn erbleichen. Das Wort erstarb ihr im Munde; sie packte seinen Arm.

»Mein Gott, Sie ahnen etwas! Ist es so schlimm?«

Dick schüttelte mühsam den Kopf.

»In zwei Stunden habe ich Klarheit«, sagte er, äußerlich gefaßt. »Wollen Sie meinen Anruf hier erwarten? Meine Bibliothek steht Ihnen zur Verfügung!«

»Nein, nein! Es ist besser, ich gehe heim. Es ist doch nicht ausgeschlossen, daß Sybils Verschwinden sich ganz harmlos aufklärt. Dann kommt sie zurück und ängstigt sich zu Tode, wenn sie die Wohnung leer findet. Aber gehen Sie nur, Mr. Martin! Kümmern Sie sich nicht um mich! Ich finde meinen Weg schon allein, und mein Auto hält vor der Tür.«

Es war keine Minute zu verlieren. Dick befolgte ihren Rat und eilte vor ihr die Treppe hinab. Er riß die Tür zur Garage auf, sprang ans Steuer, fuhr das Auto hinaus. Es war ihm wohler, als er das Rollen der Räder unter den Füßen spürte. Jede Sekunde brachte ihn jetzt dem Tatort näher.

Unter dem Eisenbahnbogen in Brixton Road standen drei vermummte Gestalten.

»Steigen Sie schnell ein«, rief Dick ihnen zu.

Sneed wählte den Platz an seiner Seite.

Dick starrte auf die menschenleere Straße, über die sein Scheinwerfer fegte.

»Miss Lansdown ist verschwunden«, preßte er durch die Zähne hervor, »und ich fürchte . . .«

Er schwieg einen Moment. Der Winker flog heraus. Das Auto schwang um eine scharfe Kurve.

Als er wieder freie Bahn hatte, sprach er in dürren Worten seine furchtbare Vermutung aus. Dann schwieg er eine Weile, die Lippen hart aufeinandergepreßt. Die Tachometernadel zeigte immer höhere Geschwindigkeiten an.

»Jetzt wird die Polizei von Sussex bereits in South Weald sein«, sagte er, und sein Ton drückte Wunsch und leisen Zweifel zu gleicher Zeit aus.

Sneed schüttelte den Kopf.

»Glauben Sie nur das nicht, Martin. Sie ahnen gar nicht, wie rückständig das ganze Polizeiwesen in der Provinz ist. Möglicherweise hat die nächste Wache gar kein Telefon oder, wenn sie es hat, ist es nicht in Betrieb, weil die Vermittlungsstelle ihren Laden um zehn Uhr zumacht. Selbst angenommen, der Fernruf hätte die Polizei erreicht, so wird sich der Dorfpolizist deswegen noch lange nicht aus den Federn bemühen. Er hält sich an seine Instruktionen und handelt nur, wenn ein beglaubigter Hilferuf vorliegt. Wissen wir denn auch, ob Cody die Wahrheit sprach? Vielleicht wollte er Ihnen nur eine Falle stellen!«

Dick konnte nicht gleich antworten. Ein Lastauto kam ihm entgegen.

»Nein«, sagte er endlich, »die Schreie waren echt.«

Die nächste Viertelstunde verbrachten sie schweigend; jeder hing seinen Vermutungen nach.

»Sind wir hier nicht in der Nähe vom ›Galgenhof‹?« fragte Sneed plötzlich und beugte den Kopf hinaus.

»Links«, erwiderte Dick und ließ den Scheinwerfer aufleuchten.

Die zerbröckelnde Mauer brach aus der Dunkelheit hervor und trat grell ins Licht. Das Tor hing noch windschiefer als sonst in den Angeln. Die Bäume ragten dunkel in den Himmel, scharf umrissen vom Mondlicht. Dann sank wieder alles in den Abgrund der Nacht. Das Auto raste vorüber.

»Ein Phantom, ein Schatten, diese ganze Affäre Selford«, sagte Sneed sinnend. »Wo man sie auch anpackt, man greift ins Leere. Ich möchte wohl wissen, was er auf dem Kerbholz hat!«

»Wer?« fragte Dick aufschreckend.

»Wer anders als der Lord! Warum umkreist er als eine Art zweiter Ahasver unaufhörlich den Globus? Um ein Buch zu schreiben? Um Land und Leute zu sehen? Erzählen Sie mir das nicht! Jeder junge Peer hat den natürlichen Wunsch, zunächst in England zu glänzen. Und was für ein Interesse könnte er als harmloser Globetrotter daran haben, sich jeder Feststellung durch dauernde Ortsveränderung zu entziehen? Denken Sie doch! Acht Monate reisen Sie ihm nach und haben ihn niemals von Angesicht zu Angesicht gesehen!«

»Ihn selber wohl nicht, aber seine Fotografie«, war Dicks überraschende Antwort.

Sneed zuckte zusammen. Im Schein der Lampe sah Dick seinen auffunkelnden Blick.

»Menschenskind, und das sagen Sie mir erst jetzt?«

Dick ließ den Blick des Inspektors an seinem Profil abgleiten.

»Was liegt an einer Fotografie?« fragte er gelassen.

»Sagen Sie das nicht! Hat man die Fotografie, dann hat man die Fährte des Verbrechers, und die halbe Arbeit ist getan.«

»In diesem Fall gehört der Verbrecher dem höchsten englischen Adel an«, gab Dick lächelnd zu bedenken.

Mit einer Handbewegung schob Sneed den Einwand beiseite.

»Erzählen Sie mir«, drängte er, »wie sind Sie zu der Fotografie gekommen? Durch Havelock?«

»O nein«, erwiderte Dick, »ich verdanke sie einem glücklichen Zufall. Lord Selford befand sich in Kapstadt, als der neue Generalgouverneur seinen Einzug hielt. Die Neugierde trieb ihn auf den Balkon hinaus, gerade als ein Pressefotograf die Hotelfront knipste. Als ich drei Tage später den Portier bat, mir Lord Selford zu beschreiben, zeigte er mir das Bild in der Zeitung. Ich begab mich sofort in die Redaktion des Blattes, lieh die Platte aus und ließ danach eine Vergrößerung anfertigen.«

»Und wie sieht er aus?« fragte Sneed mit verhaltenem Atem.

»Ein Dutzendgesicht«, war Dicks unbefriedigende Antwort. »Allerdings kam es mir vor, als hätte ich es schon einmal gesehen.«

Er schwieg, mit dem Steuer beschäftigt. South Weald war erreicht. Zu beiden Seiten der breiten Dorfstraße lagen die kleinen, behäbigen Häuser in tiefem Schlummer. Das Mondlicht spiegelte sich in schwarzen Scheiben. Hier und da bellte ein Hund.

Der Wagen hielt vor dem Hause der Dorfpolizei, in dem hinter vergittertem Fenster die winzige Arreststube lag. Auf mehrfaches Klopfen und Rufen erschien der unfrisierte Kopf einer verschlafenen Frau im Mansardenfenster.

Nein, ein Alarmruf hatte sie nicht erreicht. Ihr Mann war schon am frühen Nachmittag ausgegangen, um mit dem Revierförster nach Wilddieben zu fahnden. Ein Telefon hatten sie nicht. Wozu auch? Seit Menschengedenken war nicht das geringste passiert, was eine solche Einrichtung hätte rechtfertigen können. Sie wolle aber gern ihrem Mann jede Bestellung ausrichten. Die Londoner Kriminalbeamten machten anscheinend keinen sehr großen Eindruck auf sie.

Sneed schaute Dick triumphierend an. Wieder einmal hatte er recht behalten. Was er sagte, ging im Geräusch des Fahrens verloren. Das Auto jagte durch die Dorfstraße und hielt unter dem Druck der Bremse jäh vor dem Eingangstor von South Weald House.

Dick ließ seine Hupe in regelmäßigen Abständen ertönen, aber aus dem kleinen Pförtnerhaus drangen kein Laut und keine Bewegung nach außen. Wahrscheinlich war es unbewohnt. Dick stieg ab und prüfte das Tor. Es war nur durch einen Gleitriegel gesichert. Dick schob ihn zurück. Das Tor schwang langsam auf. Er hakte beide Flügel nach innen ein und sprang auf den Führersitz. Mit leisem Knirschen glitten die Räder über den Fahrweg. Plötzlich stand die wuchtige Masse des Hauses mit vorgeschobener Säulenhalle und Freitreppe quer vor der Anfahrt. Der Wagen hielt. Vier Augenpaare suchten die Hausfront ab.

Kein Fenster war erhellt. Totenstille umgab das Haus. Dick

riß an der Glocke. Ihr helles Läuten verlor sich im Innern des Hauses. Er wartete eine Minute und läutete zum zweiten, zum dritten Male mit demselben Ergebnis. Sein scharfes Ohr vernahm nicht einen einzigen verdächtigen Laut.

Nun hämmerten sie mit vereinten Kräften gegen die Tür. Drei Minuten gingen auf diese Weise verloren. Dann warfen sie Kieselsteine gegen die Fenster der oberen Etage, vor denen die Läden fehlten. Aber auch auf dieses Zeichen hin rührte sich nichts.

»Sie wollen nicht öffnen, wir müssen die Fenster einschlagen«, erklärte Sneed mit grimmigem Ernst.

Er blickte am Haus empor. Die Fenster des Erdgeschosses waren durch schwere Rolläden verschlossen. Nirgends bot sich eine erreichbare Scheibe.

Da deutete Dick stumm auf zwei kleine unvergitterte Zierfenster, die das Portal zu beiden Seiten flankierten.

Sneed schüttelte den Kopf.

»Wer soll sich da hindurchzwängen?«

»Ich«, sagte Dick lakonisch.

»Sie?« Der Inspektor maß ihn von Kopf bis Fuß. »Einem fünfjährigen Knirps will ich das zutrauen, aber Ihnen . . .?«

»Wollen wir wetten?« fragte Dick.

Er lief zum Auto zurück und suchte in seinem Werkzeugkasten. Mit einem Schraubenschlüssel kam er wieder. Er klopfte die Farbe vom Scheibenrahmen ab und drehte die Schrauben heraus. Nach fünf Minuten nahm er das unbeschädigte Glas aus dem Rahmen. Von Elbert und Staynes unterstützt, schlüpfte er, seitwärts gedreht und die Füße voran, durch die Öffnung. Dabei wand er sich wie ein Aal, bog die Schultern zusammen und zog, als er den Boden unter den Füßen fühlte, behutsam den Kopf nach. Außer einem Kratzer am Ohr hatte er keinen Schaden genommen. Sneed stand und staunte.

Drinnen richtete Dick sich auf und versuchte, mit den Blicken die Dunkelheit zu durchdringen. Auf einem Treppenabsatz tickte eine Uhr. Es war, als schlüge noch das Herz in einem Körper, der sein Leben bereits ausgehaucht hatte. Dick überwand das Grauen, das ihn aus der völligen Finsternis des Hauses wie ein Raubtier ansprang, und tastete sich vorwärts.

Plötzlich prallte er zurück. Sein außergewöhnlich feiner Geruchssinn hatte eine fürchterliche Wahrnehmung gemacht. Er riß die Taschenlampe aus der Hosentasche und ließ sie aufleuchten. Eine Kette und ein doppelter Riegel sicherten die Haustür. Er nahm die Kette ab, stieß die Riegel zurück und öffnete die Tür.

Im schmalen Strahl des Lichts suchte er Sneeds Augen.

»Hier sind bestimmt Mörder am Werk gewesen. Das ganze Haus riecht nach Blut!«

»Nach Blut . . .?« fragte Sneed. Er zog die Luft durch seine Nasenflügel ein. »Ich rieche nichts!«

Seine Augen ruhten hilfesuchend auf seinen Gefährten, deren entsetzte Blicke über den Boden gingen. Unterdessen suchte Dick nach den Lichtschaltern. Er entdeckte ein Schaltbrett und drehte rasch hintereinander sämtliche Schalter an. Eine Lampe erleuchtete die Diele, eine zweite den Treppenabsatz darüber. Wo sich die Lampen befanden, die von den übrigen Schaltern bedient wurden, ließ sich jetzt noch nicht feststellen.

Die Blicke der Männer suchten die Diele ab, die Treppe, die in das obere Stockwerk führte. Plötzlich packte Inspektor Sneed Dick am Arm.

»Wer – wer –«, stammelte er mit erblassenden Lippen.

Er starrte nach oben, und als Dick seinem Blick folgte, gewahrte er das Schattenbild einer menschlichen Gestalt, die hinter dem Treppengeländer kauerte und mit aufgestützten Armen reglos auf sie herabsah. Im ersten Moment konnte sich Dick diese übernatürliche Erscheinung nicht erklären, und sein Blick weitete sich. Doch dann kam das Verständnis rasch, und er zog seinen Revolver. Die Lampe, die auf dem oberen Treppenabsatz brannte, war offenbar tief angebracht und befand sich im Rükken der kauernden Gestalt, so daß deren Schatten in natürlicher Größe und ohne jede Verzerrung auf die Wand gegenüber geworfen wurde.

Mit langen Sprüngen eilte Dick die Treppenstufen hinauf. Sein Schatten lief mit, entschwand einen Augenblick und erschien dann deutlich neben der reglosen Gestalt.

Seine Stimme klang leise und wie beengt.

»Kommen Sie, Sneed!«

Der Inspektor stieg etwas langsamer hinauf. Als er den ersten Treppenabsatz erreicht hatte, wandte er sich um. Eine zweite Treppe führte in das Dunkel des oberen Stockwerks.

Doch er bewegte sich keinen Schritt weiter. Wie angewurzelt blieb er stehen.

Von oben her stierte ein weißes Gesicht mit gräßlich verdrehten Pupillen auf ihn nieder. Es war das grobknochige Gesicht einer verblühten Frau in schwarzem Seidenkleid. In ihren Zügen lag ein Ausdruck so unmenschlichen, versteinerten Grauens, als hätte sie in die Maske der Medusa geblickt.

21

»Tot, nicht wahr?« fragte Sneed den Freund, als er mit schweren Füßen die letzten Stufen erklomm.

Dick nickte. Sneed beugte sich zu ihm nieder und entdeckte nun, was den Körper noch im Tode aufrecht hielt. Die Frau kniete auf einer gepolsterten Truhe, die unmittelbar am Treppengeländer stand, und sie hatte sich so fest gegen die Brüstung gepreßt, daß die Erschlaffung der Muskeln wohl ihren Kopf auf die Brust hatte sinken lassen, doch an der Haltung ihrer Glieder sonst nichts zu ändern vermochte. Sacht legten sie die Frau auf den Boden und nahmen schonend die erste Untersuchung vor. Nirgends fand sich die Spur einer Gewalttat. Doch die letzte Wärme hatte sich bereits aus den Adern verflüchtigt.

»Herzschlag infolge Nervenschock«, sagte Sneed. »Ich habe schon einmal einen ähnlichen Fall erlebt. Die Frau muß etwas Grauenhaftes gehört oder gesehen haben!«

»Was hat sie in der Hand?« fragte Dick plötzlich und bog mühsam ihre verkrampften Finger auf.

Ein harter Gegenstand fiel mit leicht metallischem Klang auf den Fußboden. Dick bückte sich danach.

»Sneed«, schrie er auf und hielt etwas Silberglänzendes in den matten Schein des Lichts. Sneed starrte auf seine Hand.

»Der dritte Schlüssel zur unterirdischen Tür«, sagte Dick leise, und seine Stimme zitterte vor Erregung.

Wortlos tauschten die Männer einen Blick. War das die Lösung – oder nur ein Knoten mehr, den das Schicksal knüpfte?

Dick ließ den Schlüssel in seine Tasche gleiten. Er sah, wie Sneed die Wand nach Drähten absuchte.

»Sie wollen wissen, wo das Telefon ist?« fragte er den Inspektor. »Ich habe es gesehen, als ich das erste Mal hier war. Es befindet sich in der Bibliothek neben dem Wohnzimmer!«

Beiden verbot ein leises Grauen, den Namen Cody auszusprechen.

Als erster wollte Dick die Treppen wieder hinabgehen. Doch seine Hand, die auf dem Geländer entlang glitt, zuckte plötzlich zurück.

»Mein Gott, sehen Sie dort!«

Er deutete auf den dunkelgrauen Läufer, mit dem die Treppe ausgeschlagen war. Im hellen Schein der Lampe leuchtete ein unheimlicher Fleck.

Was war es?

Der rote Abdruck eines nackten Fußes!

Dick bückte sich und berührte den Fleck mit dem Finger.

»Blut«, sagte er gepreßt. »Mein Geruchssinn hat mich also doch nicht getäuscht. Der Fuß muß mit Blut über und über bedeckt gewesen sein. Der Plüsch ist ganz durchtränkt!«

Sie fanden den Abdruck des blutigen Fußes einige Stufen tiefer wieder und dann auf jeder zweiten Stufe, und je näher sie dem Treppenabsatz kamen, desto schärfer zeichnete er sich ab.

»Er nahm zwei Stufen zu gleicher Zeit, weiter oben beim Anblick der Frau sogar drei«, sagte Dick. »Wenn wir genau nachsehen, werden wir die Spuren auf der Diele wiederfinden.«

Der Fußboden des Vestibüls bestand aus glatt poliertem Holz. Darüber lagen Perserbrücken in satter dunkelroter Tönung, auf denen Flecken nur sehr schwer zu erkennen waren. Aber bei genauerer Untersuchung fanden sie auch hier die unheimlichen Abdrücke. Sie führten zu einer Tür, deren Klinke sich nicht bewegen ließ.

»Ein Federschloß«, erklärte Sneed. »Es schnappt automatisch ein, wenn die Tür geschlossen wird.«

»Was mag in dem Zimmer gegenüber sein?«

Die Tür dorthin ließ sich öffnen. Eine glänzende Helle empfing die Eintretenden. Argwöhnisch zog Dick die Brauen zusammen, bis ihm einfiel, daß er selber das Licht am Schaltbrett draußen angedreht hatte.

Der Raum diente offenbar als Eßzimmer. Der Tisch war abgeräumt. Die Stühle standen in Reih und Glied. Ein Telefon befand sich auf dem Kredenztischchen.

Man begab sich wieder an die verschlossene Tür. Sie barg das Geheimnis!

Dick hatte in seinem Werkzeugkasten einen Wagenheber. Dieser wurde jetzt zum Retter, nachdem ein Brecheisen versagt hatte. Er stellte ihn auf den langen Tisch, der auf der Diele stand, und stieß den Hebel ins Schloß. Es dauerte nicht lange, und die Tür flog auf.

Dick erblickte die Bibliothek vor sich, in die Mrs. Cody ihn bei seinem ersten Besuch geführt hatte. Auch hier brannte die Deckenbeleuchtung. Dicks Blick überflog den Schreibtisch. Das Telefon hing an der Schnur herab, der Hörer lag auf dem Boden. Mit zwei Sätzen war Dick im Zimmer. Bedächtiger folgte Sneed.

Im selben Augenblick gingen sämtliche Lampen aus. Wieder war es stockfinstere Nacht.

»Hat jemand die Schalter berührt?« schrie Sneed in die Diele hinaus.

»Nein, Sir«, erwiderte ehrerbietig Sergeant Staynes, der die Tür bewachte.

Dick drückte auf den Knopf seiner Taschenlampe und richtete den weißen Strahl auf den Boden. In der Mitte des Raumes stand, quergestellt, ein mächtiges Klubsofa. Als er es umging, traf das Licht seiner Lampe auf eine zusammengekrümmte menschliche Gestalt, die sich nicht mehr bewegte.

Es war Bertram Cody, und der Tod hatte ihn auf grauenhafte Weise ereilt.

Er lag mit hochgezogenen Beinen und gekrümmter Wirbelsäule auf dem Rücken. Sein Kopf schwamm in einer dicken Lache geronnenen Blutes. Die Schädeldecke war durch wuchtige Hiebe vollständig zertrümmert worden.

Sie suchten nach der Waffe, mit der die Schläge geführt worden waren, und fanden einen schweren, blutbesudelten Feuerhaken neben dem Kamin.

Alle Schubfächer des Schreibtischs waren aufgerissen und geleert. Nicht einen einzigen Fetzen Papier hatten die Mörder zurückgelassen. Die Türen des Bücherschranks standen weit offen, die Bücher waren auf dem Boden verstreut. Auch hier hatte man offenbar nach gefährlichen Dokumenten gefahndet.

Sneed zog ein Paar weiße, baumwollene Handschuhe an, die er stets bei sich trug, hob den Feuerhaken sorgfältig auf und legte ihn auf den Schreibtisch. Dann besprach er sich mit Inspektor Elbert, der daraufhin ins Eßzimmer ging und telefonierte.

»Er spricht mit Scotland Yard«, klärte Sneed seinen Freund auf. »Die Fingerabdrücke auf dem Feuerhaken müssen sofort fotografiert werden. Außerdem brauchen wir die Unterstützung der hiesigen Polizei. Der Fall liegt viel ernster und komplizierter, als ich gedacht habe.«

Sie suchten mit ihren Taschenlampen alle Wände ab und fanden eine Tür, die in ein luftiges Kabinett führte. Hier wurde augenscheinlich das Frühstück eingenommen, denn auf der zierlichen Anrichte standen ein Speisewärmer und ein elektrischer Brotröster.

»Soviel steht jedenfalls fest«, faßte Dick das Ergebnis ihrer Untersuchungen zusammen, »Cody hat mich im Augenblick des Überfalls angerufen. Mrs. Cody hat Sybil Lansdown unter irgendeinem Vorwand hergelockt. Und Miss Lansdown ist die einzige, von der wir noch nichts wissen. Sneed, wir müssen alles tun, was in unserer Macht steht, um sie zu finden!«

Die Angst um Sybil schnürte ihm die Kehle zusammen, und unter seinem scheinbar gelassenen Ton barg sich der quälendste Zweifel.

»Wenn wir nur erst den Täter hätten«, grollte Sneed aus bedrängtem Herzen. »Er muß sich irgendwo in unserer Nähe herumtreiben; das Licht ist nicht durch Zufall ausgegangen!«

Inspektor Elbert kam zurück.

»Meine Verbindung ist plötzlich unterbrochen worden. Jemand hat die Telefondrähte durchschnitten.«

Sneed sah Dick mit bedeutungsvollem Blick an. Dann wandte er sich an den Kollegen.

»Wieso durchschnitten? Woraus schließen Sie das?«

»Die Zentrale in Scotland Yard hatte sich schon gemeldet. Ich sprach gerade mit Mr. Elmer. Da geht plötzlich ein Knacken durch die Leitung. Scotland Yard meldete sich nicht mehr, das Amt auch nicht.«

»Besetzen Sie alle unteren Räume Sneed«, bat Dick. »Ich suche unterdessen das obere Stockwerk ab.«

Er stieg wieder die Treppe hinauf, aber er vermied den Blick in das Gesicht der starr ausgestreckten Frau. Dann ging er von Zimmer zu Zimmer. Alle Türen standen offen; überall herrschte die tadelloseste Ordnung, und nirgends fand sich auch nur der geringste Hinweis auf Sybil. Dafür entdeckte er auf dem Teppich im Korridor wieder die Blutspur und folgte ihr durch den ganzen Gang bis zu einer schmalen Stiege. Die Fußabdrücke verblaßten und verschwanden allmählich ganz; nur hier und da noch fanden sich vereinzelte Spritzer. Dann aber traf er auf einen unregelmäßigen Fleck in halber Höhe der weißgetünchten Wand. Es sah aus, als wäre hier jemand mit offener Wunde vorübergestreift. Die Höhe des Flecks ließ ungefähr auf die Lage der Wunde schließen.

Ein paar Schritte weiter stieß Dick auf ein kleines Bündel blutiger Lappen, die offenbar als Verband gedient hatten. Nun kam er sofort auf die Lösung.

Lew Pheeneys Mörder, sein Angreifer in Stalettis Park, der Mann, der zweimal mit mörderischer Absicht in seine Wohnung eingedrungen war – er hatte auch diese Untat begangen. Offenbar hatte sich Cody im letzten Augenblick verzweifelt gegen ihn gewehrt. Dabei hatte sich der Verband verschoben und die Wunde von neuem geöffnet.

In tiefen Gedanken erklomm Dick die Stiege und befand sich bald in einem engen Mansardengang, auf den nur drei Türen mündeten. Wahrscheinlich war dies nicht die einzige Bodentreppe, und doch war es Dick, als stünde ihm hier, in diesem abseits gelegenen Dachwinkel des Hauses, eine wichtige Entdeckung bevor. Er öffnete die erste Tür und schloß sie enttäuscht. Dahinter lag ein kahler Raum, der nichts enthielt als eine Zinkwanne. Die zweite Tür führte in eine Rumpelkammer, deren Staubschichten davon Zeugnis ablegten, daß sie seit Monaten nicht betreten worden war. Dann kam er zur dritten Tür, ganz am Ende des Ganges. Und da sah er sofort: mit dieser Tür war etwas Ungewöhnliches geschehen. Sie hing nur lose in den Angeln. Ein breites Loch klaffte in der Füllung. Das Schloß war durch furchtbare Gewalteinwirkung herausgeschlagen worden, und nur eine einzige Schraube hielt es noch im Holz fest. Drinnen standen die wenigen Möbel in wilder Unordnung durcheinander. Ein Stuhl und ein Waschständer lagen umgestürzt auf dem Boden. Das Geschirr war zerbrochen, das Bett zerwühlt. Und da, auf dem Boden neben dem Bett sah er – seine Hand umkrampfte die Lampe, und hörbar zog er den Atem ein – ein kleines, blutbeflecktes Spitzentaschentuch liegen.

Einen Augenblick lang stand er wie angefroren auf seinem Platz, und das Herz wurde zu einem so schweren Eisklumpen in seiner Brust, daß es ihn auf die Knie niederziehen wollte. Dann stieß er den Atem aus, bückte sich rasch und hob das Tuch auf. Er suchte nach einem Monogramm und sah es schon im Geiste vor sich, ehe er es in einer Ecke fand.

Dann starrte er lange auf die blutgeröteten, verschlungenen Initialen S. L.

Er träumte nicht. Dort stand es: Sybil Lansdown!

22

Auf sein lautes Rufen kam Sneed, so schnell er konnte, die Stiege heraufgestürzt. Zusammen suchten sie noch einmal den Raum ab.

»Die ganze Tür ist mit Blut bespritzt. Haben Sie es gesehen? Sogar dort unten!« Sneed ließ das Licht seiner Lampe an der Tür herabgleiten. »Und dort an der Türkante!« Er bückte sich ächzend nieder. »Sehr deutliche Fingerabdrücke. Jemand hat die Hand unter die Tür geschoben und sie aus den Angeln zu heben versucht. Ein Bravourstückchen für einen Athleten! Donnerwetter, was für Tatzen der Mann hat! Martin, das muß der Kerl gewesen sein, der hinter Ihnen her ist!«

Dick nickte stumm. Wenn er sich den Riesen nur vorstellte, jetzt, wo er ihn auf Sybils Fährte wußte, so würgte es ihn im Halse.

Sneed richtete sich mühsam auf. Dabei fiel sein Blick auf die Dachluke.

»Hm – das sieht doch alles mehr nach Flucht und Verfolgung aus. Klettern Sie mal nach oben, Martin! Ich bin ein paar Kilo zu schwer dazu!«

Dick stellte den Stuhl unter die Dachöffnung. Er sprang hinauf und tastete an der Luke nach einem Halt. Als er ihn hatte, schwang er sich mit einem Klimmzug empor. Er befand sich auf einer drei Fuß breiten Dachrinne. Eine niedrige Brustwehr begrenzte sie auf der einen Seite, auf der anderen stieg das Dach steil bis zum First in die Höhe.

Dick leuchtete an der Rinne entlang und sah plötzlich eine Leiter über die Brustwehr emporragen. Vorsichtig bewegte er sich auf die Leiter zu, griff um die Brustwehr herum und beugte sich in die Tiefe. Nun sah er, warum die Leiter vorhin, als sie das Haus umschritten hatten, ihrer Aufmerksamkeit entgangen war. Sie lehnte in einem rechteckigen Winkel des Hauses und entzog sich daher bei einer oberflächlichen Untersuchung den Blicken.

Er kehrte auf demselben Weg zurück, um Bericht zu erstatten.

»Jemand muß ihr von außen zu Hilfe gekommen sein«, sagte er. »Sicher ist sie geflüchtet!«

Der Inspektor maß die Entfernung bis zur Dachluke.

»Helfen Sie mir hinauf«, bat er entschlossen.

Im ersten Augenblick erschien Dick dies Verlangen lachhaft. Dann aber stellte sich heraus, daß Sneed unter seinem Fettpolster über Bärenkräfte verfügte. Die einzige Unterstützung, die er zu Dicks großer Erleichterung brauchte, waren ein paar aufmunternde und anerkennende Worte. Dann saß er auf der Rinne, ließ die Beine in die Luke hängen und spähte über das Dach.

Plötzlich zog er die Unterlippe scharf zwischen die Zähne und streckte die Hand aus.

»Hier ist der Kerl auch gewesen. Sehen Sie den dunklen Fleck? Da hat er sich mit der Hand auf das Schieferdach gestützt. Dann hat er die Leiter mit seinen blutigen Händen berührt. Die erste und die dritte Sprosse sind ganz mit Blut befleckt.«

Das Licht seiner Lampe bestätigte seine Beobachtungen.

Dick biß die Zähne zusammen. Die leise Hoffnung, die ihn seit der Entdeckung der Leiter belebt hatte, erlosch bis zum letzten Funken.

»Ich werde die Leiter halten. Sie steigen hinunter und suchen im Garten nach Spuren«, schlug Sneed vor. Er stemmte die Füße gegen die Brustwehr und hielt die Leiterstützen in beiden Fäusten fest, während Dick in die dunkle Tiefe hinabstieg.

Als er von der Leiter hinabsprang, sah er, daß er sich im Gemüsegarten befand. Zu beiden Seiten des schmalen Kieswegs standen die Kohlköpfe in parademäßiger Ordnung.

»Halten Sie die Leiter!« rief Sneed plötzlich von oben herab. »Ich komme nach. Es ist besser, wir sind zu zweien!«

Trotz seiner Herzensangst kam Dick bei diesem Mut ein Lächeln. Er stemmte die Leiter fest in den Boden und beschwerte sie mit seinem Gewicht, während Sneed eine neue erstaunliche Probe seiner Geschicklichkeit gab.

Zusammen durchsuchten sie den Garten.

»Zur Einfahrt konnte sie von hier aus nicht gelangen. Die Hecke da versperrte ihr den Weg. Sie muß geradeaus gegangen sein, und soviel ich in dieser Finsternis sehen kann, liegt dahinter der Obstgarten. Aber wie konnte sie aus dem Obstgarten entkommen?« fragte Sneed und rieb sich ratlos das Ohr. »Kommen Sie! Was kann uns schon geschehen! Es ist am besten, wir sehen selber nach!«

Doch kaum hatte er den ersten Schritt getan . . .

Mehrere Schüsse fielen.

Aus der Dunkelheit, dicht über ihren Häuptern, schossen zwei Flammenstriche hervor, und an ihre Ohren schlug es wie das Summen einer erzürnten Wespe.

»Hinlegen! Licht aus!« zischte der Inspektor, und im Bruchteil einer Sekunde warfen sie sich nieder und lagen Seite an Seite auf dem taufeuchten Boden. Und dann ging, fast gleichzeitig, ein pausenloses Stakkato von Schüssen über sie hin, das den ganzen Umkreis mit Summen, Brausen und Klatschen erfüllte. Doch ebenso plötzlich, wie das Schießen begonnen hatte, endete es wieder. Die Totenstille, die einsetzte, als das letzte von den Schüssen bewegte Blatt zur Ruhe kam, war doppelt beängstigend. Die beiden Männer lauschten mit angespannten Nerven in die Nacht. Minutenlang drang kein Laut zu ihnen, bis Dicks feines Gehör ein leises Rascheln auffing, als ob die Jacke des unsichtbaren Schützen dicht neben ihm das Gebüsch gestreift hätte. Dick sandte dem Geräusch den Knall seiner Pistole nach, aber er verhallte, ohne daß ein Schrei, eine Bewegung, ein Knirschen von fliehenden Schritten gefolgt wäre.

»Ich möchte wohl wissen, was hinter den Kohlköpfen hockt?« fragte Sneed flüsternd. »Ein ganzes Regiment Soldaten? Eine feindliche Armee?«

»Nur ein Mann mit zwei automatischen Pistolen«, gab Dick ebenso leise zurück. »Ich konnte die Schüsse nicht zählen, es ging zu schnell; aber zwanzig sind es mindestens gewesen.«

Sie verbrachten noch einige Minuten in ihrer unangenehmen Lage.

»Ich glaube, wir können jetzt aufstehen. Die Luft ist rein!« sagte Sneed.

Dick beschränkte sich auf ein zweifelndes: »Glauben Sie?« Aber er war der erste, der auf Händen und Knien vorwärts kroch. Es war eine mühselige Fortbewegung. In der einen Hand hielt er die schwere Pistole; die angespannten Halsmuskeln schmerzten ihn, die harten Kieselsteine schnitten durch seine Beinkleider und rieben die Hände wund.

Schließlich fühlte er, daß der Kiespfad endete und in den lehmigen Gartenweg überging. Als er in die Höhe blickte, sah er über sich die Zweige der Obstbäume. Ein Blütenblatt, vom Winde bewegt, fiel leise auf seine Schläfe.

Er lauschte eine Weile. Dann richtete er sich auf.

»Sie können kommen«, rief er zurück. »Es ist alles in Ordnung.«

Kaum hatte er diese Worte ausgesprochen, da feuerte jemand aus unmittelbarer Nähe einen Schuß auf ihn ab.

Die Kugel streifte haarscharf an ihm vorüber, ohne ihn zu verletzen, doch der Luftdruck des Geschosses und die Nähe der Explosion raubten ihm einen Augenblick die Besinnung, und er stürzte in die Knie. Als die Betäubung nachließ, hörte er das Geräusch fliehender Füße. Das riß ihn wieder empor. Er schwankte, hielt sich und setzte dem Flüchtenden nach. Da stieß er an ein Drahtseil und fiel zum zweitenmal der Länge nach auf den Boden. Als er sich von diesem schmerzhaften Sturz aufraffte, fand er Sneed an seiner Seite.

»Ist er entwischt?« fragte der Inspektor keuchend.

»Ich glaube ja«, sagte Dick wütend.

»Sie leuchteten den Weg ab und fanden, daß im ganzen Obstgarten von Baum zu Baum Drahthindernisse gespannt waren. Der Mordschütze hatte seine Flucht vorsorglich gedeckt. Sicher hatten sie es mit keinem gewöhnlichen Verbrecher zu tun. Als sie den Garten durchschritten hatten, sahen sie, daß er nur durch einen Graben von einem Roggenfeld getrennt war. Den Weg fortzusetzen lohnte nicht mehr. Sicher gab es mehr als eine Möglichkeit zur Flucht aus diesem Feld.

Enttäuscht und gebrochen kehrte Dick ins Haus zurück. Wo war Sybil Lansdown? Unaufhörlich stellten seine angstvollen Gedanken diese Frage, und er wußte keine Antwort darauf.

Nach dem Widrigen, das ihn betroffen hatte, erwartete ihn im Haus eine angenehme Überraschung. Alle Lampen brannten.

Sergeant Staynes hatte entdeckt, daß die Stahltür des Transformators der Überlandleitung gewaltsam geöffnet und der Strom abgeschaltet worden war. Durch einfache Drehung des Schalters hatte er den Schaden behoben. Dann hatte er nach dem durchschnittenen Telefondraht gesucht und die beiden Enden im Garten unterhalb des Bibliothekszimmers gefunden. Eben hatte er die Reparatur beendet. Die Schüsse im hinteren Teil des Gartens hatte er wohl gehört, aber geglaubt, die beiden Kollegen hätten sie abgefeuert. Um so mehr war er jetzt empört, als er hörte, daß ein Attentat auf ihr Leben geplant gewesen war.

Im Hause hatte Inspektor Elbert eine systematische Durchsuchung begonnen. Martin und Sneed schlossen sich ihm an, ohne eine wesentliche Entdeckung zu machen. Als sie sich in Mrs. Codys Schlafzimmer befanden, zitterte der Boden unter schweren heranrollenden Rädern. Ein Lastwagen brachte die ganze Polizeimannschaft von Chichester an den Tatort.

Offenbar hatte Scotland Yard genug gehört, um das unterbrochene Gespräch richtig zu deuten. Eine dringende Aufforderung war an die Polizeidirektion von Sussex ergangen, in voller Stärke die Londoner Kriminalbeamten zu unterstützen.

Sneed wartete ab, bis sich die Polizei im Hause verteilt hatte. Dann fuhr er in der Beschäftigung fort, in der er bei ihrer Ankunft gestört worden war. Er hatte ein geschnitztes indisches Kästchen unter Mrs. Codys Bett hervorgezogen und probierte mit einem im Nachttisch gefundenen Schlüsselbund daran herum.

Endlich schien er den passenden Schlüssel gefunden zu haben. Der Deckel sprang auf. Das Kästchen war bis zum Rand mit Briefen, alten Rechnungen, zerfaserten Theaterzetteln und vergilbten Theaterkarten gefüllt. Sogar ein gepreßtes Sträußchen lag dazwischen. Interessiert beugte sich Dick zu ihm nieder.

»Sehen Sie«, sagte Sneed, zu ihm aufblickend, »ein Herz mag noch so vertrocknet sein, irgendwo bewahrt es doch einen Funken von Romantik.«

Er reichte ihm ein Bündel Briefe.

»Nehmen Sie das! Ich sehe den Rest durch!«

Dick löste das Band, und es fielen ihm zunächst zwei Briefe in die Hände, die mit steiler kindlicher Handschrift bedeckt waren und die Unterschrift trugen: Dein Neffe Johnny.

»Und ich dachte, sie hätte außer Tom Cawler keinen Neffen gehabt!«

»Wieso nicht?« Trauten Sie ihren Geschwistern nicht mehr Nachkommenschaft zu?« fragte Sneed trocken.

Sie durchblätterten die Korrespondenz der Toten. Ein paar Minuten des Schweigens vergingen.

»Hier finde ich eben einen Brief, in dem auch Tom Cawler erwähnt wird. Also hat der Chauffeur doch einen Bruder gehabt!«

Sneed legte den Brief auf den sortierten Haufen.

»Ich möchte wohl wissen«, grübelte er mit gefurchter Stirn, »wo dieser Tom Cawler steckt. Die übrigen Dienstboten wird man aus dem Hause entfernt haben – aber Cawler ein X für ein U vorzumachen, das dürfte schon schwieriger sein. Ich lasse jetzt das ganze Gebäude nach ihm absuchen. Noch bin ich nicht sicher, daß er nichts mit dem Mord zu tun hat.«

»Tom Cawler ein Mörder?« fragte Dick ungläubig. »Wo bleibt da Ihre Menschenkenntnis? Ich würde Tommy keinen Brillantring und keinen silbernen Löffel anvertrauen, mein Leben aber jeden Augenblick!«

So leicht ließ sich Sneed nicht überzeugen. Er wiegte zweifelnd den Kopf: »Qui vivra, verra.«

Dick hörte nicht mehr hin. Er hatte einen Fund gemacht, der ihn im höchsten Maße interessierte. Es war ein kurzer Brief in krauser Handschrift:

Liebe Mrs. Cawler!
Ich habe eben mit Staletti gesprochen. Er war in großer Erregung und erzählte mir, daß Lord Selford ernstlich erkrankt ist. Bitte teilen Sie mir doch mit, wie es mit ihm steht. Sie müssen es ja schließlich am besten wissen. Ich zittere vor Ungeduld, wenn ich daran denke, wieviel von den nächsten Tagen für uns abhängt. Schreiben Sie! Schreiben Sie!

Ihr getreuer H. Bertram

Dick zeigte dem Inspektor den Brief.

»Es ist Codys Handschrift«, sagte er. »Aus seinem Notizbuch kenne ich sie genau. Warum hieß er damals Bertram und heute Cody? Das muß doch einen Grund haben!«

Er starrte auf den Brief, den ihm Sneed wieder zurückgegeben hatte.

»So waren sie also alle miteinander bekannt – Cody, Mrs. Cody, Staletti, der alte Lord Selford. Ein geheimnisvolles Band umschlang sie . . . Welcher Art mochte es sein? Cody hat es bei seinen Lebzeiten geleugnet.«

»Kunststück!« lachte Sneed böse. »Die Angst vor dem Henker saß ihm im Nacken!«

Dick las Brief um Brief, aber keiner warf ein neues Licht in das Dunkel. Doch als der Kasten schon beinahe geleert war, fand er ein wichtiges Dokument, Mrs. Codys Trauschein.

»Hm«, sagte er, über den wenigen amtlichen Zeilen brütend, »sie heirateten acht Monate nach dem Ableben Lord Selfords. Staletti war einer der Zeugen. William Brown war der zweite. Wer, zum Teufel, ist nun wieder William Brown?«

»Suchen Sie ihn nicht im Adreßbuch«, riet der Inspektor scherzhaft, »sonst hocken Sie noch im nächsten Jahr darüber. Ich sage Ihnen, es gibt mehr William Browns in London als Haare auf meinem Kopf.« Und er fuhr sich mit der Hand über seinen Schädel.

Die Durchsuchung war beendet, das Kästchen barg keine Geheimnisse mehr. Dick lehnte bleich und erschöpft in einem Sessel. Seine Augen starrten trostlos ins Leere.

»Was tun wir jetzt?« fragte Sneed und schenkte ihm einen aufmerksamen Blick.

»Ich weiß es nicht«, sagte Dick mit bitterem Seufzer. Mechanisch glitt seine Hand in die Tasche. Er fand den Schlüssel und zog ihn hervor.

»Nummer drei«, sagte er durch die Zähne. »Wenn es sieben sind, wird jemand diese Nacht am Galgen bezahlen!«

»Was tun wir jetzt?« fragte Sneed noch einmal und dringender.

Dick versenkte den Schlüssel in die Tasche. Er schauerte. Doch plötzlich ging eine Wandlung mit ihm vor. Die harte männliche Energie gewann die Herrschaft über Sorge und Qual. Er zog die Uhr und blickte auf den Zeiger. Die zweite Morgenstunde war bereits vorüber. Er überlegte.

»Wir fahren nach Selford Manor«, sagte er dann rasch entschlossen. »Sie haben die Totengruft noch nicht gesehen. Von den Gräbern der Selfords gehen alle Fäden aus.« Er sprang mit jäher Heftigkeit vom Stuhl. »Ja, Sneed, kommen Sie, in Selford Manor werden wir dem Geheimnis auf die Spur kommen!«

Er lief die Treppe hinab und erreichte sein Auto lange vor Sneed. Doch als er startete und anfuhr, benahm sich das Auto nicht wie ein feuriges Pferd, sondern eher wie eine Ente. Es machte ein paar ungleichmäßige Sprünge und knarrte in allen Fugen. Dick zog die Bremse und stieg aus.

Ein Schurke hatte alle vier Gummireifen mit unerhörter Zerstörungswut zerschnitten.

24

Es gibt Augenblicke im Leben, die man nie wieder vergißt. Sie mögen unter die Schwelle des Bewußtseins tauchen. Aber in schlaflosen Nächten, in Fieberstunden steigen sie empor und erfüllen die Seele mit Gram und Todesfurcht.

Ein solcher Augenblick war es für Sybil gewesen, als ihr aus der Dachluke Tom Cawlers Gesicht entgegenstarrte, während in ihrem Rücken das Keuchen und Wüten des Unbekannten ertönte, der mit Riesenfäusten die Tür zu zerhacken drohte.

Das Gesicht verschwand einen Augenblick. Die Tür erbebte und knarrte in den Angeln. Von oben her drang ein quietschendes Geräusch. Das Gitter drehte sich in seinen Scharnieren. Das Fenster, das Sybil vorhin nur zugedrückt hatte, flog auf. Eine Hand streckte sich zu ihr nieder. Noch einen Blick warf Sybil auf die Tür. Da sah sie die Füllung bersten und in der klaffenden Öffnung eine riesige, blutbesudelte Faust. Ohne sich zu besinnen, sprang sie auf den Stuhl und ergriff die Hand, von der sie aufwärts gezogen wurde.

»Halten Sie sich fest, mir geht die Luft aus!« keuchte Cawler unter bedrängten Atemstößen.

Sie umklammerte den schartigen Rand der Dachluke. Da sah ihr abwärtsgerichteter Blick, wie sich die Tür unter gewaltigem Krachen nach innen bog und der Waschständer auf die Diele stürzte.

»Hinauf! Hinauf! Sonst ist es zu spät!« brüllte der Chauffeur. Auf den Knien liegend bückte er sich nieder, packte sie unter beiden Armen und riß sie zu sich empor.

Sie befand sich auf einer schmalen Dachrinne. Eine Laterne, in der eine Kerze brannte, spendete trübes Licht. Cawler hielt sie in die Höhe und beleuchtete eine Leiter, die mit ihrer obersten

Sprosse über die Brustwehr hinausragte. Ohne daß Cawler sie darum zu bitten brauchte, erstieg Sybil die Leiter und kletterte gewandt, wie sie es oft genug als Kind getan hatte, blitzschnell zu Boden. Cawler folgte unmittelbar in gleicher Weise. Die Laterne hatte er auf der Brustwehr zurücklassen müssen.

Er warf einen forschenden Blick auf das Dach. Der Mond hatte sich gerade hinter einer Wolke versteckt, aber der Lichtreflex des Himmels war stark genug, um die Silhouette eines riesenhaften Menschen nachzuzeichnen, der auf dem Dach kauerte und gerade in diesem Augenblick nach den Leiterstützen griff. Es war zu spät, sie herabzureißen. Es blieb nichts als kopflose Flucht.

Cawler packte das Mädchen am Arm. Sie eilten durch den Gemüsegarten und sprangen über den Graben. Kein anderes Licht leuchtete ihnen als die matten Strahlen des Mondes.

»Zu dumm, daß wir nicht in die Garage können, aber wir würden diesem unheimlichen Goliath nur in die Arme laufen! Kommen Sie, ich weiß ein Versteck!«

Vor ihnen lag ein Feld mit Winterroggen, der schon ziemlich hoch im Halm stand. Sie arbeiteten sich mühsam hindurch und gelangten endlich zu einer Pforte, die nur eingeklinkt war. Vom atemlosen Lauf benommen, schauten sie noch einmal zurück. Der gefürchtete Verfolger war nirgendwo zu sehen, und es wurde ihnen leichter zumute.

Sie befanden sich jetzt auf einer Landstraße, die an einer hohen Mauer entlangführte.

»Selford Park«, sagte Cawler kurz und deutete auf die Mauer.

Sybil sah ihn erschrocken an.

»Selford Park?«

Ein deutlicher Schauder klang in ihrer Stimme. Sie hatte keine Ahnung gehabt, daß Codys Besitzung so unmittelbar an das Gelände des Herrenhauses stieß. Von allen Seiten kreiste sie das grausige Geheimnis ein, das auf unerklärliche Weise von Selford ausging.

»Weiter unten weiß ich eine Bresche in der Mauer, die sonst niemand kennt. Dort schlüpfen wir durch und führen ihn in die

Irre. Wir müssen vor allen Dingen verhindern, daß er unserer Fährte folgt; sonst sind wir verloren.«

»Wer ist er denn? Warum verfolgt er uns? Wer hat so gräßlich geschrien? Es klang, als ob einer ermordet würde!«

»Ich hörte die Schreie auch«, sagte Cawler leise. »Ich fürchtete schon, der Alte ließe Sie umbringen. Ich hatte ihn Ihretwegen am Nachmittag sehr nachdrücklich gewarnt. Als Sie am Abend verschwanden, behauptete er, Sie seien nach Selford gegangen, aber ich glaubte es ihm nicht. Ich sagte ihm auf den Kopf zu, daß er Sie gefangenhalte. Er zeigte mir alle Räume bis auf die drei Mansardenzimmer. Ich fragte auch nicht danach, denn ich hatte mir vorgenommen, meine Feststellungen auf eigene Faust zu machen. Ich ging im Garten auf und ab und spähte nach einem Licht. Ich wollte nichts unternehmen, bevor die beiden Alten zur Ruhe gegangen waren. Da hörte ich plötzlich einen wüsten Lärm und langanhaltende Schreie. Ich lief nach der Leiter und stellte sie ans Dach. Meine Ahnung hatte mich nicht betrogen. Der alte Fuchs hatte Sie in die Mansarde gesperrt.«

Sie gingen eine Weile schweigend nebeneinander.

»Aber wer ist der Mensch, der in mein Zimmer wollte?«

»Ich weiß es nicht«, sagte Cawler. »Es gehört zu dem Geheimnis, das alles hier umgibt. Ich habe ihn schon einmal von weitem gesehen. Den Schreck vergesse ich niemals. So etwas sieht man ja nicht einmal im Raritätenkabinett. Dazu ist er nackt, bis auf ein Paar Lederhosen, die er mit einem Strick zusammenschnürt. Eins weiß ich sicher: wo der hinschlägt, da wächst kein Gras mehr. Ich fürchte, er hat heute nacht in Codys Haus blutige Arbeit getan.«

Sybil zog das Kleid fröstelnd am Halse zusammen, aber sie sagte nichts.

Ihr Gefährte blieb plötzlich stehen. An dieser Stelle war die ganze Mauer von Rhododendron überwuchert. Erst als Tom Cawler die Zweige der Büsche auseinanderbog, wurde die Lücke sichtbar. Er ließ Sybil durchkriechen und folgte ihr dann. Als sie sich aufrichtete, lag vor ihr eine grasige Bodenwelle, die sich weithin im Mondlicht verlor.

Tom Cawler erzählte ihr, daß hier zu Lebzeiten des alten

Lords seine berühmten Merinos geweidet hätten. Er hielt das Gespräch ununterbrochen in Gang. Er wollte die Gedanken des jungen Mädchens von ihrem grausigen Verfolger ablenken. Schließlich erzählte er ihr auch zu ihrem Erstaunen, daß Mrs. Cody seine Tante sei.

»Mein Bruder Johnny und ich kamen als Waisenkinder zu ihr. Besser wäre es für uns beide gewesen, man hätte uns ausgesetzt!«

»War sie so schlecht zu Ihnen?«

»Schlecht ist gar kein Ausdruck. Wenn ich mal satt ins Bett kam, was selten genug geschah, dachte ich, mein Magen wäre verdorben. Dann hatte sie eine krankhafte Freude am Prügeln. Ja, solche Menschen gibt's, denen das Prügeln Spaß macht – und ihnen vertraut man wehrlose Kinder an.«

»Sie haben eine schwere Jugend gehabt«, sagte Sybil mitleidig.

»Weiß Gott, das habe ich«, sagte Cawler zähneknirschend. »Als mein armer kleiner Bruder starb, habe ich ihn glühend beneidet.«

»Und seit der Zeit leben Sie bei Ihrer Tante?« fragte Sybil.

Cawler lachte verächtlich.

»Bei der? Keine Spur! Ich entwischte ihr als Elfjähriger. Ich verkaufte Zeitungen, Zigaretten, trug Gepäck, besorgte Botengänge und schlief auf Bänken im Park. Alles besser, als bei dieser Tarantel zu leben!«

»Aber dann hätten Sie doch niemals zu ihr zurückkehren sollen!«

»Oh«, sagte Cawler mit rätselvollem Lächeln, »das zweite Mal kam ich als Rächer. Da hatte ich sie in der Hand – und warum sollte ich nicht von ihrem Glück profitieren?« begehrte er auf, als Sybil schwieg. »Sie hatte sich die Sonnenseite des Lebens erschlichen, ich saß am Katzentisch. Warum soll ich Ihnen was vormachen, Fräulein? Sie können es ruhig wissen. Bis vor sieben Jahren war ich ein berufsmäßiger Dieb und habe sechzehn Strafen abgesessen.«

Sybil nickte still.

»Das ist die Schuld Ihrer Tante.«

»Nun, sehen Sie, das sagte ich mir auch«, fiel Cawler erleichtert ein. »Als ich das letzte Mal in Old Bailey vor dem Richter stand, wurde ich verwarnt: das nächste Mal gebe es Zuchthaus, und nicht zu knapp. Da zog ich einen dicken Strich unter meine Vergangenheit. An wen sollte ich mich wenden? Tante Cody war die nächste dazu. Angenehm war es mir nicht, das können Sie mir glauben, als ich eines schönen Tages bei ihr auftauchte. Aber noch weniger wagte sie, mich vor die Tür zu setzen. Ich lebte sieben Jahre in ihrem Hause, hatte alles in Hülle und Fülle und hielt den Mund. Aber heute« – er zog den Atem tief ein und dehnte die Brust – »heute habe ich ihnen beiden die Wahrheit gesagt! Den Schmutz von sieben Jahren habe ich mir von der Seele gewaschen und werde es nie bereuen!«

Plötzlich blieb er stehen und legte den Finger auf den Mund. Er horchte angestrengt. Sybil schaute sich um. Vor ihr lag eine weiße Klippe, die wie der gezackte Rücken eines Lindwurms in die flimmernde Luft stach.

Cawler sah ihren Blick.

»Das ist der Steinbruch«, flüsterte er. »Eine Straße führt da entlang, aber sie ist abschüssig und gefährlich. In der Nacht kann man sie nicht begehen. Wir müssen uns links halten.«

Er hielt inne. Sein Gesicht nahm wieder den angestrengten Zug des Lauschens an. Dann warf er sich jäh zu Boden und preßte das Ohr ins Gras.

Plötzlich richtete er sich steil in die Höhe.

»Gehen Sie!« flüsterte er hastig. »Gehen Sie vorläufig allein weiter! Sehen Sie dort den Wald?« Sein Finger deutete auf eine dunkle Kulisse, die sich über der Graswelle erhob.

»Da gehen Sie hin. Ich komme gleich nach.«

Sie starrte ihn aus weitaufgerissenen Augen an.

»Nein, nein!« rief sie verzweifelt. »Sie sollen sich nicht allein einer Gefahr aussetzen!«

»Wer spricht von Gefahr?« fragte er ungeduldig.

Sie wandte sich zaudernd um. Er schlug mit der Faust auf den Boden.

»So rennen Sie doch, Fräulein! Rennen Sie doch! Stehen Sie nicht herum! Sie sind mir hier nur im Wege!«

Da ging sie zögernd. Nach einer Weile blickte sie sich um. Er hatte sich lang in das hohe Gras geworfen und war nicht mehr zu sehen. In diesem Augenblick ballten sich die Wolken vollends über dem Mond zusammen. Die ganze Landschaft sank in die Nacht zurück. Panischer Schrecken packte Sybil über ihre Einsamkeit, und sie lief, so rasch ihre Beine sie tragen wollten.

Cawler wartete, flach auf dem Boden liegend, auf den Riesen, dessen schweren Schritt sein feines Gehör aus weiter Entfernung wahrgenommen hatte. Er war sich klar, daß sie sich durch Flucht nicht mehr retten konnten, und er wollte das Mädchen um jeden Preis vor dem Unhold bewahren – selbst um den Preis seines Lebens. Furcht war Tom Cawler fremd. Scharfsinn und Gassenbubenfrechheit verbanden sich in ihm mit Draufgängertum. Er war stark, gewandt und blitzschnell im Ausnutzen seiner Vorteile. Das alles stählte ihn für die furchtbare Begegnung, die ihm bevorstand. Seine Hand krampfte sich um den Schraubenschlüssel, die einzige Waffe, die sich in seiner Tasche befand, und als der Riese in sein Gesichtsfeld trat, sprang er ihm mit einem mächtigen Satz auf den Rücken.

Das tierische Geheul der Wut, in das der Angegriffene ausbrach, drang bis zu Sybil und trieb ihr den Angstschweiß aus allen Poren. Sie hatte den Wald erreicht und klammerte sich an einen Baum. Wenn er ihn getötet hat, kommt er zu mir, schrie es in ihr auf. Sie taumelte vorwärts, und das Mitleid mit ihrem Retter brannte ihr in der Kehle.

Weinte sie? Sie wußte es nicht. Sie stolperte, fiel, raffte sich auf, wankte weiter. Endlich hatte sie den Wald hinter sich. Das Geräusch des Kampfes in ihrem Rücken war verstummt. Vor ihr lag ein flaches Feld, dessen junge Saaten sie niedertrat. Dann kam sie auf eine Hügelwelle, und wieder tauchte ein Wald vor ihr auf. Verzweifelt fragte sie sich, ob sie vielleicht im Kreis gelaufen war. Nur das nicht . . . Fast war ihr wohl zumute, als das schützende Dunkel des Waldes sie wieder umfing. Sie tastete sich mit den Händen von Baum zu Baum. Gräser stachen sie, Dornen zerrissen ihr Kleid. Vorwärts! Da wurde der Baumwuchs dünner, das Blickfeld freier, und plötzlich stand sie am Saum einer Lichtung.

Der Mond brach gerade in diesem Augenblick durch die Wolken. Er spiegelte sich auf der weißen Felsenkuppe, die gähnend ihren Schlund öffnete und in tiefsten Schatten hinabtauchte: zu den Gräbern der Selfords!

Mit einem Aufschrei sank Sybil in die Knie. Alles verschob, verzerrte, vervielfachte sich vor ihren Augen. Sie krampfte die Hände zusammen, daß sie die Nägel spürte, biß sich die Zähne in die Lippen, spannte alle Sehnen ihres Körpers und alle Triebfedern ihres Willens an, um sich vor einer Ohnmacht zu bewahren. Endlich erhob sie sich mit zitternden Knien und näherte sich wie hypnotisiert dem Eingang zur Totengruft.

Der Schlüssel stak im rostigen Eisenschloß. Eisige Moderluft kroch die Treppe herauf und kühlte die brennende Hitze ihrer Stirn. Während sie stand und in die Tiefe hinabsah, drang ein Laut aus dem Walde, der ihr Blut gefrieren ließ. Ganz gewiß, der Tiermensch hatte ihren Beschützer ermordet und kam, um an ihr die gleiche Tat zu vollziehen! Wie sinnlos umklammerte sie die kalten Stäbe des Gitters. Dabei öffnete sich das nur angelehnte Tor. Eine Furcht verdrängte die andere. Sie schlüpfte in die Wölbung. Dann schlug sie das Tor zu, daß es dröhnend ins Schloß fiel, schob die Hand durch das Gitter, drehte den Schlüssel herum und zog ihn aus dem Schloß.

Als sei sie schon gerettet, atmete sie freier auf. Dann lauschte sie in die Tiefe. Kein Laut drang von unten herauf. Die Toten waren barmherzig. Zu ihnen würde sie flüchten. Sie stieg die Stufen hinab, an der schlüpfrigen Wand Halt suchend. Nun stand sie in der kleinen Felsenkammer, die gegen das Innere des Grabmals durch ein zweites Gitter abgeschlossen war.

Sie wartete lauschend, die Blicke nach oben gerichtet. Nach einer Weile vernahm sie schleichende Schritte und hörte einen weinenden Laut, der, weil er aus Männerbrust kam, doppelt unheimlich und fürchterlich war. Sie wich bis zur Pforte zurück und verhielt den Atem. Plötzlich fiel ein Schatten mächtig über die Öffnung hin und verlor sich auf den finsteren Stufen.

Wieder schlug ihr die Angst bis zum Halse. Es schien ihr nicht mehr unmöglich, daß der Riese auch das schwere Tor zur Grabkammer aufbrechen würde, und dann war sie ihm ausgeliefert, konnte ihm nicht mehr entgehen. Aufschluchzend rüttelte sie an den eisernen Stäben. Zu ihrem Erstaunen gaben sie nach. Die Tür war offen. Sie streckte die Hand in die Dunkelheit aus, um ihren Weg zu ertasten, während ihr Gesicht nach oben gerichtet war – dorthin, wo sie ihren Verfolger wußte.

Plötzlich schrie sie gellend auf. Ihre Hand lag im eisernen Griff einer anderen, die sich aus der Finsternis der Gruft nach ihr ausstreckte und sie unwiderstehlich in die Tiefe zog, die den Toten gehörte.

25

Sybil hatte ihren Mund weit geöffnet, und ihre Angst war so groß, daß sie ihre eigenen Schreie nicht hörte. In diesem Augenblick setzte ihr Verstand aus. Sie schlug mit der freien Hand, den Schlüssel wie eine Waffe gebrauchend, in die Luft und verfing sich in einem dichten, unordentlichen Bart.

»Still!« zischte eine Stimme aus dem Grabesdunkel sie an. »Schreien Sie nicht so! Ich tue Ihnen nichts. Wer sind Sie? Was suchen Sie hier?«

Es war eine menschliche Stimme. Die Besinnung kehrte ihr zurück. Ihre Schreie hörten auf. Sie ließ den Bart los. Die unsichtbare Hand gab sie frei.

»Ich bin Sybil Lansdown«, stammelte sie. »Ich – werde verfolgt. Ich wußte keine andere Rettung.«

»Sybil Lansdown?« fragte die Stimme in großem Erstaunen. »Das ist ja phänomenal! Aber nun beruhigen Sie sich, junge Dame! Ich zünde das Licht an. Als Sie vorhin so rasch die Treppe herunterkamen, habe ich meine Laterne gelöscht.«

Ein Streichholz flammte auf. Sybil sah lange, graue Hände mit unsauberen Nägeln. Die Flamme setzte sich auf einem Petroleumbrenner fest. Der Glaszylinder wurde darüber geschoben. Vor ihr stand ein mittelgroßer, dürrer Mann mit einem Gesicht wie verrunzeltes Leder, in dem zwei düstere Augen in tiefen Höhlen brannten. Ein langer, schwarzer Bart verbarg den Schnitt seines Mundes und hing über die Brust herab. Der fleckige, altmodische Gehrock schlotterte über ungebügelten Beinkleidern. Eine kleine, schwarze Kappe verhüllte den Hinterkopf. Er sah aus wie der Hexenmeister einer Walpurgisnacht, aber anstatt daß ein neuer Strahl der Furcht bei seinem Anblick in ihrem Innern aufschoß, beruhigte sich das Klopfen ihres Herzens unter seinem forschenden Blick.

Der Mann hatte offenbar an der Tür mit den sieben Schlössern gearbeitet. Sie sah seine Werkzeugtasche auf dem Boden liegen; ein Bohrer war in den zweiten Metallschlitz eingeführt.

»Sie sagen, man hat Sie verfolgt?« fragte er und hielt ihren Blick wie mit stählernen Klammern fest.

Sie nickte.

»Wer hat Sie verfolgt?« fragte er wieder.

»Ein – fürchterlicher Mensch«, stammelte sie, »ein – Riese!«

»Ein Riese?«

Sein Bart bewegte sich. Unter seinem Schutz verzog er den Mund zu einem Lächeln.

»Und warum verfolgte er Sie, junge Dame. Um drei Uhr nachts! War er so verliebt?«

Sybil zuckte zusammen. Doch sein Blick wirkte wie ein Schlafmittel. Plötzlich konnte sich Sybil an nichts mehr erinnern. Sie wußte weder, warum sie verfolgt worden war, noch woher sie kam. Sie sah nur immer in die schwarze Tiefe dieser blitzenden Augen, in die das Licht der Petroleumlampe fiel.

»Setzen Sie sich«, sagte er gebietend. »Ich mag nicht mit jemand sprechen, der mir bis an die Stirn reicht.«

Er deutete auf eine Bordschwelle. Sie ließ sich gehorsam darauf nieder. Die eisige Kälte des Steinbodens spürte sie nicht.

Der Fremde begann in dem schmalen Gang hin und her zu gehen. Er trug die Lampe in der Hand. Sein grotesk verzeichneter Schatten wandelte mit. Er hatte die buschigen Brauen zusammengezogen und murmelte unverständlich vor sich hin. Sein Blick fiel auf den Bohrer. Er zog ihn aus dem Schloß, legte ihn in die Werkzeugtasche und schnürte sie sorgfältig zu. Die Lampe hatte er inzwischen auf den Boden gestellt. Dann stand er und starrte düster die Tür an. Seine Miene erhellte sich erst beim Anblick der Skelette. Er streichelte zärtlich die kahlen Schädel.

Jäh wandte er sich um.

»Wie alt sind Sie, Sybil Lansdown?«

»Zweiundzwanzig Jahre«, antwortete sie wie im Traum.

»Zu spät – zu spät«, sagte er bedauernd. »Sie sind zu alt für meine Experimente. Ja, hätte ich Sie fünfzehn Jahre früher in meiner Gewalt gehabt ...« Er strich sich über die Stirn. »Auch dürften Sie keine Frau sein. Was sind mir Frauen?« Er tat, als knipste er verächtlich ein Stäubchen weg. »Das!«

Wieder begann er seine ruhelose Wanderung, und seine Blicke schweiften dabei über die schweren geschnitzten Türen, hinter denen die Toten des Hauses Selford in feuchten Nischen vermoderten.

»Frauen«, begann er wieder, »sind zu schwaches Material für Experimente. Sie reagieren nicht normal. Ein kühner Versuch wirft sie vielleicht ins Grab, und Jahre schöpferischen Aufbaus und Forschens sind vertan!«

Plötzlich blieb er vor der dritten Grabkammer zur linken Hand stehen und lauschte an der Tür. Dann hielt er das Licht seiner Lampe so, daß es auf Sybil fiel. Ein ganz anderer Ausdruck beherrschte jetzt sein Gesicht. Eine ungeheure Spannung lag in seinen Zügen.

»Nicht wahr«, fragte er behutsam, »der Mann, der Sie verfolgt hat, hat Ihnen Furcht und Grauen eingeflößt?«

Sybil nickte stumm.

Er ließ die Lampe sinken. Mit der anderen Hand strich er sich nachdenklich den Bart.

»Furcht und Grauen kann man einschläfern, wenn man will«, murmelte er wie im Selbstgespräch vor sich hin. »Das darf kein Hindernis sein, wenn das Ziel so groß ist. Per Dio, das wäre ein Weg! Das wäre ein Abschluß, die wahre Krönung des Werks! Wenn er nur nicht so plump wäre! Mit seiner rohen Kraft zerbricht er, was er in die Hände nimmt. Man kann die Materie nicht gewaltig und fein zugleich schaffen. Immer muß man sich im Rahmen der unvollkommenen Natur für das eine oder für das andere entscheiden. Wann herrschte je ein feines Gehirn über die Faust des Riesen? Wann befehligte je ein rohes Gehirn eine feine Hand?«

Er schüttelte mißmutig den Kopf.

»Doch ans Werk! Ans Werk!« munterte er sich auf.

Er begann, in den Taschen seiner halboffenen Weste zu suchen und zog eine Glasröhre hervor. Er setzte die Lampe wieder auf den Boden, zog den Korken mit den Zähnen heraus und schüttelte zwei kleine Tabletten auf seine flache Hand.

»Hier, schlucken Sie die hinunter! Es wird Ihnen guttun.« Er kicherte vor sich hin, und in der schauerlichen Grabestiefe klang sein Kichern wie das Gelächter des Bösen.

Sie hielt gehorsam die Hand hin. Er bückte sich und nahm die Lampe auf.

»Ist das nun Verhängnis?«, fragte er, die Blicke nach oben gerichtet, »ist es freier Wille? Wo hört das eine auf, wo fängt das andere an? Rätsel über Rätsel!«

Er versenkte die Hand in die Tasche des Gehrocks und brachte einen klirrenden Schlüsselbund zum Vorschein. Er suchte und fand einen Schlüssel, den er in die Tür der dritten Totenkammer stieß.

»Wenn alle Türen in dieser elenden Gruft so leicht zu öffnen wären«, seufzte er, »wieviel Unglück und Wirrsal hätte sich dann wohl vermeiden lassen!«

Plötzlich blickte er sich um und sah Sybil an.

»Ich bin gewöhnt, daß mir gehorcht wird«, sagte er mit durchdringender Strenge. »Sie haben die Tabletten noch nicht genommen!«

Die kleinen roten Kugeln glommen wie die bösartigen Augen eines Reptils auf ihrer weißen Hand.

»Gehorchen Sie!« sagte er noch einmal, langsam und zwingend.

Willfährig hob sie ihre Hand zu den Lippen empor. Aber etwas an dem Geruch der Tabletten wirkte auf ihre Nerven, so daß in ihrem Unterbewußtsein ein scheues Widerstreben blieb, und sie nahm sie wohl zwischen ihre kleinen Zähne, aber sie schluckte sie nicht hinunter. Das konnte Staletti im trüben Licht seiner Lampe nicht sehen. Er glaubte seinen Befehl befolgt und wandte sich von ihr ab, um die Tür zur dritten Grabkammer aufzuschließen.

Im gleichen Augenblick ließ das Zwangsgefühl bei Sybil nach, und sie spie die Tabletten wieder aus.

Staletti stieß die Tür auf, die knarrend zurückwich. Er verschwand in der Felsenkammer, ohne sich noch einmal nach Sybil umzusehen. Die Tür fiel hinter ihm zu. Das war sein Verderben – und Sybils Rettung. Denn im selben Augenblick löste sich der Bann, und wie wenn Wolken am Himmel sich teilen, so brach durch die Verdüsterung ihres Geistes die Klarheit ihres eigenen Willens durch.

Furcht, viel tiefer und größer, als selbst der Riese ihr einzuflößen vermocht hatte, schlug wie ein Blitz in ihr ein, trieb sie auf die Füße und hetzte sie durch den Gang in die erste Kammer und die Treppe hinauf. Noch hielt sie den Schlüssel in ihren verkrampften Fingern. Mechanisch schob sie die Hand durch die Stäbe und suchte nach dem Schloß. Sie fand es sofort. Die eigenartige Stimmung, in der sie sich befand, gab ihr eine wunderbare Sicherheit. Das Tor flog auf, doch als sie es schließen wollte, hörte sie aus der Tiefe der Gruft ein scharrendes Geräusch. Da ließ sie es offenstehen und warf den Schlüssel ins Gras. Wie im Traum trugen sie ihre Füße von dannen. Sie blickte nicht rechts, nicht links. Sie schaute nicht nach dem Riesen. Ein unbeirrbarer Instinkt sagte ihr, daß sich das furchtbare Geheimnis, in das sie verwickelt war, jetzt gleich für sie lichten würde. Das gab ihr Flügel und lieh ihr die Sicherheit einer Schlafwandlerin, so daß sie den Pfad durch den Wald, den Hügel abwärts und den Weg zum Pächterhaus fand, ohne nur ein einziges Mal in die Irre zu gehen.

Als der Wald hinter ihr lag, richtete sich ihr Blick empor, und sie sah eine schwache Röte im Osten. Der kommende Tag färbte bereits den Himmel. Oh, wenn es nur erst Morgen wäre, betete sie in ihrem Herzen.

Diesen Weg war sie vor zwei Tagen mit Dick Martin gegangen. Eine Welt des Grauens lag dazwischen. Dick Martin! Unwillkürlich blieb sie stehen, und das Gefühl überwältigender Sehnsucht durchbebte sie schmerzhaft. Hatte sie sich nicht auch gegen ihn vergangen, als sie sich von Mrs. Cody in die Falle lokken ließ? Wenn sie es sich zum Grundsatz gemacht hätte, nichts zu tun, ohne ihn erst um Rat zu fragen, so hätte sie diese grausige Nacht nie erlebt. Oh, sie war gar nicht mehr stolz, Sybil Lansdown, sie sehnte sich demütig nach dem Halt eines starken Arms!

Inzwischen hatte sie den Gutshof erreicht. Da klirrte plötzlich eine Kette, und der Hund sprang mit wildem Gekläff in die Höhe.

Einen Augenblick schrak sie zusammen. Dann entspannten sich ihre Nerven. Der vertraute Ton einer realen Welt gab ihr Mut und Zuversicht zurück. Sie blieb stehen, pfiff leise und sprach mit dem Tier wie mit einem alten Bekannten. Dann näherte sie sich furchtlos der Hütte. Das wütende Bellen des Hundes erstarb. Durch gekrauste Nüstern sog er die Luft ein. Da streckte sie ihre Hand aus, damit er ihren Geruch in sich aufnehmen und erkennen konnte, daß sie kein feindliches Wesen war. Als sie wieder mit ihm sprach, rieb der Hund zutraulich seinen Kopf an ihren Knien. Liebkosend streichelte sie sein dichtes Fell und fühlte ihn unter ihrer Hand freudig erbeben. Wahrscheinlich war er bisher nicht durch Zärtlichkeit verwöhnt worden. Ruhig ließ er zu, daß sie seine Kette von der Hundehütte löste und sie ergriff. Er wedelte mit dem buschigen Schwanz und zog sie, froh über die unerhoffte Freiheit, mit sich. Sie überließ sich willig seiner kundigen Führung, und je näher sie dem Herrenhaus kam, desto mehr wich das Grauen von ihrer Seele.

Sie stieß zunächst auf den Seitenflügel des Schlosses, das mit dunklen Fenstern schweigend im Morgengrauen lag. Ein gepflasterter Weg, den zu beiden Seiten Blumenbeete einfaßten, lief an der Hausfront entlang. Als sie ihre Schritte auf den Zementplatten knirschen hörte, ging sie am Rand des Beetes entlang, um jedes Geräusch zu vermeiden. Der Hund lief neben ihr her. Zuweilen grub er die Schnauze, neugierig schnüffelnd, in die gehäufelte Erde. Doch plötzlich hob er den Kopf und witterte argwöhnisch. Dann ließ er einen dunklen, knurrenden Laut hören und fletschte die Zähne. Seine Augen funkelten, seine Nase richtete sich drohend gegen das Haus, während die gespitzten Ohren senkrecht am Kopf standen.

Im gleichen Augenblick erhellte sich ein Fenster des Erdgeschosses. Sybil packte den Hund fester. »Still«, flüsterte sie, ihn befehlend anblickend. Sie trat auf das Beet, das zum Haus hin anstieg. Sie konnte bequem durch das Fenster blicken, das durch keinen Vorhang verdeckt war.

Sie schaute in einen hohen, bis zur Decke getäfelten Raum, in dessen Mitte ein schwerer, eichener Tisch stand. Und auf dem Tisch – ihre Hand flog zum Mund, um den Schrei des Staunens zu ersticken – blakte die Petroleumlampe, die noch eben die Totengruft der Selfords so schauerlich erhellt hatte.

Erst schien das Zimmer leer zu sein, dann bewegte sich etwas in der Nähe des offenen Kamins aus geädertem Marmor, und plötzlich trat ein menschliches Wesen, anzusehen wie ein Höhlenmensch der Urzeit, in den Lichtkreis der Lampe. Er war überlebensgroß, aber in vollkommener Symmetrie gebaut; unter seiner bronzenen Haut spielten die Muskeln, die sich auf seinen Armen wie Taue wulsteten. Langes gelbes Haar fiel ihm wie eine Löwenmähne über die Schultern, und ein dichter blonder Bart krauste sich über seinem Kinn. Er trug ein Paar helle Leinenhosen, die oberhalb seiner Knie endeten. Jetzt trat er an den Tisch und hob die Lampe, um in das Zimmer zu spähen. In diesem Augenblick sah sie sein Gesicht. Es war bei aller Größe der Form beinahe edel geschnitten, doch die blauen Augen starrten dumm und glanzlos ins Leere. Das ganze Gesicht war ausdruckslos wie das eines hochgradig Schwachsinnigen, und Sybils erster Widerwille erstarb in tiefstem Mitleid.

War das der Riese, vor dem sie geflohen war? Der arme Mensch! Es war ein harmloser Idiot. Das erste ruhige Wort hätte ihn gewiß besänftigt. Sie umklammerte die Schnauze des knurrenden Hundes, damit er sie nicht verrate. Aber schon traf sie ein trauriger Blick leerer Augen. Der Riese stutzte und blies dann rasch die Lampe aus. Sofort versank das Zimmer in undurchdringliches Dunkel.

Sybil trat auf den Weg zurück. Sollte sie den Verwalter wecken? Nein, es war besser, sie lief zum Pförtnerhaus. Von dort hatte sie nur wenige Schritte bis zum Dorf. Doch kaum war sie in die Allee eingebogen, die zum Parktor führte, da hörte sie Männerschritte, die rasch auf sie zukamen. Der Hund zog an der

Kette, und sein wütendes Gekläff durchschnitt die Totenstille des grauenden Tages. Zwei dunkle Gestalten kamen rasch auf sie zu.

»Wer ist da? Wenn Sie nicht antworten, lasse ich meinen Hund auf Sie los!« drohte Sybil mit schwankender Stimme.

»Großer Gott – Sybil Lansdown!« klang es hell zurück, und im nächsten Augenblick lag sie schluchzend an Dick Martins Brust, während der Hund sie triumphierend umtobte.

26

»Still, still, liebes Kind«, flüsterte Dick, als sie in abgerissenen Worten zu sprechen begann, »ich will jetzt noch nichts hören. Erst müssen Sie sich ausruhen. Und wie lange ist es her, seit Sie etwas gegessen haben?«

»Seit gestern mittag«, gestand Sybil kleinlaut.

»Nun sehen Sie – ich dachte es mir schon. Kommen Sie jetzt! Wir klingeln den Verwalter aus dem Schlaf. Er soll heranfahren, was das Haus Selford so unerwarteten Gästen zu bieten hat.«

Er schlang seinen Arm um sie und zog sie mit sich, unbekümmert um Sneed, der diskret folgte. Aber Sybil faßte ängstlich nach Dicks Hand.

»Um Gottes willen nicht ins Haus!« bat sie. »Ich habe gerade jetzt einen unheimlichen Menschen in einem Zimmer gesehen. Er ist ungeschlacht wie ein Riese – es muß ein Wahnsinniger sein!«

Sie schwieg überwältigt. Alles fiel ihr ein, was sie seit ihrer Teestunde mit Cody erlebt hatte.

»Ein Riese?« fragte Dick betroffen. Seine Augen suchten Sneed. Der nickte unmerklich.

Dann bat er Sybil, ihn zu beschreiben. Sie tat es stockend. Dick hütete sich, ihr seine Bestürzung zu zeigen.

»Ein Landstreicher vermutlich; einer jener seltsamen Heiligen, die wie Johannes der Täufer herumlaufen und dabei von Heuschrecken leben. Ich habe ähnliche Burschen schon im Hydepark gesehen. Haben Sie keine Sorge, Sybil, wir sind zwei kräftige, gutbewaffnete Männer. Wir fürchten uns vor Ihrem Simson nicht!«

Sie ließ sich gehorsam mitziehen.

»War eins der Fenster offen?« fragte Dick nach einer Pause des Nachdenkens.

Sybil schüttelte den Kopf.

»Ich habe kein Fenster offen gesehen!«

»Vielleicht ist er ein Schützling des Verwalters«, suchte Dick sie zu beruhigen. »Wir werden gleich hören!«

Er setzte den langen stählernen Klingelzug in Bewegung. Der hohle Klang drang abgeschwächt zurück.

Dick streichelte Sybils schmale, eiskalte Hand, und als er fühlte, wie sie zitterte, preßte er sie sanft an sich. Dann gab er sie frei. Er hatte drinnen auf den Steinfliesen den schlürfenden Schritt des Verwalters gehört.

Die Schritte hielten vor der Tür. Eine grollende Stimme fragte: »Wer ist da? Was wollen Sie?«

»Machen Sie bitte auf«, sagte Dick, der die Stimme des Verwalters erkannte, »hier ist Mr. Martin.«

Ketten rasselten. Ein Schloß krachte. Knarrend öffnete sich die Tür. Der Verwalter trug eine schief geknöpfte Hose über dem Nachthemd. Seine Hand schützte die flackernde Kerze. Das Licht wurde auf sein Gesicht zurückgeworfen und traf seine blinzelnden Augen.

»Mein Gott«, sagte er, »woher kommen Sie denn? Ist etwas passiert?«

»Genug«, erwiderte Dick, »um alle Morgenzeitungen zu füllen. Sagen Sie mal zuerst, haben Sie Besuch?«

Er trat mit Sybil in die Halle. Sneed folgte.

»Besuch? Ich?« fragte der Verwalter erstaunt. »Nein, ich bin mit meiner Frau allein hier.«

Er stieg auf einen Stuhl und bemühte sich um die altmodische Gasflamme, die sich unter reichlicher Verschwendung übelriechender Düfte endlich zum Brennen entschloß.

»Miss Lansdown«, sagte Dick zum Verwalter, »hat einen sehr merkwürdigen Menschen in einem Zimmer des Erdgeschosses gesehen!«

Der Verwalter stieg vom Stuhl herab und sah Sybil mit weit offenen Augen an. Dann schüttelte er den Kopf.

»Unmöglich! Wer sollte hier wohl hereinkommen? Alle Türen und Fenster sind verschlossen, und jeden Abend mache ich eine Runde durch das Haus!«

»Können Sie uns die Räume zeigen?«

Der Verwalter nickte bereitwillig. Sie durchschritten zwei Zimmer, und in jedem zündete der Verwalter umständlich die Gaslampe an. Aber überall erklärte Sybil: Hier ist es nicht gewesen. Endlich, als die Tür zum dritten Zimmer geöffnet wurde, zuckte sie zurück. Ihre Augen suchten Dick. Hier, sagte ihr Blick.

Einen Augenblick später lag der Raum im bleichen Licht seiner Gaskrone. Es war ein hohes Gemach, und es war ganz leer. Weder fand sich eine Spur von dem Eindringling, noch stand die Petroleumlampe auf dem Tisch.

Schon fragte sich Sybil, ob ihre überreizten Nerven ihr vielleicht die Erscheinung vorgespielt hätten, da stieß Dick einen leisen Pfiff aus. Er hatte einen schweren Krückstock aus Eschenholz entdeckt, der in der Ecke zwischen dem vorspringenden Kamin und der zurücktretenden Wand lehnte. Er hob ihn hoch und betrachtete ihn von allen Seiten.

»Ist das Ihr Stock?« fragte er den Verwalter.

»Nein«, erwiderte der Mann verdutzt, »und ich weiß auch nicht, wie er hierhergekommen sein kann. Gestern abend war er jedenfalls noch nicht da.«

»Vielleicht haben Sie ihn übersehen«, meinte Dick.

»Unmöglich! Meine Frau hat gerade gestern abend den Marmor poliert. Es kam uns vor, als sei er fleckig geworden.«

»Merkwürdig«, sagte Dick langsam. »Man sollte meinen, es gäbe keine Zauberer mehr im zwanzigsten Jahrhundert . . . aber vielleicht«, er klopfte mit dem Finger auf die Täfelung, »sind die Wände hohl? Oder existiert hier ein Geheimzimmer? So etwas hat man doch schon häufig in Romanen gelesen!«

Seine Frage war ironisch gemeint. Aber zu seinem Erstaunen erwiderte der Verwalter mit geheimnisvoll wichtiger Miene:

»Ob die Wände hohl sind, weiß ich nicht. Aber ein Geheimzimmer soll es irgendwo geben. Die frühere Wirtschafterin hat es mir erzählt, und die hat es wieder von dem verstorbenen Lord Selford.«

Dick bückte sich schweigend und ließ das Licht seiner Taschenlampe in den Kamin fallen. In gewissen Zwischenräumen waren eiserne Sprossen angebracht. Dort waren vor vielen Jahren die Schornsteinfeger hinaufgeklettert, aber für die Körpermaße eines Riesen war der Hohlraum zu schmal.

Er nahm noch einmal den Krückstock auf und untersuchte die eisenbeschlagene Spitze. Noch saß ein Krumen feuchter, frischer Erde daran.

»Was halten Sie von dieser Geschichte?« fragte ihn Sneed.

Dick zuckte die Achseln. »Ich tappe völlig im dunkeln.«

In diesem Augenblick fiel sein Blick auf Sybil. Sie lehnte bleich am Kamin, und ihre Zähne schlugen wie im Frost zusammen. Sofort legte er den Stock auf den Tisch und brach seine Nachforschungen ab. Liebevoll führte er sie in das Wohnzimmer, in dem bald unter der kundigen Hand des Verwalters ein lustiges Feuer brannte. Dann begab er sich selbst mit ihm in die Küche, um den Kaffee zu brauen und das Brot zu rösten. Erst als Sybil sich erquickt hatte, bat Dick sie, zu erzählen.

Die beiden Männer hatten das bequeme Sofa vor den Kamin geschoben, und zwischen ihnen sitzend, die Füße von der Glut erwärmt, das Gesicht von der Flamme bestrahlt, kam Sybil ihr Abenteuer wie der Spuk eines Fiebertraumes vor. Sie sah sich losgelöst von ihren eigenen Erlebnissen und konnte sich kaum mehr vorstellen, daß sie selbst die Heldin all dieser unausdenkbaren Schrecknisse war.

Als sie erzählte, wie Tom Cawler zurückgeblieben war, um sich dem Unhold entgegenzuwerfen, umkrampfte sie Dicks Arm.

»Oh, Mr. Martin, Sie müssen alles tun, um sein Schicksal aufzuklären! Ich kann den Gedanken nicht ertragen, daß er um meinetwillen zugrunde ging.«

Tränen rollten aus ihren Augen. Erst allmählich beruhigte sie sich wieder und konnte fortfahren. »Wenn ich nur wüßte, was Cody von mir wollte?« fragte Sybil, als sie geendet hatte.

Dick schwieg. Noch schien es ihm nicht ratsam, den Schleier von den Geheimnissen zu ziehen, die Codys Motive umgaben.

Sybil starrte in den Kamin, in dem die Tannenreiser brannten.

»Die Schreie waren furchtbar«, flüsterte sie, »unbeschreiblich!« Ihre Stimme versank in Grauen.

Keiner der Männer wagte ihr zu sagen, daß ihnen das Drama dieser Schreie bekannt war.

Langsam erhob sich Dick, um nach dem Himmel zu sehen. Sobald das Tageslicht es gestattete, wollte er nach Cawler suchen. Er hatte es um Sybil verdient.

Doch kaum hatte er sich dem Fenster genähert, da prallte er zurück. Die Allee herauf kam ein Auto.

Noch hatte der Fahrer den staubbedeckten Wagen nicht gebremst, da wurde von innen der Schlag geöffnet. Dick sah in Havelocks aschgraues Gesicht und in seine verstörten Augen. Er rief ins Zimmer, wer zu erwarten sei, und eilte zum Portal, um den Anwalt zu empfangen.

Havelock stürzte ihm mit fliegenden Rockschößen entgegen.

»Wo ist Miss Lansdown? Mr. Martin, wo ist Miss Lansdown?« keuchte er und packte Dick an beiden Aufschlägen.

»Sie ist hier«, sagte Dick. »Aber wer hat Ihnen gesagt, daß sie in Selford Manor zu suchen sei?«

»Ich sage ... es Ihnen ... gleich«, stammelte Havelock zwischen schmerzhaften Atemstößen. »Oh, mein Gott, was für eine Nacht! Geben Sie mir bitte Ihren Arm!«

Er stützte sich schwer auf Dick, der ihn vorsichtig ins Haus führte.

Als Havelock das junge Mädchen erblickte, eilte er auf sie zu und drückte ihr krampfhaft die Hand.

Dick stellte dem Anwalt Inspektor Sneed vor, und er sah, wie Havelocks Brauen in leisem Erstaunen in die Höhe gingen. Dann sank er gebrochen auf das Sofa nieder und suchte in seiner Tasche nach einem Brief, den er Dick mit vielsagendem Schweigen in die Hand drückte. Nun erst atmete er auf und trocknete sich die Stirn.

Dick betrachtete den Brief aufmerksam. Er trug das Wappen des Ritz-Carlton-Hotels. Die Schrift war ihm aus Lord Selfords früheren Briefen bekannt. Nur wollte ihm scheinen, daß sie flüchtiger war als sonst. Lord Selford schrieb:

Lieber Havelock!
Ich bitte Sie dringend und ernstlich, begeben Sie sich sofort nach Selford Manor und lassen Sie den ganzen Park absuchen. Scheuen Sie keine Mühe und keine Kosten. Meine Kusine Sybil Lansdown befindet sich zur Zeit in der Umgebung des Schlosses, und sie schwebt in tödlicher Gefahr. Die gleiche Gefahr droht allen, die mit ihr in Verbindung stehen ... auch Ihnen. Ich weiß, mein Brief gibt Ihnen Rätsel auf, mutet Ihnen Ungewöhnliches zu. Setzen Sie sich trotzdem über alle Bedenken hinweg. Höchste Interessen stehen auf dem Spiel. Sobald Sie Sybil Lansdown gefunden haben, bieten Sie ihr an, in meinem Hause zu bleiben. Nur dort ist sie sicher – nur dorthin reicht mein schützender Arm über sie und alle, denen ich für die mannhafte Vertretung meiner Interessen dankbar bin. Ich treffe morgen früh um sieben Uhr in Selford Manor ein und bin dann imstande, alle Rätsel, die Sie jetzt bedrängen, befriedigend zu lösen. Bis dahin halten mich leider Gewalten fern, denen gegenüber ich machtlos bin.

Selford

»Wie hat dieser Brief Sie erreicht?« fragte Dick Havelock.

»Ich glaube, es war um ein Uhr«, erwiderte der Anwalt, »ich wollte gerade schlafen gehen, denn ich hatte wieder stundenlang über den Akten des Hauses Selford gegrübelt. Da läutete es plötzlich Sturm an meiner Haustür. Es dauerte immerhin eine kleine Weile, bis ich hinunterkam. Niemand war zu sehen, aber ich fand den Brief im Kasten. Ich las ihn im Flur, und ich kann Ihnen sagen, ich war zu Tode erschrocken. Hat er den Verstand verloren? dachte ich. Ist es eine Mystifikation? Da schrillt das Telefon. Ich laufe hin, nehme den Hörer ab – Selford ist in der Leitung! Selford, den ich in Kairo glaubte, spricht mit mir von einem Londoner Apparat aus! Er fragt mich kurz und hastig, ob ich seine Botschaft bekommen hätte. Ich bejahe. Ohne mich zu Wort kommen zu lassen, dringt er in mich, seinen Wünschen zu willfahren. Ich will ihn nach seinen Gründen fragen und meinen Beistand anbieten, er antwortet nicht mehr. Ich wende mich ans Amt. Man sagt mir lakonisch, der Teilnehmer habe eingehängt ...«

Havelock schwieg erschöpft.

Wortlos reichte Dick Selfords Brief dem Inspektor.

»Und dann«, fuhr Havelock ruhiger fort, »kam ich auf die Idee, Mrs. Lansdown anzurufen. Sie war in größter Aufregung. Ihre Tochter sei seit dem frühen Nachmittag verschwunden, sagte sie mir. Können Sie sich vorstellen, meine Herren, wie mir da der Schreck in die Glieder fuhr? Ich setzte mich in mein Auto und jagte her. Wie froh ich bin, daß ich Sie alle hier unversehrt antreffe, läßt sich in Worten nicht ausdrücken!«

Er lehnte sich aufatmend zurück. Dick erhob sich.

»Ich glaube, es ist das beste«, sagte er mit einem Blick auf Sybil, die teilnahmslos in ihrer Ecke saß, »wir überlassen Miss Lansdown zunächst dem heilenden Schlaf. Sie, Mr. Havelock, treffen mit dem Verwalter die nötigen Anordnungen, ich suche indessen das Gelände nach Spuren ab. Die Sonne geht gerade auf.«

Alle richteten den Blick auf das Fenster und sahen zwischen den Baumkronen das purpurne Licht.

»Und ich?« fragte Inspektor Sneed unbefriedigt, obwohl es ihm auf seinem bequemen Sitz sehr gefiel.

»Sie bitte ich zu bleiben und alle Anwesenden unter Ihre schützenden Fittiche zu nehmen«, sagte Dick mit einem feinen Lächeln. »Sollte ich bis um sieben Uhr nicht zurück sein, so schikken Sie bitte zur Post. Mrs. Lansdown muß so schnell wie möglich erfahren, wo ihre Tochter ist!«

Dick übergab Sybil der Verwaltersfrau, die diensteifrig herbeieilte, und trat dann in den Garten hinaus. Zwitschernder Vogellaut empfing ihn. Irgendwo schmetterte ein Rotkehlchen sein frühes Lied.

Es dauerte kaum eine halbe Stunde, da hatte Dick das Erbbegräbnis der Selfords erreicht. Die Pforte war verschlossen. Er suchte im Grase und fand den Schlüssel nicht mehr. Staletti mußte ihn mit sich genommen haben.

Er setzte seinen Weg fort. Jetzt galt es, die Stelle zu finden, wo Tom Cawler seinen Gegner gestellt hatte. Ein Kampf auf grasbewachsenem Boden läßt selten Spuren zurück. Die bei Nacht niedergetretenen Gräser richten sich im Morgentau wieder auf. Trotzdem hatte er das Glück, nach langem Suchen schließlich auf den Kampfplatz zu stoßen. Er spürte ein ausgerissenes Grasbündel hier, den Abdruck eines Gummiabsatzes dort auf, aber nirgends war der Boden aufgewühlt oder zertrampelt, noch fand sich der Beweis dafür, daß jemand einen schweren Körper über das Gras geschleift hätte. Wenn Tom Cawler in dem Ringen den kürzeren gezogen hatte, und Dick zweifelte keinen Augenblick daran, so mußte der Sieger die Leiche auf den Schultern fortgeschleppt haben. Es blieb nichts weiter übrig, als das gesamte Parkgelände durch eine Streifmannschaft absuchen zu lassen. Nachdenklich schlug Dick den Weg zum Herrenhaus ein. Er hätte viel darum gegeben, wenn er Tom Cawlers Schicksal gekannt hätte, und doch fürchtete er sich vor einer Entdeckung, die seine schlimmsten Vermutungen nur bestätigen konnte.

Als Dick das Wohnzimmer betrat, unterbrach er eine sehr lebhafte Unterhaltung.

»Ich habe Mr. Havelock von dem merkwürdigen Besucher erzählt, den Miss Lansdown heute nacht hier im Hause beobachtet hat«, klärte Sneed den Freund über den Gegenstand ihres Gesprächs auf. »Mr. Havelock befürchtet, er könne sich noch irgendwo im Hause versteckt halten. Was meinen Sie, Martin?«

Dick hielt jedoch mit seiner Meinung zurück. Er stellte lieber eine Gegenfrage.

»Wo ist denn das Geheimzimmer?« wollte er wissen.

Aber Havelock verwies das sogleich in das Reich der Fabel. Ein Architekt, der Reparaturen am Hause geleitet hatte, war einmal danach gefragt worden und hatte klipp und klar an Hand des Grundrisses gezeigt, daß über jeden Winkel des Hauses Aufschluß gegeben sei; außerdem besäßen die Mauern für Hohlräume und Geheimgänge nicht die genügende Dicke.

»Nein«, schloß Havelock, »Selford Manor ist ein ganz nüchterner alltäglicher Bau und besitzt nichts Mittelalterliches.«

»Was werden wir jetzt unternehmen?« fragte der Inspektor Dick Martin.

»Ich werde Sie jetzt verlassen müssen«, erklärte Dick. »Ich begleite Miss Lansdown nach London!«

»Nach London?« fragte Havelock und legte die Hand ans Ohr, als habe er nicht recht gehört. »Ja, haben Sie denn Lord Selfords Brief vergessen?«

»Lord Selfords Brief? Nehmen Sie den so ernst?«

»Sehr ernst sogar«, entgegnete Havelock mit schwerer Betonung, »und ich möchte Sie dringend bitten, es sich wohl zu überlegen, ob man Lord Selfords Warnung so einfach in den Wind schlagen darf. Ich selbst« – er strich sich langsam über das graue Haar – »mache mir genug Vorwürfe, daß ich Lord Selfords Überspanntheiten jahrelang auf die leichte Schulter genommen habe. Wenn ich seine dauernde Abwesenheit im Licht der jetzigen Ereignisse überblicke, kommt es mir so vor, als läge darin der Schlüssel zu einem sehr dunklen Geheimnis.«

Dick nickte langsam. Mit keinem Zucken der Wimpern verriet er, daß ihm das Geheimnis dieser Abwesenheit bekannt war.

»Ich verstehe ja, daß Sie auf die Meinung eines Laien nicht so großen Wert legen«, fuhr Havelock fort, »aber vielleicht hören Sie eher auf das Urteil eines Fachmanns. Inspektor Sneed hat mir eben gesagt, daß er für seinen Teil Lord Selfords Gastfreundschaft annimmt.«

»Ja«, gab Sneed unumwunden zu, »ich leugne nicht, daß ich sehr gern hierbleibe, zumal meine Pflicht mich in dieser Gegend festhält.«

Dick verstand ihn sofort. Es lag ihm daran, sich in der Nähe des Tatorts aufzuhalten. Noch war Codys Ermordnung nicht aufgeklärt, und Selford Manor war der gegebene Mittelpunkt für alle Nachforschungen. Auch Stalettis Haus war von hier aus leicht zu erreichen.

»Gut«, willigte er ein, »ich sehe, ich bin überstimmt. Wenn Miss Lansdown einverstanden ist, können wir bleiben. Selbstverständlich müßte die Einladung dann auch auf ihre Mutter ausgedehnt werden.«

»Was das anbetrifft«, sagte Havelock rasch, »so brauchen Sie sich keine Sorgen zu machen. Ich selber hole Mrs. Lansdown in meinem Auto ab. Ich habe noch verschiedenes in der Stadt zu besorgen, was ich bei meiner eiligen Abfahrt vergaß. Sie werden nichts entbehren, meine Herren; Selford Manor bietet Ihnen jede Bequemlichkeit, und im Dorf finden wir jederzeit Dienstboten. Nur« – er zögerte und wandte sich an Sneed –, »ich würde an Ihrer Stelle für ein Polizeiaufgebot sorgen. Ich fürchte, diese Nacht bringt die Krise.«

27

Kaum hatte Sneed sein Frühstück eingenommen, da ertönte draußen ein Hupensignal. Der Polizeichef von Sussex erschien in höchsteigener Person mit einem Haftbefehl für Doktor Staletti. Sie fuhren dann zusammen zum ›Galgenhof‹, fanden aber das Nest leer. Der Vogel war ausgeflogen.

Ein Tagelöhner, der in der Nachbarschaft eine Kate bewohnte, führte die Aufsicht über das verlassene Haus. Er war bei Staletti zuweilen als Gärtner beschäftigt worden, hatte aber nie etwas Auffälliges bemerkt. Staletti hatte ihn an diesem Morgen schon vor Sonnenaufgang geweckt, ihm die Schlüssel seines Hauses übergeben und ihn gebeten, Haus und Garten bis zu seiner Rückkehr zu bewachen.

Die Durchsuchung der Räume lieferte kein neues Beweismaterial. Stalettis Bett war unberührt. Er hatte sicher in dieser Nacht nicht darin geschlafen.

Mißmutig begaben sich die beiden Herren zum Tatort zurück und ließen sich vom Arzt Bericht erstatten. Sneed hatte sich nicht getäuscht. Mrs. Cody war, wohl infolge des Schreckens, an einem Herzschlag gestorben. Inspektor Wilson, der die Aufsicht führte, hatte achtzehn leere Patronenhülsen im Obstgarten gesammelt. Dieser Fund stellte ihn vor ein Rätsel. Sneed löste es für ihn, indem er launig von dem nächtlichen Sperrfeuer erzählte.

Cody war kriminalistisch durchaus kein unbeschriebenes Blatt. Allerdings prangte er im Verbrecheralbum unter dem Namen Bertram. Seine Straftat lag indessen schon lange zurück. Er war einer der ersten in England gewesen, der Fernunterricht erteilte, und zwar hatte er vorgegeben, er könne jeden, der ein Pfund bezahle, brieflich in der Kunst des Hypnotisierens unterrichten.

Es gibt keinen Leim, auf den die Gimpel nicht gehen. Sehr bald hatte er tausend Pfund erschwindelt, ohne daß auch nur ein einziger seiner Schüler das Hypnotisieren erlernt hätte. Da griff der Staatsanwalt zu. Sein Kompagnon, der sich mit ihm den Erlös geteilt hatte, entzog sich der Verhaftung durch schleunige Flucht. Der Kompagnon war – Staletti.

»Sieh einer an – Staletti!« sagte Sneed aufhorchend.

»Erinnern Sie sich«, fragte ihn Wilson, »daß wir ihn später beim Vivisezieren erwischten? Leider war seine erste Straftat inzwischen schon verjährt.«

»Das sind ja merkwürdige Zusammenhänge!«

»Bis in die allerletzte Zeit verkehrten sie miteinander«, fuhr Wilson eifrig fort. »Ich habe die Dienstboten verhört. Man hat ihn häufig gesehen. Allerdings kam er meistens des Nachts.«

»Wieso waren die Dienstboten gestern nacht nicht da?«

»Ein Mädchen ist erkrankt, die andern hatten Urlaub. Zweifellos plante Cody ein Verbrechen, bei dessen Ausführung ihn der Tod ereilt hat.«

Sie gingen durch den Garten.

»Vorhin war Martin hier«, erzählte Wilson weiter. »Er ist auf platten Reifen nach Horsham gefahren, um sich dort Ersatz zu beschaffen. Er läßt Sie bitten, hier auf ihn zu warten.«

Sneed dankte Wilson und schlenderte zum Pförtnerhaus. Als er die Chaussee hinunterblickte, entdeckte er eine Staubwolke, die sich rasch näherte. Dick fegte im Auto heran.

»Steigen Sie ein, ich bringe Sie nach Selford!« rief er ihm zu.

»Haben Sie Staletti gefaßt?« fragte er Sneed, als der neben ihm Platz nahm. Der Inspektor schüttelte verdrießlich den Kopf.

»Ich dachte es mir«, sagte Dick. »Er wußte bereits gestern nacht, daß sein Spiel verloren war; daher sein letzter Versuch an der unterirdischen Tür. Hätte ich nur seinen Schlüssel!«

»Der würde Ihnen auch nichts nützen«, brummte Sneed. »Es wäre ja erst der vierte!«

»Erst der vierte, jawohl, aber ich hoffe, die drei anderen sind morgen in meinem Besitz!«

»Wieso morgen? Das verstehe ich nicht!«

»Morgen früh um sieben Uhr kommt Lord Selford. Entweder sind wir bis dahin tot, oder wir haben die Schlüssel«, sagte Dick rätselhaft.

Der Inspektor sah ihn scharf von der Seite an.

»Sie wissen mehr, als Sie sagen«, warf er ihm vor.

Dick zog es vor zu schweigen. Er tat, als nähme ihn die Steuerung des Autos ganz in Anspruch. Erst mußte er einem Bauernwagen ausweichen, dann galt es, einen Packard abzuhängen, der ihnen viel Staub ins Gesicht wirbelte. Kurz darauf lenkte er seinen Wagen in die Einfahrt des Parks.

Neue Pflichten erwarteten Sneed im Hause.

Dicks erste Frage galt Mrs. Lansdown. Sie war vor einer halben Stunde mit Havelock eingetroffen und hatte sich sogleich zu ihrer Tochter begeben.

Dick fand den Anwalt im Wohnzimmer. Er durchmaß den Raum mit sorgenvollen Schritten. Seine klugen Augen hatten sich umwölkt.

Als er Dick sah, gab er sich einen Ruck.

»Wissen Sie das Neueste?« fragte er mit verhaltener Stimme.

Dick sah ihn erwartungsvoll an. Havelock trat auf ihn zu und packte ihn am Knopf seiner Jacke.

»Lord Selford wohnt nicht im Ritz-Carlton-Hotel. Man kennt dort seinen Namen gar nicht!«

Er ließ den Knopf los und trat ans Fenster. Offenbar mußte er sich sammeln. Nach einer Pause drehte er sich um.

»Ich lasse jetzt in den Meldebüchern nachschlagen, ob er jemals früher dort abgestiegen ist. Sie wissen, er hat mir etliche Male von dort geschrieben. Noch hoffe ich, daß man sich seiner bloß nicht mehr erinnert, sonst ...«, er hielt inne und zupfte mit nervösen Fingern an seiner Krawatte, »... übergebe ich den ganzen Fall der Behörde.«

Er nahm seine Wanderung durch das Zimmer wieder auf. Schweigend bot ihm Dick eine Zigarette an. Er dankte, klemmte sie aber in der Zerstreutheit kalt zwischen die Zähne.

»Brauchen Sie kein Feuer?« fragte Dick ihn mit leisem Lächeln.

Havelock zuckte zusammen und hielt die Zigarette an die

Flamme, die Dick ihm reichte. Er tat ein paar tiefe Züge. Die Wogen seiner Erregung glätteten sich.

»Ich war bei Cook«, berichtete er weiter. »Ich wollte die Möglichkeit prüfen, ob Lord Selford sich wirklich in London aufhalten kann, und habe festgestellt, daß er bei Ausnutzung aller Flugzeugverbindungen tatsächlich rechtzeitig in London eintreffen konnte, um nachts gegen ein Uhr mit mir zu telefonieren. Aber wie hat er in der halben Stunde, die höchstens zwischen seiner Ankunft und unserem Telefongespräch lag, Sybil Lansdowns Schicksal in Erfahrung bringen können? Ich habe ja manches in meiner Anwaltspraxis erlebt, aber eine solche Häufung von Unwahrscheinlichkeiten noch nicht!«

Die Tür öffnete sich, und Mrs. Lansdown blickte ins Zimmer. Sie war tief bewegt, als sie Dick Martin begrüßte. Noch bebte die Qual dieser Nacht in ihrer Seele.

»Sybil hat mich geschickt«, sagte sie, als sie sich gefaßt hatte. »Sie möchte wohl wissen, ob Tom Cawler gefunden worden ist.«

»Noch nicht«, sagte Dick in bedauerndem Ton.

»Kann ihm etwas Ernstliches zugestoßen sein?« fragte Mrs. Lansdown ängstlich.

»Ich weiß es nicht. Tom Cawler war ja ein fixer Junge. Er hat seinen Hals gewiß schon aus ganz anderen Schlingen gezogen«, sagte Dick tröstend, obwohl er selber nur wenig Hoffnung hatte.

Mrs. Lansdown atmete auf.

»Gebe Gott, daß er sich hier bald mit heilen Gliedern einstellt. Ich möchte ihm gern die Hand drücken.«

Im Laufe des Nachmittags traf neue Nachricht über Staletti ein. Ein Gendarm zu Rad hatte ihn beobachtet. Er fuhr in einem Auto, das heißt, er fuhr nicht, sondern hantierte wütend am Motor herum. Als der Gendarm sich später nach ihm umwandte, sah er nur noch die Staubwolke, in der der Wagen verschwand. Wahrscheinlich flüchtete Staletti nach London. Sein Steckbrief war bereits am Vormittag telegrafisch an sämtliche Polizeiämter gegangen. Der Rundfunk würde ihn seinen Hörern am Abend übermitteln.

Nachdem Dick einige Stunden wie ein Toter geschlafen hatte, nahm er eine sorgfältige Untersuchung des ganzen Hauses vor. Die Zimmerflucht, die der verstorbene Lord Selford bewohnt hatte, lag im linken Seitenflügel. Eine eigene Treppe führte von dort in das Erdgeschoß hinab. Im rechten Flügel befanden sich die Räume für die Dienstboten. Hier wohnte auch der Verwalter. Der Haupttreppe gegenüber öffnete sich eine schwere, geschnitzte Tür in das Prunkschlafzimmer des Hauses. Hierher hatten die Selfords Jahrhunderte hindurch ihre Bräute nach ihrer Hochzeit geführt, und in dem mächtigen Bett, das die ganze Mitte ausfüllte, hatten alle Stammhalter das Licht der Welt erblickt.

Dies Zimmer hatte man Sybil gegeben; hier erwartete sie das Erscheinen des letzten Selford.

28

Dick zog die Samtvorhänge beiseite. Da sah er, daß die beiden Fenster, in die das Abendlicht fiel, durch Eisengitter geschützt waren. Er rief den Verwalter herbei und erfuhr, daß die Gitter noch zu Lebzeiten des verstorbenen Lord Selford angelegt worden waren, als ein frecher Einbruchsversuch gezeigt hatte, wie leicht das Zimmer vom Portal aus zu erreichen war. Es war der kostbarste Raum des ganzen Hauses; allein die Täfelungen und Gobelins waren ein Vermögen wert.

Dick öffnete die Fenster und rüttelte an den Stäben. Sie waren so fest in das Mauerwerk verrammt, daß tagelange Vorbereitungen dazu gehört hätten, sie zu entfernen.

Sorgfältig klopfte er die Wände ab, aber nirgends gaben sie einen hohlen Klang.

Schließlich bat er den Verwalter, ihm den Keller zu zeigen. Die Küche lag zum Teil schon unter der Erde, von dort führte eine steile Treppe in den mächtigen Weinkeller hinab, der mit ausgezeichneten Jahrgängen gefüllt war. Im Gegensatz zu den Kellern der meisten alten Häuser war dieser nicht gewölbt. Schwere Eichenbohlen stützten die niedrige Decke.

»Nicht eben feuersicher«, bemerkte Dick zum Verwalter.

Die übrigen Räume, die an den Weinkeller stießen, waren vollständig leer, bis auf einen, der unter dem Mittelbau des Hauses lag. Hier lagerten drei riesige Bierfässer.

»Nun«, meinte Dick, »an Flüssigkeiten fehlt es nicht. Wenn Lord Selford will, kann er ein ganzes Regiment unter Alkohol setzen.«

Dann schickte er den Verwalter unter einem Vorwand fort. Er hatte so getan, als ob er den Keller verlassen wollte, doch als die Schritte seines Begleiters verhallt waren, schlich er in die Küche, wo er einen Büchsenöffner suchte und auch fand. Mit diesem kehrte er zu den Fässern zurück. Bald hatte er das nächstliegende Faß angebohrt.

Betäubende Dämpfe stiegen daraus hervor. Noch ehe er den Inhalt kannte, hatte er ihn erraten. Dann verstopfte er die entstandene Öffnung sorgfältig mit Holzsplittern und legte den Büchsenöffner wieder auf seinen Platz zurück.

Befriedigt von dem Ergebnis seiner Untersuchung, begab er sich in den Hof zu seinem Auto. Niemand sah ihn, als er abfuhr. Er brachte den Wagen bis in die Gegend des Pförtnerhauses und versteckte ihn im Schatten der Bäume. Dann schlenderte er auf einem Umweg ins Herrenhaus zurück.

Die Stunde der Krise war nahe. Er fühlte, daß die Atmosphäre elektrisch geladen war, und er sah schon den Vorhang reißen, hinter dem sich Lord Selford verbarg.

Auf dem Rasenplatz vor dem Hause begegnete ihm Sybil. Sie erzählte ihm, daß die Kriminalbeamten aus London inzwischen eingetroffen seien und eben von Inspektor Sneed und Havelock auf den Korridoren verteilt würden. Willig schloß sie sich Dick auf seinem Spaziergang an.

»Haben Sie gut geschlafen?« forschte er liebevoll.

»O ja, danke! Ich bin doch wieder Mensch geworden, und ich habe kein Herzklopfen mehr.«

»Armes Kind«, sagte Dick leise.

»Sie dürfen mich nicht bedauern, Mr. Martin! Ich habe ja alles meiner eigenen Torheit zuzuschreiben. Ach, wenn Sie wüßten, wieviel Vorwürfe ich mir Ihretwegen gemacht habe!«

»Meinetwegen?«

»Ja, Mr. Martin. Ich weiß wohl, wie Sie die Unsicherheit über mein Schicksal gequält hat. Und wenn ich es selbst nicht wüßte, Mr. Sneed hat es mir gesagt!«

»Das durfte er nicht!«

»Doch, Mr. Martin! Ich bin ihm dankbar dafür. Nie wieder unternehme ich etwas ohne Ihre Zustimmung!«

Dick suchte ihre Hand und drückte sie stumm und heftig.

»Wenn nur erst die Nacht vorüber wäre! Ich sorge mich um Mr. Havelock. Seine Niedergeschlagenheit wächst, je mehr sich der Abend nähert. Er fürchtete, daß er das nächste Opfer ist!«

»Wessen Opfer?«

»Stalettis!« Sie schauderte beim Aussprechen des Namens.

»Er fürchtet Staletti?« fragte Dick erstaunt.

»Ja, und noch mehr als das. Er glaubt, daß Lord Selford unter Stalettis hypnotischem Einfluß steht und nur tut, was er ihm einflüstert!«

»Und das erzählt er Ihnen?«

»Nun ja«, sie lächelte mit unschuldigem Stolz, »er hat Vertrauen zu mir. Er fühlt, daß ich ihn verstehe. Ein Mann würde ihn vielleicht verachten, wenn er sich ihm gegenüber so gehen ließe.«

»Unser Freund Havelock ist ein ›homme à femmes‹«, konstatierte Dick lächelnd. Aber Sybil, mit ihren Gedanken beschäftigt, hörte seinen Einwurf nicht.

»Ich begreife Lord Selford nicht«, sagte sie versonnen. »Er hat sich jahrelang nicht um uns gekümmert. Woher kommt sein plötzliches Interesse an meinem Schicksal?«

»Das kann ich Ihnen erklären. Sie sind seine gesetzliche Erbin«, sagte Dick ernst.

Sybil blieb erschrocken stehen.

»Was wollen Sie damit sagen, Mr. Martin? Er ist doch noch jung. Er kann noch Kinder haben. Vielleicht ist er überhaupt verheiratet. Havelock deutete es früher einmal an.«

»Nun, und wenn Sie den Fall anders ansehen«, entgegnete Dick, »wenn Sie mit Havelock annehmen, daß er unter fremdem Einfluß steht, so gibt es sicher einige Menschen, die an seiner Erbfolge interessiert sind. Lord Selford ließ sich bisher aus dem einen oder anderen Grund mit Leichtigkeit ausplündern; ob Sie sich dazu hergeben würden, weiß man nicht. Sehen Sie nun, daß Selford oder seine Drahtzieher ein berechtigtes Interesse an Ihrer Person haben?«

»O Gott«, brach sie aus, »das ist ja entsetzlich!«

»Die Gefahr, die man kennt«, sagte Dick mit unerschütterlicher Ruhe, »ist nicht mehr so entsetzlich. Sie haben Freunde genug, die sie von Ihnen abwenden werden!«

Sie schenkte ihm einen dankbaren Blick.

»Cody«, fuhr Dick nach einer Weile der Überlegung fort, »hat schon einen Versuch in dieser Richtung gemacht und sein Leben dabei verloren. Was er Ihnen vorlegte, war zweifellos eine Schenkungsurkunde oder gar ein Testament. Damit wollte er gegen seine Genossen die Trumpfkarte ausspielen. Vielleicht fühlte er sich schon bedroht und glaubte sein Leben durch das Vorhandensein einer solchen Urkunde gesichert. Aber man kam ihm zuvor. Man hat ihn furchtbar bestraft!«

Sybil, die inzwischen von seinem Ende in Kenntnis gesetzt worden war, schwieg erschüttert. Dann sah sie Dick an mit einem Blick, der sich aus tiefen, furchtbaren Ahnungen löste.

»Aber wo ist Lord Selford?« fragte sie leise.

»Ich weiß es nicht«, sagte er einfach, »ich kann nur hoffen oder fürchten.«

Sybil blieb stehen und packte ihn am Arm. Ihre Augen hatten sich geweitet.

»Sie denken, er ist – tot?« stammelte sie flüsternd.

Dick wandte die Augen ab, um ihrem Blick zu entgehen.

»Besser für ihn, wenn er tot wäre«, sagte er durch die Zähne.

Mr. Havelock trat in diesem Augenblick unter das Portal. Sacht löste Sybil die Hand aus Dicks Arm. Sie gingen ihm entgegen.

Der Anwalt war bleich. Sein Gesicht war bekümmert.

»Nichts Neues über Staletti?« fragte er.

»Nichts«, erwiderte Dick, »aber seien Sie ganz ruhig. Er entgeht uns nicht. Das Netz zieht sich um ihn zusammen. Es ist enger, als er denkt.«

Das Essen wurde vom Verwalter in der Bibliothek serviert. Es war ein schweigsames Mahl. Jeder hing seinen eigenen Gedanken nach.

Havelock und Sneed setzten sich in die Rauchecke. Dick ging mit Sybil noch einmal in den Garten. Nach einer Weile kam sie allein zurück und bat ihre Mutter heraus. Nach lebhafter Unterhaltung mit Dick verabschiedeten sich die Damen, um ihr Schlafzimmer aufzusuchen, und Dick Martin kehrte ohne sie in die Bibliothek zurück.

Er trat ans Fenster und blickte zum Himmel auf. Eine rosige Dämmerung senkte sich auf die Kronen der Bäume. In einer Stunde würde es Nacht sein.

»Wer begleitet mich zu den Gräbern?« fragte er.

Havelock blickte nervös auf die Uhr.

»Es ist reichlich spät für einen solchen Spaziergang, und wir können auch die Damen nicht allein lassen.«

»Die Damen haben sich bereits zur Ruhe begeben«, entgegnete Dick, »und zwanzig Kriminalbeamte sind genügender Schutz. Ich brauche Ihre Führung. Sie dürfen mich nicht im Stich lassen, lieber Havelock!«

»Gut, Mr. Martin – wenn Sie mich bitten, muß ich mich Ihnen wohl anschließen. Gerne gehe ich nicht zu den Gräbern!«

»Nun, es ist auch nicht nötig, daß wir in die Gruft hinabsteigen. Mir liegt mehr daran, Teile des Parks kennenzulernen, über die ich noch nicht Bescheid weiß.«

Sie machten sich auf den Weg. Als sie den Gutshof erreichten, blieb Dick stehen, um den Hund zu streicheln, der Sybil so große Dienste geleistet hatte.

Sie kamen ins Tal. Totenstille umfing sie. Noch eben hatte ein Heimchen im Grase gezirpt, nun hörte auch das auf.

»Wissen Sie, warum Lew Pheeney eigentlich sterben mußte?« fragte Dick den Anwalt.

Havelock sah ihn verwundert an.

»Lew Pheeney«, fragte er. Er mußte sich erst besinnen.

Nun lüftete Dick das Geheimnis, das zu seinem gewaltsamen Tod geführt hatte. Havelock war sehr überrascht und konnte sich sichtlich nicht fassen.

»Ich wünschte, ich hätte es vorher gewußt«, sagte er endlich, »ich hätte vielleicht schon damals erraten, was es für ein Grabmal war, an dem er seine Kunst versucht hatte. Hat Lew Pheeney den Namen des Mannes genannt, für den er die Schlösser aufbrechen sollte?«

»Lew Pheeney war keiner von denen, die aus der Schule schwatzen. Aber wer sollte dafür anders in Frage ...«

»Staletti?« warf Havelock rasch ein.

Dick nickte.

Havelock nahm den Hut ab und strich sich über sein Haar.

»Ich glaube, wer mit Staletti anbindet, tut gut daran, sein Testament zu machen.«

Als sie den Hügel erklommen hatten, blieb Dick einen Augenblick stehen.

»Was ist denn das?« Er deutete auf eine weiße Narbe, die in der Ferne die glatte Fläche des Geländes unterbrach.

»Das sind die Steinbrüche von Selford«, erwiderte der Anwalt. »Sie sind schon längst außer Betrieb. Die Straße, die daran vorbeiführt, ist jetzt gesperrt. Sie ist selbst für einen Fußgänger gefährlich.«

Sie durchkreuzten den Wald und betraten erwartungsvoll die Lichtung, aber der Felsen, der sich über den Gräbern wölbte, lag in völliger Ruhe da.

Es war Havelock anzumerken, daß er mit leichterem Herzen den Weg zum Herrenhaus einschlug.

Zwei Polizeibeamte bewachten das Portal. Sie berichteten, daß Mrs. Lansdown vor einiger Zeit das Fenster geöffnet und gebeten habe, sie um sechs Uhr zu wecken.

»Gehen wir ins Haus«, schlug der Anwalt vor. »Unsere Stimmen könnten die Damen wecken!«

Sie begaben sich wieder in die Bibliothek, wo Havelock sie mit eisgekühltem Champagner überraschte. Seine Hand zitterte, als er das Glas erhob.

»Trinken wir auf die glückliche Heimkehr Lord Selfords!«

Die anderen gaben ihm Bescheid. Havelock setzte sein Glas geleert nieder.

»Wenn Lord Selford wirklich sein Versprechen hält«, sagte

er, »so werde ich als erstes die Verwaltung seiner Güter in seine Hand zurücklegen. Die Nüsse, die er mir zu knacken aufgibt, sind mir zu hart.« Er lächelte dann über den versuchten Scherz. »Käme er nur!« sagte er ernster.

»Wo schlafen Sie denn?« fragte Dick. »Wo können wir Sie suchen, wenn etwas Unvorhergesehenes eintritt?«

»Ich schlafe im Wohnflügel des verstorbenen Lord Selford. Es ist dort sehr gemütlich, wenn mein Zimmer auch etwas abseits liegt. Aber was soll mir geschehen? Ein Beamter wacht auf dem Korridor vor meiner Tür.«

Sneed ließ den Champagner feinschmeckerisch über seine Zunge gehen. »Ein ausgezeichnetes Weinchen!« sagte er anerkennend.

»Wie wär's, wenn wir einer zweiten Flasche den Hals brächen?« fragte Havelock.

»Ich sage nicht nein«, lachte Sneed.

Unter dem Einfluß der zweiten Flasche gewann der Anwalt seinen Gleichmut wieder.

»Ich bin doch sonst nicht auf den Kopf gefallen«, sagte er, »aber wie ich auch die Sache drehe und wende, sie bleibt mir schleierhaft. Wie kam Lord Selford zu Cody, und was hat, um Himmels willen, dieser Abruzzenräuber in den Selfordschen Gräbern zu suchen?«

Dick stützte die Arme auf den Tisch und beugte sich zu ihm hin.

»Diese Fragen lassen sich vielleicht beantworten. Haben Sie jemals den Namen Bertram gehört?«

»Bertram ...?« Havelock furchte nachdenklich die Stirn. »So hieß, glaube ich, der Vorsteher der Privatschule, die Lord Selford nach dem Tode seines Vaters besuchte.«

»Ah!« sagte Dick befriedigt. »Da haben wir also die Zusammenhänge! Als Bertram Ursache hatte, sich seines Vaternamens zu schämen, machte er ihn zum Vornamen und hängte Cody an.«

Der Anwalt lehnte sich in seinem Stuhl zurück.

»Bertram und Cody ein und dieselbe Person? Aber das ist doch unmöglich!«

»Es warten Ihrer noch ganz andere Überraschungen, Mr. Havelock! Der Verwalter sprach heute von einer früheren Haushälterin, der zu Lebzeiten Lord Selfords auch die Pflege des Knaben oblag. Erinnern Sie sich ihres Namens?«

Der Anwalt suchte in seinem Gedächtnis.

»Nicht genau. Aber der Klang liegt mir noch im Ohr. Ich glaube, es war Crawther.«

»Vielleicht Cawler?« warf Dick fragend ein.

»Cawler?« Der Anwalt sann nach. »Ja, das kann stimmen. Der Name kommt mir bekannt vor. Ah, jetzt fällt mir ein: hieß nicht – Codys Chauffeur Tom Cawler? Sie haben den Namen mehrfach genannt.«

»Ganz recht! Mrs. Cawler war seine Tante und – Codys Frau!«

Tiefes Schweigen folgte.

»Und das wissen Sie sicher?« fragte Havelock schließlich.

»So sicher wie das Amen in der Kirche! Codys Mörder haben zwar alle Dokumente aus dem Schreibtisch entfernt, aber sie haben eine kleine Truhe übersehen, die Mrs. Cody unter ihrem Bett verwahrte. In dieser Truhe fand sich ihr Trauschein. Aus dem Trauschein geht dreierlei hervor: Erstens: daß sie Cody acht Monate nach dem Tode ihres Dienstherrn heiratete; zweitens: daß sie zur Zeit ihrer Heirat noch Haushälterin auf Selford Manor war; drittens: daß sie Staletti schon damals kannte. Denn er war einer der Trauzeugen. Haben Sie übrigens Cody jemals gesehen?«

Havelock schüttelte den Kopf.

»Alle Verkaufsverhandlungen wurden durch meinen Bürochef durchgeführt. Ich selbst war damals gerade zur Kur in Karlsbad.«

»Ist Ihnen bekannt«, forschte Dick, »daß Staletti mit Lord Selford verkehrte und daß er ihm vermutlich sogar seinen ärztlichen Beistand lieh?«

»Sie setzen mich in das größte Erstaunen«, brachte der Anwalt endlich hervor. »Selfords Arzt war doch Sir John Finton. Lord Selford hat mir gegenüber, das muß ich ausdrücklich betonen, niemals auch nur gesprächsweise den Namen Staletti genannt!«

»Und doch war Staletti genau über seinen Zustand informiert«, erwiderte Dick mit besonderem Nachdruck.

Havelock starrte ihn an. Nur langsam bezwang er sich.

»Das klingt ja«, sagte er mit schwankender Stimme, »als hätte sich da unter meinen Augen eine ganz nett angelegte Intrige abgespielt, deren Haupt Lord Selford selbst war . . .«

»Ja«, gab Dick unumwunden zu, »so klingt es. Lesen Sie doch einmal diesen Brief!«

Er gab Sneed einen Wink. Der Inspektor zog seine Brieftasche hervor, entnahm ihr Codys Brief an Mrs. Cawler und schob ihn über den Tisch.

»Den Brief haben wir auch in der Truhe gefunden«, sagte Dick.

Havelock beugte sich über den Brief und las ihn, ohne ihn zu berühren.

»Das alles ist mir vollkommen rätselhaft«, sagte er aufblikkend. »Man hat mich also offenbar restlos irregeführt. Aber ich muß sagen, je mehr Licht in diese Zusammenhänge fällt, desto verworrener scheinen sie mir.«

»Morgen früh kommt Lord Selford«, tröstete ihn Dick. »Er wird und muß den Knoten für uns lösen.« Er sah nach seiner Uhr. »Es ist spät. Ich schlage vor, wir gehen schlafen. Wer weiß, was uns noch bevorsteht!«

Sneed nahm den Brief an sich. Dann stützte er sich mit beiden Händen auf den Tisch und erhob sich ächzend. Doch als er den tiefen Sessel am Feuer sah, kam er nicht weiter. Wie ein steinbeschwerter Sack versank er in der weichen Polsterung.

»Hier schlage ich meine Zelte auf«, verkündete er mit zufriedenem Seufzer. »Gepriesen sei der Erfinder des Klubsessels!«

29

Eine Viertelstunde später öffnete Dick leise die Tür seines Zimmers, grüßte schweigend den Detektiv, der im Korridor Wache hielt, drehte den Schlüssel von außen herum und ließ ihn in die Tasche gleiten. Dann ging er auf Zehenspitzen die Treppe hinab und begab sich zu Sneed, der in seinem Sessel eingenickt war.

»Es ist Zeit«, sagte er leise.

Sneed fuhr schuldbewußt auf, unterdrückte gerade noch ein Ächzen und folgte dem jungen Freund in das Gemach, in dem Sybil zu ihrem Schrecken das rätselhafte Ungetüm gesehen hatte. Im Licht der Taschenlampe zeigte es seine vier kahlen Wände.

»Sie warten draußen vor der Tür, Sneed, und rühren sich nicht! Ich beobachte das Zimmer durch das Fenster. Es kann lange dauern, aber wenn mich nicht alles täuscht, war der Riese weder das erste noch das letztemal hier!«

Er ließ den Inspektor an der Tür zurück und begab sich nach draußen, wo er genau an der Stelle Posten faßte, die den Abdruck von Sybils Füßen zeigte.

Die Zeit verging langsam und doppelt schleppend, weil sie aufs höchste mit Spannung geladen war. Allmählich gewöhnte sich Dicks Auge an das Dunkel. Mehr und mehr gewann seine Umgebung Form und Bedeutung. Der Mond ging auf und warf den Schatten der Bäume wunderbar klar auf die Rasenfläche. Wenn der Nachtwind die Blätter bewegte, war es, als reichten sich unheimliche Schemen die Hände zum Tanz.

Durch die stille Luft zitterte der Klang der Turmuhr. Dick zählte zwölf Schläge. Danach verging wieder eine kleine Ewigkeit. Schon fühlte er in seinen Füßen ein nervöses Kribbeln, und die Muskeln taten ihm vom Stehen weh.

Da hellte sich plötzlich das Zimmer vor ihm auf. Ein dünner Lichtstrahl schoß durch das Dunkel und spiegelte sich auf der Tischplatte. Er kam aus der Gegend des Kamins. Unwillkürlich reckte Dick sich auf den Zehenspitzen empor. Der Strahl wuchs schnell zur breiten Lichtbahn an, der Kamin bewegte sich um einen Zapfen und deckte ein düsteres Loch im Boden auf. Eine Hand wurde sichtbar, die eine Lampe hielt – die Petroleumlampe, die Dick aus Sybils Schilderung kannte. Der Hand folgte ein von goldenem Haar umflossenes Haupt, ein Götterhaupt der grauen Vorzeit – wenn es Leben und Ausdruck gehabt hätte. Alles, was das Gesicht jetzt an menschlicher Regung zeigte, war ein kindisch ängstliches Lächeln, das in erschütterndem Gegensatz zu der Kraft der Glieder und der Pracht der Muskeln stand.

Der Riese kam nach vorn und stellte die Lampe auf den Tisch. Dann wandte er sich um und streckte die Hand in den dunklen Schacht hinab. Sie wurde ergriffen, und mit unbeschreiblichem Schauder sah Dick jetzt neben der ersten Gestalt eine zweite ähnliche stehen. Dieser zweite Riese trug kurzgeschnittenes Haar und ein glattes, bartloses Gesicht. Seine Augen hatten den dumpfen Blick des Sklaven, aber sie waren nicht ganz ausdruckslos. Eine gewisse tierische Wildheit lag in diesen Zügen mit den breiten, hochstehenden Backenknochen, der an der Wurzel scharf vorspringenden Nase – eine Wildheit, die augenblicklich gebändigt schien durch die Gutmütigkeit und die Vorfreude eines Kindes. Beide Gestalten waren nackt bis auf kurze zerrissene Hosen, die kaum die Schenkel bedeckten. Sie schlichen sich an die Wand. Der bärtige Mann drückte auf eine Holzfüllung. Sie sprang zurück und gab den Blick auf einen eingebauten Schrank frei.

Doch im selben Augenblick bewegte sich die Klinke. Die Riesen horchten auf. Blitzschnell sprang der Bartlose zum Tisch und löschte die Lampe aus.

Dick stieß einen Fluch durch die Zähne. Dann sprang er mit einem Satz über das Beet und eilte in die Halle.

An der halboffenen Tür fand er Sneed, der, die Hand um die Klinke gekrampft, dastand, als wäre er zur Salzsäule erstarrt.

»Hatte ich Ihnen nicht gesagt, daß Sie sich nicht rühren sollten!« zischte Dick ihn wütend an und eilte an ihm vorbei ins Zimmer. Es war leer, und als endlich die Gasflamme brannte, sahen sie, daß der Kamin wieder an seine Stelle gerückt war und die Lampe auf dem Tisch fehlte.

»Mir war, als hätte ich Sie rufen hören«, entschuldigte sich Sneed, der Dick gefolgt war. »Im Zimmer bewegte sich etwas. Da öffnete ich die Tür und sah . . .« Er schüttelte sich.

Dick antwortete ihm nicht. Zorn und Enttäuschung brannten zu heftig in ihm. Er war der Lösung des Rätsels so nahe gewesen, und nun war sie ihm wieder entglitten.

Er trat an den Schrank heran, der noch geöffnet war. Seine Augen weiteten sich. Er war auf eine furchtbare Entdeckung gefaßt gewesen, und was er vor sich sah, war – Kinderspielzeug:

ein Eisenbahnzug, doch ohne Lokomotive, Tiere aus Stoff und aus Holz, eine Schachtel mit Zinnsoldaten, bunt bemalte Bälle, ein paar Kreisel, Kinderkegel, ein Kasperletheater . . .

Dick sagte kein Wort zu diesem Fund; er vermied es auch, dem Blick des Inspektors zu begegnen. Nie in seinem Leben hatte er eine solche Trauer und eine so bittere Ohnmacht gefühlt. Er wandte sich dem Kamin zu und versuchte, ihn zu bewegen, aber es gelang ihm nicht.

Aufblickend sagte er: »Darunter liegt ein Stollen, der in eine der Grabkammern führt. Bleiben Sie hier, ich laufe indessen zu den Gräbern!«

Sneed wollte ihn zurückhalten, aber Dick ließ sich auf keine Auseinandersetzung ein. Mit schnellen Schritten überquerte er den Rasen und verschwand im Schatten des Parks. Der Weg dünkte ihm endlos. Endlich lichtete sich der Wald. Doch plötzlich blieb er wie angewurzelt stehen. Stimmen drangen zu ihm, die aus männlichen Kehlen kamen und doch klangen wie die unmündiger Kinder. Vorsichtig setzte er seinen Weg fort. Doch als er an den Saum der Lichtung trat, zuckte er unwillkürlich zusammen.

Die Tür zu den Gräbern stand offen. Im hellsten Mondschein davor hatten sich die beiden riesigen Gesellen wie Kinder an den Händen gefaßt und taten zwei Schritte nach rechts, zwei nach links. Dazu sangen sie: »Jimmy, warum weinest du, weinest du so sehr . . .«

In der Mitte zwischen ihren ausgestreckten Händen stand ein Mann in Breeches und eng anliegender Jacke. Neben den beiden Titanen sah er wie ein Zwerg aus. Dick konnte ihn zuerst nicht erkennen, weil er dauernd verdeckt wurde. Dann aber war er plötzlich ganz deutlich zu sehen. Dick griff in die Zweige der Büsche, um seine Bewegung zu meistern . . . es war Tom Cawler.

Vom Ringelreihen ermüdet, zogen die beiden Riesenkinder Tom Cawler mit sich. Dann hoben sie etwas auf, was im Grase lag: eine Kindertrompete und die kleine Lokomotive, die im Spielschrank gefehlt hatte. Sie hockten sich auf den Boden nieder und zeigten Tom stolz ihre Schätze. Cawler gab sich den Anschein, als habe er noch nie etwas so Schönes gesehen, und dann zog er die Lokomotive auf und ließ sie über den Boden laufen. Die beiden Riesen starrten aus runden Augen, dann klatschten sie begeistert in die Hände. Der eine stieß in die Trompete, die einen heiseren dünnen Ton von sich gab, der eher einem Krächzen glich.

Da wandte sich Cawler ab, als könnte er den Anblick nicht mehr ertragen, und Dick sah, daß er dem Weinen nahe war. Es zuckte und flackerte in seinem Gesicht, und er hielt die Oberlippe mit den Zähnen fest, damit sie sich nicht im Schluchzen verziehen sollte. In diesem Augenblick flog ihm Dicks Herz zu, und er hätte ihn am liebsten bei der Hand genommen.

Da ertönte plötzlich vom Wald her ein Pfiff, und mit den spielenden großen Kindern ging eine furchtbare Veränderung vor.

Sie duckten sich, kauerten wie Sklaven am Boden. Tom Cawler warf ihnen noch einen verzweifelten Blick zu, dann barg er sich im Schatten des Felsens. Ein zweiter Pfiff durchschnitt die Stille der Nacht. Jetzt sprangen die Riesen auf und standen zitternd und mit hängenden Armen da. Staletti, gnomhaft klein neben seinen Zöglingen, schälte sich aus dem Dunkel des Waldes, eine schußbereite Pistole in der Hand.

»Ah – da seid ihr ja, meine Kinder! Warum haltet ihr euch versteckt? Ich finde euch doch immer«, knarrte Stalettis Stimme. »Immer!« wiederholte er in hartem, eindringlichem Ton.

Er stand mit gekreuzten Armen vor ihnen und verließ sich auf nichts als auf seinen stählernen Blick, vor dem sie erschauerten.

»Kommt!« sagte er, und seine Stimme schmeichelte und drohte. »Ihr sollt auch süße Milch und saftiges Fleisch haben!«

Er wandte sich um und verschwand furchtlos im Wald. Die beiden Riesen trabten wie folgsame Hunde hinter ihm her.

Kaum hatte der Wald sie verschluckt, da schnellte Cawler aus seinem Versteck empor. Die Zweige der Bäume schlugen um ihn zusammen. Ihm nach tastete sich Dick mit gespannten Nerven.

Jede Deckung ausnutzend, mit allen Sinnen in die Wirklichkeit verstrickt, hatte er doch das Gefühl für Zeit und Raum verloren. Ihm war, als hätte er die Grenze überschritten, wo Alltagswelt und Mythologie sich begegnen. War der Mann, der vor ihm von

Baum zu Baum sprang, wirklich Tom Cawler, seines Zeichens Chauffeur? War er nicht einer jener Rachegeister, die sich an die Fersen des antiken Mörders hefteten und ihn jagten, bis sie ihn ereilten und erwürgten?

Dick wußte nicht, wohin die Verfolgung führte. Als die Stämme sich lichteten, glaubte er das Tal vor sich liegen zu sehen, aber er stieß auf eine Landstraße.

Da hörte er plötzlich das aufgeregte Surren eines Motors. Er stürzte hinaus ins Freie, aber er kam schon zu spät. Staletti hatte sein Auto lange vor ihm erreicht und entfloh mit seinen Opfern. Aber ein anderer war schneller gewesen als er: Tom Cawler. Er hatte sich an den Wagen gehängt und machte die Fahrt als unsichtbarer Passagier mit.

Die Straße stieg plötzlich bergan. Dick, der ein guter Langstreckenläufer war, sah das Auto wieder vor sich. Mit seiner schweren Last kam es nur langsam vorwärts. In diesem Augenblick schwang sich Cawler über das Verdeck.

Das Auto war hinter der Anhöhe bereits verschwunden, da hörte Dick einen Schrei des Entsetzens, der in ein Schmerzensgebrüll überging. Außer Atem erreichte er die Höhe. Vor ihm, zur linken Hand, lag der Steinbruch, in seiner ganzen Tiefe mit Wasser gefüllt. An dem jähen Absturz führte die Straße vorbei. Auf der Straße fuhr das Auto, das führerlos ins Schleudern geriet. Da verdoppelten und vervielfachten sich die Schreie im Auto. Der Wagen kam jählings ins Gleiten, die Vorderräder hingen plötzlich in leerer Luft über dem Abgrund. Eine Sekunde der Totenstille trennte die Schreie vom Krachen der Katastrophe. Das Auto war in die Tiefe gestürzt und hatte sich überschlagen. Im nächsten Augenblick krachte es mit voller Wucht ins Wasser und verschwand in dem hoch aufgewirbelten Teich, der noch einen Atemzug vorher im friedlichen Glanz des vollen Mondes gelegen hatte.

30

Mit einem kühnen Sprung setzte Dick dem Auto in die Tiefe nach. Vergebens suchte sein Fuß im rollenden Gestein einen Halt, aber seine Hand fand eine Staude, an der sie sich festklammern konnte. Mehr gleitend als kletternd geriet er schließlich auf einen Vorsprung, der dicht über dem Wasserspiegel hing. Da zerteilte sich die Flut, und eine triefende Gestalt schwamm ans Ufer. Dick erkannte sofort, wen er vor sich hatte.

»Tommy!« rief er laut.

Cawler starrte ihn an. Sein Gesicht hatte sich verzerrt. Er spie das verschluckte Wasser aus, und seine Brust hob sich in stöhnendem Schluchzen.

Dick packte ihn am Arm.

»Cawler, was ist Ihnen denn? Freuen Sie sich, daß Sie mit dem Leben davongekommen sind!«

Aber Cawler schrie auf, von furchtbarer Angst gefoltert.

»Er ist tot! Er ist tot! Und ich wollte ihn retten!«

»Wer ist tot?«

»Mein Bruder ist tot – mein armer Johnny! Oh, Mr. Martin, helfen Sie mir! Das Auto liegt umgestürzt im Wasser, und beide sind darunter eingeschlossen.«

Dick besann sich nicht einen Augenblick. Er warf seine Jacke ab und watete in den See, während Tom ihm den Weg zeigte.

Das Auto lag dicht unter der Oberfläche des Wassers, aber es war nicht zu bewegen. Tief in den lehmigen Boden gewühlt, von einem vorspringenden Felsen eingeklemmt, gehörten ganz andere Kräfte dazu, es zu heben.

Trotzdem gab Dick noch nicht den Versuch auf, Stalettis unglückliche Opfer zu bergen. Er tauchte mit Tom Cawler hinab, bekam auch einen der beiden Riesen zu fassen, aber der Arme war bewußtlos oder tot; es war unmöglich, ihn unter dem Verdeck hervorzuziehen.

Schweren Herzens begab er sich ans Ufer zurück.

Als Tom Cawler sah, daß keine Hoffnung mehr war, warf er sich auf die Erde und raufte schluchzend das Gras. Dazwischen stieß er halb erstickte Selbstanklagen hervor.

»Hätt' ich den Schurken – doch schon gestern – getötet! Herrgott – hätt' ich es doch getan – als ich – meinen Bruder wiedererkannte!«

»Ihren Bruder?«

»Ja, Mr. Martin, meinen unseligen Bruder! Ich sah ihn daherkommen – ein Ungetüm, und ich wußte, er wollte mir ans Leben. Aber daß er mein Bruder war, das wußte ich nicht. Ich pack' den Schraubenschlüssel fester und spring' ihm auf den Nacken – und da« – Tom Cawler hielt inne, ein Schluchzen erstickte seine Stimme – »da fühle ich ein sonderbares Hautläppchen, das er schon als Kind gehabt hat und über das wir viel gescherzt hatten. Ganz plötzlich kommt mir die Erleuchtung. Ich schreie: Johnny! Da steht er still – wie versteinert – und lauscht. Ich gleite auf den Boden, sehe ihm ins Gesicht und ruf' ihn noch einmal beim Namen. Da bricht er plötzlich in die Knie und wirft sich ins Gras und heult – heult wie ein verwundetes Tier. O mein Gott, mein Gott – es war Johnny! Und Staletti hatte einen Unhold aus ihm gemacht, einen Sklaven, der automatisch jeden seiner Befehle ausführte!«

Tom Cawler trommelte, rasend vor Schmerz, mit den Fäusten auf den Boden.

»Oh – dieser Teufel, dieser Staletti! Ich ahnte es schon lange, daß er ein Unmensch war. Vor ein paar Tagen habe ich ihn und Cody in seinem Studierzimmer belauscht. Da brüstete er sich frech: er sei Lew Pheeneys Mörder. Auch dazu hatte er seinen Sklaven mißbraucht. Oh, ihr Hunde, denk' ich, euch werd' ich das Handwerk legen! Bald hab' ich euch alle in meiner Hand! Ich Dummkopf! Durchs Fenster hätte ich schießen sollen, mitten hinein in sein tückisches schwarzes Gesicht!«

Er wühlte die Stirn in den Boden. Dann richtete er sich halb auf und drohte mit der geballten Faust über den Teich hin.

»Du Satan! Du Satan!«

»Sa – tan! Sa – tan!« wiederholte ein rollendes Echo.

Cawler horchte grimmig dem Echo nach, dann öffnete er seine Faust und starrte in seine Hand. Ein wahnwitziges Gelächter des Triumphes erschütterte seinen Körper.

»Ein Gutes hat diese Diebeshand in ihrem Leben vollbracht«,

sagte er mit wilder Genugtuung. »Sie hat dem Schuft die Schädeldecke zertrümmert! Haben Sie ihn schreien hören, Mr. Martin? Mit dem Schraubenschlüssel hab' ich ihn erschlagen, so wie er Cody von meinem Bruder erschlagen ließ!«

»Wer von den beiden Unglücklichen war Ihr Bruder?« fragte Dick schaudernd.

»Der Kahlgeschorene. Staletti rieb ihn immer mit Öl ein, bevor er ihm den Befehl zum Töten gab. Er sollte schlüpfrig sein und geschmeidig wie ein Aal!«

»Und wer war der andere? Staletti hat ihn doch offenbar stets versteckt gehalten?«

»Der andere? Das wissen Sie nicht?«

»Ich ahne es«, versetzte Dick mit schwankender Stimme.

»Staletti hatte guten Grund, ihn versteckt zu halten«, sagte Tom Cawler, und seine Hände krampften sich zusammen. »Es war Lord Selford«, stieß er fast schreiend hervor.

Und wieder antwortete das unheimliche Echo: »Sel – ford! Sel – ford!«

Tom Cawlers irrsinniges Gelächter übertönte es.

»Lord Selford – Schloßherr, Großgrundbesitzer, vielfacher Millionär – und hatte nichts als ein paar Lumpen auf dem Leib und einen Schrank voll alter Spielsachen!«

Dick sagte nichts. Er hatte seine geballten Fäuste auf die Stirn gepreßt und verdeckte die Augen. Was ist Erbe – was ist Geschlecht – was ist Ahnenstolz – hallte es durch seine Seele. Der letzte Sproß eines großen Hauses endete trotz der Pracht seiner Glieder als armer, hilfloser Idiot!

Tom Cawlers schauerliches Gelächter rief ihn jäh in die Wirklichkeit zurück. Er beugte sich zu ihm nieder. Er packte ihn an den Schultern, er rüttelte ihn.

»Mann, kommen Sie zu sich!« herrschte er ihn an. »Ich begreife ja Ihren Schmerz, aber das Unabänderliche müssen wir tragen. Und es mit Würde zu tragen ist das Vorrecht des Mannes. Klage und Haß wecken Ihren Bruder nicht auf. Unsere Pflicht ist es, Hilfe zu holen, damit er wenigstens ein ehrliches Begräbnis bekommt!«

Aber Cawler wollte die Unglücksstätte nicht verlassen.

Stumm und verbissen schüttelte er auf Dick Martins gütiges Drängen nur den Kopf. Da mußte er ihn zurücklassen.

Mit unsäglicher Mühe, immer wieder abgleitend, erklomm er die überhängende Wand des Kessels, und als er noch einen Blick in die Tiefe warf, sah er Tom Cawler am Ufer sitzen und reglos ins Wasser starren.

Er hatte einen weiten Weg vor sich. Endlich tauchten die Kronen der Parkbäume wieder vor ihm auf. Doch was war das? Der ganze Nachthimmel war rot gefärbt, und jetzt – flammte es nicht darüber hin wie zuckende Lohe?

Da fiel Dick in raschen Lauf, und als die ersten schrillen Pfiffe der Alarmpfeifen ihn erreichten, rannte er mit keuchender Brust und geöffneten Lippen, durch die zischend sein Atem ging.

Auf dem Rasenplatz blieb er geblendet stehen. Das ganze Herrenhaus stand bis unter den Dachstuhl in Flammen. Beizende Rauchschwaden trieben ihm ins Gesicht. Es war ein Knacken, ein Krachen, ein Heulen eingesperrter Flammen und Gase, als hätte sich der Rachen eines ungeheuren Hochofens geöffnet. Fensterscheiben zersplitterten, Explosionen knallten im Herzen der qualmenden Hölle, und aus jeder Öffnung schossen Feuerzungen hervor.

Die Polizei hatte die Brandstätte in weitem Umkreis abgesperrt. Der ganze Rasenplatz davor lag in der Purpurhelle der ersten Morgenstunde, und die Luft davor zitterte wie der Gluthauch der Tropen. Eine seltsame Gestalt rannte mit flatternden grauen Haaren zwischen den Posten hin und her. Es war Havelock. Er hatte einen Mantel über den Schlafanzug geworfen und deutete wie ein Wahnsinniger auf die Fenster über dem Mittelportal, vor denen ein undurchdringlicher Vorhang von Qualm und Rauch stand. Er packte Inspektor Sneed am Arm, der apathisch seine lange Pfeife rauchte und tatenlos auf das brennende Haus stierte.

»Stehen Sie doch hier nicht herum, als ob Sie das Schicksal der beiden Damen nichts anginge! Lassen Sie die Eisenstäbe durchfeilen! Ich zahle jedem, der sich in das Zimmer wagt, eine hohe Prämie!«

Aber Sneed schüttelte nur ratlos den Kopf.

Da wandte sich Havelock an die Polizisten: »Hören Sie, ich setze für jeden Rettungsversuch eine Belohnung von fünfhundert Pfund aus!«

Plötzlich stand Dick neben ihm und legte ihm die Hand auf den Arm.

»Ihre Aufregung ist überflüssig«, sagte er. »Weder Mrs. Lansdown noch ihre Tochter befinden sich im Hause!«

»Nicht im Hause? Was soll das heißen?« stammelte Havelock.

»Das soll heißen, daß ich den Ausbruch des Feuers bereits am Nachmittag voraussah und die Damen beizeiten im Auto heimschickte. Das geschah während unseres Abendspaziergangs im Park. Sie konnten es also nicht wissen!«

Dick fühlte den Arm des andern unter seinem Griff zucken, doch er hielt ihn wie in eiserner Klammer.

»Sie haben eine üble Stunde in Ihrem Leben gehabt, Mr. Havelock, und das war, als Sie Staletti in die Hand fielen. Seitdem sind Sie von Verbrechen zu Verbrechen geschritten, und mit jedem Schritt kamen Sie der Hölle näher. Seit meiner Rückkehr fühlten Sie, wie sich die Schlinge um Ihren Hals zusammenzog, und da gab Ihnen die Verzweiflung ein, alle Ihre Gegner zu verbrennen. Aber das Schicksal war gegen Sie, Havelock. Heute habe ich Ihre Petroleumfässer im Keller entdeckt, und so konnte ich alle warnen, die von Ihrem teuflischen Vorhaben bedroht waren!«

Havelock war aschfahl geworden. Seine Lippen bewegten sich, aber er konnte kein Wort hervorbringen.

Da sah Sneed den psychologisch richtigen Augenblick für ein Eingreifen gekommen. Er nahm die Pfeife aus dem Mund, legte seine Rechte mit leichtem Nachdruck auf Havelocks Schulter und sagte mit feierlichem Ernst:

»Arthur Elwood Havelock! Ich verhafte Sie unter der Anklage der Anstiftung und der Beihilfe zum Morde, des Mordversuchs, der Brandstiftung und der Veruntreuung von Mündelgeldern. Ich warne Sie. Alles, was Sie nunmehr sagen, kann als Anklagematerial gegen Sie herangezogen werden.«

Havelock entgegnete nichts. Er schloß die Lider, und noch ehe Sneed ganz geendet hatte, brach er ohnmächtig zusammen.

Er wurde ins Pförtnerhaus getragen und gründlich durchsucht. An seinem Halse trug er eine goldene Kette, und an dieser Kette hingen zwei Schlüssel von seltsamer Form, doppelt gezahnt und mit Kerben und Rillen am Bart. Dick nahm sie an sich.

Dann flößte man dem Gefangenen ein Glas Kognak ein, und unter seiner belebenden Wirkung kam er zu sich. Er warf einen verstörten Blick auf seine Umgebung. Sein Blick wanderte weiter und traf Dick. Da richtete er sich auf.

»Sie haben sehr schwere Anklagen gegen mich erhoben«, sagte er mit unheimlicher Fassung. »Darf ich Sie hier und jetzt bitten, dafür den Beweis anzutreten?«

Dick warf einen Blick auf Sneed und empfing ein unmerkliches Zeichen der Zustimmung. Da setzte er sich dem Gefangenen gegenüber.

»Sie werden sich vielleicht erinnern, daß ich einmal erwähnte, Lord Selford habe in Kapstadt dem Einzug des neuen Generalgouverneurs beigewohnt?«

Er machte eine Pause, aber Havelock verneinte die Frage weder, noch bejahte er sie. Er starrte Dick Martin nur schweigend an. Er hatte die Zähne zusammengebissen, und die brutale Linie seines Kinns hatte sich noch verschärft.

»Nun«, fuhr Dick gelassen fort, »dieser winzige Vorfall wurde mein Glück und Ihr Verderben. Denn auf dem Balkon seines Hotels wurde Lord Selford fotografiert. Es war ein alter guter Bekannter von mir, ein mehrfach bestrafter Meister der Diebeszunft, es war Tom Cawler!«

Inspektor Sneed entschlüpfte ein leises »Ah«, Havelock biß sich in die Lippen.

»Von diesem Tage an«, sagte Dick sehr ernst, »habe ich unabhängig von Ihnen nach Lord Selford geforscht. Lassen Sie mich einschalten, Mr. Havelock, daß ich Ihre Klugheit bewundere. Um Ihren guten Glauben zu beweisen, setzten Sie einen Detektiv auf die angebliche Fährte Ihres früheren Mündels und sorgten dafür, daß er ihn nie zu Gesicht bekam. Sie organisierten mit verblüffendem Geschick eine Reise rund um die Erde. Ich hatte aber das Löschblatt in Buenos Aires gefunden, Cody war kompromittiert, Stalettis Anschlag auf mein Leben mißlungen. Da entschlossen Sie sich zu letzten, äußersten Schritten. Cody, der auf eigene Faust im trüben zu fischen begann und dem Sie nicht genügend Standhaftigkeit zutrauten, war ein lästiger Mitwisser Ihrer Verbrechen; er mußte beseitigt werden und mit ihm seine Frau. Aber auch da machte Ihnen das Schicksal einen Strich durch die Rechnung. Codys Hilferuf erreichte mich noch. Da unternahmen Sie, um Ihre Flucht zu decken, einen Mordanschlag auf Inspektor Sneed und mich. Keiner Ihrer Schüsse erreichte sein Ziel, obschon Sie zwei automatische Pistolen gleichzeitig abfeuerten. Nun blieben also noch zwei Menschen zu beseitigen: die Erbin Lord Selfords und der Mann, der schon zu viel um Ihre Geheimnisse wußte – ich meine mich! Wär' Ihnen das geglückt, so hätten Sie als nächsten Selford verschwinden lassen und den Gerichten eine letztwillige Verfügung vorgelegt, durch die Sie zu seinem Erben geworden wären. Unnötig zu sagen, daß dies Testament in der gleichen Handschrift verfaßt gewesen wäre wie alle übrigen Briefe Selfords, die mir vorlagen, nämlich in Ihrer eigenen, Mr. Havelock!«

Da bewegte der Gefangene zum erstenmal die Lippen.

»Hypothesen«, brachte er mühsam hervor, »Hypothesen!«

»Die Schriftsachverständigen werden beweisen, ob es Hypothesen sind oder nicht. Aber ich brauche diesen Beweis gar nicht. Ich habe die grünen Flecke an Ihrem Finger gesehen, vorgestern, als Sie mir Selfords Brief aus Kairo zeigten, der angeblich eben eingetroffen war. Merkwürdiges Zusammentreffen, Herr Anwalt: Selfords Brief war mit grüner Tinte geschrieben!«

Havelock befeuchtete die trockenen Lippen. Dick sah, wie er seine Daumen in den zusammengepreßten Händen verkrampft hielt. Er wußte, es ging um seinen Hals, und noch wollte er den Kampf nicht aufgeben.

»Ich gebe zu«, sagte er langsam, jedes Wort abwägend, »daß der Schein gegen mich spricht. Aber nicht immer behalten die Indizien recht. Noch haben Sie nicht Lord Selford gesprochen. Möglich, daß mein Mandant das ganze Gebäude Ihrer Anklage mit einem einzigen Wort erschüttert.«

»Warten Sie nicht auf Lord Selford!« sagte Dick und reckte sich zu seiner ganzen Größe auf. »Lord Selford ist tot!«

Da sprang Havelock auf, und er fühlte die Hände der Beamten nicht, die ihn festhielten.

»Er ist –«

Er kam nicht weiter.

»Er ist tot!« donnerte ihn Dick Martin nieder. »Und ich kenne sein Schicksal! Sie haben ihn diesem Teufel in Menschengestalt, diesem Staletti für seine furchtbaren Experimente überantwortet – und dafür allein kommen Sie an den Galgen!«

Havelock wankte. Totenbleich stand er mit geöffneten Lippen da; unwillkürlich irrte seine Hand zum Halse. Da merkte er, daß die Schlüssel fort waren. Mit ausgestrecktem Arm hielt sie ihm Dick entgegen. Havelock machte eine Bewegung, wie um sie ihm zu entreißen, doch die Beamten waren stärker als er.

Da fiel ihm der Kopf in den Nacken. Alle Adern traten an seinem Hals hervor, seine Glieder wurden steif wie Holz. Pfeifend ging sein Atem. Das dauerte einen Augenblick. Dann richtete er sich auf, legte die Hände mit den Innenflächen zusammen und sagte mit erloschenem Auge: »Fesseln Sie mich! Ich weiß, wann ich geschlagen bin. Ich habe mein Spiel verloren.«

Seine Lippen schlossen sich, und Dick, der ihn ansah, wußte, daß er bis zu seinem Ende, dem bitteren und doch viel zu milden Ende, schweigen würde.

31

»Sieben Schlösser – sieben Schlüssel«, sagte Dick nachdenklich, als er mit Captain Sneed am frühen Morgen die Gräber der Selfords aufsuchte. »Cody besaß einen, Mrs. Cody den anderen, der Gärtner Silva den dritten. Havelock und Staletti als die Häupter der Verschwörung hatten die anderen vier. Wenn Staletti geborgen ist, können wir die Tür zur einundzwanzigsten Grabkammer öffnen.«

Sie mußten eine Stunde warten; dann kehrte die Rettungsmannschaft mit drei verdeckten Bahren aus dem Steinbruch zurück. Tom Cawler schritt mit gesenktem Kopf neben der Leiche seines Bruders.

Dick hielt ihn einen Augenblick an und sagte leise: »Nicht wahr, Cawler, Sie besuchen mich? Miss Lansdown möchte Ihnen persönlich danken. Und machen Sie sich keine Gedanken um Ihre Zukunft! Dafür wird gesorgt.«

Tom Cawler nickte stumm, drückte Dick krampfhaft die Hand und verschwand im Walde. Dick hatte nichts von dessen Bekenntnis gesagt; nie würde jemand erfahren, daß Staletti schon vor dem Sturz in die Tiefe getötet worden war.

Einer der Männer, die bei der Bergung der Verunglückten geholfen hatten, brachte die beiden feuchten Schlüssel.

Dick stieg als erster die steile Treppe der Totengruft hinab. Die Tür der dritten Grabkammer stand offen. Dick trat hinein und beleuchtete sie. Ein viereckiges Loch gähnte im Boden.

»Das ist der Stollen, der unter dem Hügel hindurch zum Herrenhaus führt und unter dem Kamin des Spielzimmers endet. Wahrscheinlich war es das einzige Gemach im Schloß seiner Väter, das Selford besuchen durfte – des Nachts, wenn alles schlief. So hatte Staletti wohl im Anfang sein Heimweh bekämpft, und da Lord Selford ein Kind blieb, auch als er heranwuchs, ließ er sich die einzige magere Freude seines trüben Daseins nicht nehmen. Als Staletti Miss Lansdowns Flucht entdeckte, befand sich sein Zögling gerade im Schloß. Staletti mußte ihn und Johnny Cawler zurücklassen, um sich zunächst selbst in Sicherheit zu bringen und die Papiere in seinem Haus zu vernichten. Die beiden großen hilflosen Kinder haben sich dann mit Tom Cawler in dieser Grabkammer versteckt. Wahrscheinlich hielt er hier Wache, während sie sich ins Schloß schlichen, um Selfords Spielzeug zu holen.«

Dick trat mit Sneed aus der Grabkammer heraus, und das Licht seiner Lampe fiel auf die schwere Tür am Ende des Ganges. Schlüssel um Schlüssel schob Dick in das jeweils passende Schloß und ließ es zurückschnappen.

Als das siebente Schloß geöffnet war, schwang die Tür langsam auf. Ein eisiger Moderduft schlug ihnen entgegen. Dick trat sofort an die Steinurne heran und hob den Deckel auf. In der Urne befand sich eine schmale Stahlkassette. Sonst war die Kammer leer. Sie trugen die Kassette hinaus, verschlossen das Tor, durchschritten den Park. Sie verweilten einen Augenblick vor den rauchenden Trümmern des Herrenhauses, auf die noch immer die spärlichen Strahlen aus den Schläuchen der Feuerwehr fielen, und begaben sich dann in das Pförtnerhaus, um die Kassette zu öffnen. Es dauerte eine Weile, bis der Deckel aufgebrochen war, und dann fand sich nichts darin als eine schmale Rolle, die sich beim Entfalten als ein Klassenheft entpuppte, wie es die Schulkinder zu ihren Aufsätzen benutzen. Die Seiten waren eng beschrieben. Beide Männer erkannten sofort Codys Handschrift.

»Lesen Sie vor, Martin«, bat Sneed. »Sie können Handschriften besser entziffern als ich.«

Da schlug Dick Martin die erste Seite auf und begann mit der merkwürdigen Geschichte von der Tür mit den sieben Schlössern.

32

»Diese Niederschrift stammt von Henry Colston Bertram, genannt Bertram Cody, und geschah mit Wissen und Zustimmung der Personen, die ihre Namen unter das Dokument gesetzt haben. Sie wurde eines Nachts in Gemeinschaft beschlossen, um zu verhindern, daß im Fall einer Entdeckung einer der Unterzeichneten sich auf Kosten seiner Gefährten entlastet.

Gregory Viscount Selford starb im November vor drei Jahren. Er war stets ein Sonderling gewesen, doch hatten sich seine Eigentümlichkeiten in den letzten Jahren vor seinem Tode so gesteigert, daß er auf die fixe Idee verfiel, seine gesamten Besitzungen flüssig zu machen und das Geld in der Grabkammer zu verbergen, in dem der Gründer der Familie beigesetzt worden war und in der er selbst begraben zu werden wünschte. Er ließ deshalb die alte Tür, die einem Einbruch kaum widerstanden hätte, abbrechen und nach ihrem Muster bei der Firma Rizini in Mailand eine Tür aus Stahlbeton herstellen. Auch diese Tür hatte sieben Schlösser. Die sieben Schlüssel dazu wollte Lord Selford unter sieben Testamentsvollstreckern verteilen, die gehalten sein sollten, sie seinem Sohn an seinem 25. Geburtstag auszuhändigen. Auf diese Weise hoffte er, seinen Erben zugleich vor Übervorteilung und Jugendtorheiten zu bewahren. Er weihte Mr. Havelock in seinen Plan ein, und selbst als sein Rechtsvertreter ihm bedeutete, daß ein solches Verfahren dem Erblehengesetz widerspreche, hielt er zäh daran fest und vertraute sich auch dem italienischen Arzt Dr. Staletti an, dem er seine Neigung geschenkt hatte und der daher ein häufiger Gast auf Selford Manor war.

Lord Selford war schon seit längerer Zeit ein unverbesserlicher Alkoholiker gewesen, und drei Wochen vor seinem Tode erlitt er einen heftigen Anfall von Delirium tremens. Der Anfall war kaum vorüber, da traf Mr. Havelock ein, um ihm ein Geständnis zu machen. Er hatte an der Börse spekuliert und dabei so schwere Verluste erlitten, daß er sich in seiner Verzweiflung am Geld seiner Klienten vergriffen hatte. Er mußte auf Befragen zugeben, daß auch Lord Selford unter den Leidtragenden war. Nun stehe er vor dem Ruin, sagte er, und er bitte kniefällig, ihn vor der Schande einer gerichtlichen Verfolgung zu bewahren.

Die fehlende Summe betrug zehntausend Pfund; aber obschon Lord Selford allein an Jahreseinkünften ein Mehrfaches dieses Betrages bezog, fand er sich nicht bereit, den an ihm begangenen Vertrauensbruch zu verzeihen. Vielmehr drohte er ernstlich, Havelock den Gerichten ausliefern zu wollen. Die Aufregung dieser Auseinandersetzung erwies sich jedoch als zu groß für seinen vom Anfall bereits geschwächten Körper. Er erlitt einen Schlaganfall und mußte besinnungslos in sein Bett getragen werden. Dabei leisteten Elisabeth Cawler, die Haushälterin, und ein portugiesischer Gärtner namens Silva tätige Hilfe. Dr. Staletti wurde sofort gerufen, und dank seiner eifrigen Bemühungen erlangte Lord Selford noch einmal das Bewußtsein. In heftigem Ton wiederholte er seine Beschuldigungen gegen Havelock, so daß dessen Vergehen nunmehr außer Lord Selford noch drei anderen Personen bekannt war.

Unmittelbar danach wurde Lord Selford von einem zweiten Schlaganfall betroffen, von dem er sich nicht wieder erholte. Vollkommen gelähmt starb er am Abend des 14. November. Dr. Staletti, Mrs. Cawler und Havelock waren bei seinem Tode zugegen. Lord Selford hatte keine Zeit mehr gehabt, sein Testament zu ändern, und so wurde Havelock gemäß seiner früheren Bestimmung alleiniger Testamentsvollstrecker und Vormund seines sechsjährigen Sohnes.

Es war Dr. Staletti, der Mrs. Cawler und Silva den Vorschlag machte, über die Beschuldigungen des Verstorbenen gegen Havelock zu schweigen. Als Gegenleistung stellte er Havelock die Bedingung, die aus den Besitzungen Lord Selfords zu erwartenden Einkünfte unter den vier Verschworenen zu teilen. Silva zögerte zuerst, auf diesen Vorschlag einzugehen. Aber da er arm war und Lord Selford ihn einmal eines geringen Versäumnisses wegen geschlagen hatte, willigte er ein.

Die Absicht der Verschworenen ging zu dieser Zeit nur dahin, sich bis zur Großjährigkeit des Erben an den Zinsen zu bereichern, während das Kapital und die Besitztitel nicht angegriffen werden sollten. Es war Mr. Havelocks Amt, die Verwaltung so zu führen, daß weder jetzt noch am Tag der Abrechnung ein Verdacht oder gar eine gerichtliche Verfolgung zu befürchten stand. Es erwies sich aber von Tag zu Tag klarer, daß der junge Lord an ausgesprochenem Jugendblödsinn litt. Daraus konnte, wie Havelock überzeugend darlegte, eine unmittelbare Gefahr für die Nutznießer des Selfordschen Vermögens entstehen. Denn wenn der Schwachsinn des Knaben zur Kenntnis des Vormundschaftsgerichts käme, würde ein öffentlicher Pfleger für ihn bestellt, dem ein Verwaltungskonsortium zur Seite stehen würde.

Es wurde daher beschlossen, den Knaben in eine Privatschule zu geben, dessen Leiter sich verpflichten mußte, über den geistigen Zustand des Knaben strengstes Stillschweigen zu bewahren. Die Wahl fiel auf den Unterzeichneten Bertram Cody, den das Unglück getroffen hatte, eines geringen Vergehens wegen mit den Gesetzen in Konflikt zu geraten. Bald nachdem er das Gefängnis verlassen hatte, trat Havelock mit dem Vorschlag an ihn heran, eine Schule zu übernehmen, dessen einziger Zögling der kleine Lord sein sollte. Bertram Cody gab seine Zustimmung und wurde dafür glänzend bezahlt.

So kam es, daß der Knabe seiner Obhut übergeben wurde; allein sein Lehrer mußte bald einsehen, daß dessen Schwachsinn jedem Bildungsversuch widerstand. Außer den seelischen Hemmungen stellten sich körperliche Komplikationen ein, so daß mit einem frühen Tode des jungen Lords gerechnet werden mußte. In dieser verzweifelten Situation erschien Dr. Staletti als Retter. Es war ihm gelungen, ein Präparat zu entdecken, das unter Ausschaltung aller geistigen Funktionen das körperliche Wachstum ungemein fördernd beeinflußte. Der gelehrte Doktor hatte seine Entdeckung bereits mit dem besten Erfolg an Ratten, Kaninchen und jungen Hunden erprobt. Damit aber der mit diesem Präparat behandelte Patient nicht durch seine Körperkräfte gefährlich werden könnte, sollte mit dem plastischen Aufbau des Körpers eine psychische Beeinflussung Hand in Hand gehen. Dr. Staletti sprach sich dahin aus, daß durch Suggestion und Hypnose, im Kindesalter begonnen, das Identitätsgefühl eines Menschen nahezu zerstört und an seine Stelle ein automatischer Gehorsam gesetzt werden könne. Es war Stalettis glühender Wunsch, eine Rasse körperlich vollkommener Menschen von gewaltiger Muskelkraft zu schaffen, die wie Maschinen von einem einzigen Gehirn gelenkt würden. Dazu wollte Dr. Staletti den jungen Lord Selford machen: zu einem Hörigen, stark und gehorsam, der nur den Willen dessen kennt, dem er dient.

Seine Ideen fanden Bertram Codys wärmsten Beifall; denn nur auf diese Weise war es möglich, von den Einkünften Lord Selfords zu zehren, ohne vor seiner Mündigkeit zu zittern. Der einzige, der sich gegen Stalettis Vorschläge aussprach, war Havelock. Weder war er vom Gelingen des Experiments überzeugt, noch mochte er den Knaben einer vielleicht lebensgefährlichen Behandlung aussetzen. Da kam Mrs. Cawler auf den Gedanken, Staletti einen ihrer Neffen, die ihr nach dem Tode ihrer Schwester zur Last gefallen waren, für seine Experimente zur Verfügung zu stellen. Staletti schwor, Havelock von der Wahrheit seiner Behauptungen durch den Augenschein zu überzeugen. In der Tat erzielte er im Laufe von wenigen Wochen die frappantesten Resultate. Der Knabe, der von zartem Körperbau und etwas eigensinnigem Temperament war, gehorchte bereits nach acht Tagen aufs Wort und entwickelte sich körperlich in überraschender Weise, während sein Intellekt sich zusehends abschwächte. Nunmehr gab Havelock seinen Widerstand auf.

Zur selben Zeit, da dies geschah, regte Bertram Cody an, die Ereignisse, die zu diesen Maßnahmen geführt hatten, schriftlich festzuhalten, damit es keinem der Verschwörer später einfallen könne, seine Verantwortlichkeit in Zweifel zu ziehen. Diese Niederschrift sollte von allen unterzeichnet und an einem sicheren Ort deponiert werden, zu dem nicht einer allein, sondern nur alle gleichzeitig Zutritt hätten. Der Ort war bereits gegeben. Wo konnte das Geheimnis besser bewahrt werden als hinter der Tür mit den sieben Schlössern?

Da diese Tür beim Tode des alten Lords noch nicht geliefert war, wurde sein Sarg in einer Nische der Kammer sechs beigesetzt. Inzwischen war jedoch die Tür eingebaut worden, und die Schlüssel befanden sich in Havelocks Besitz. Sie wurden jetzt unter die Verschwörer verteilt und die Steinurne dazu bestimmt, die Niederschrift aufzunehmen.

Zur Zeit befindet sich also Lord Selford unter Stalettis Obhut. Er blüht körperlich auf, hat seinen Namen vergessen und erfreut sich an den kindlichsten Spielen. Die beiden Knaben kommen und gehen, wie es ihnen Staletti befiehlt, und sie sind so abgehärtet, daß sie trotz der rauhen Witterung beinahe unbekleidet im Park spielen, ohne zu klagen oder sich unbehaglich zu fühlen. Auf Stalettis Anregung und Havelocks Wunsch hat Bertram Cody Mrs. Cawler geheiratet, obwohl er – was nun kam, war mehrfach mit Tinte durchstrichen, aber es gelang mir doch, die Worte zu entziffern – ganz andere Pläne für seine Zukunft hatte.

Die Unterzeichneten befürchten keine Entdeckung. Der einzige lebende Verwandte Lord Selfords ist ein entfernter Vetter, der schon zu Lebzeiten des verstorbenen Lords alle Beziehungen zum Hause Selford abgebrochen hatte.

Mr. Havelock beabsichtigt, späterhin bekanntzugeben, daß sich Lord Selford zu Studienreisen ins Ausland begeben hat.

Wir erklären hiermit an Eides Statt, daß die obigen Mitteilungen Wort für Wort der Wahrheit entsprechen.«

Erst gegen Abend kehrte Dick in seine Wohnung zurück. Langsam öffnete er die Spiegeltür seines Ankleideschranks. Die

Hand am Schlüssel, blieb er reglos stehen. Aus dem Schatten bildete sich ein bleiches Gesicht, gebrochene Augen schauten ihn mit weher Klage an.

»Du bist gerächt, Lew Pheeney«, flüsterte Dick in die Tiefe des Schranks hinein. Dann drückte er die Tür sacht wieder zu.

Er trat ans Fenster und starrte in die Dämmerung hinaus. Harte Linien zogen sich von seiner Nase zu seinem Mund. Denn so seltsam es war, am grimmigsten haßte er Staletti wegen dieser Tat. Über alles andere würde die Zeit mit heilender Hand hinwegstreichen ... diese Wunde aber blieb. Nie würde er Lew Pheeney vergessen!

Eine Stunde später hielt ein Taxi vor dem Hause Coram Street 107. Dick stieg aus und bezahlte. Dann flog sein Blick unsicher zu den wohlbekannten Fenstern hinauf. Sehr langsam trat er ins Haus.

An der Tür empfing ihn Sybil. Der Ausdruck der Erlösung, der in ihre Züge trat, als sie ihn erblickte, entschädigte ihn für alles, was er um sie gelitten hatte.

»Sie sind da, Gott sei Dank!« sagte sie leise. »Ich habe um Sie gezittert, aber nun bin ich froh – wenngleich –«, sie stockte, »– all das Furchtbare, das geschehen ist, auf meinem Herzen lastet. Aber nun kommen Sie bitte herein. Ich bin zwar allein, aber ich kann Sie doch nicht vor der Tür stehen lassen.«

Sie ging voran und öffnete die Tür zum Wohnzimmer.

»Ist es wahr, daß Havelock verhaftet ist? Ich las es in den Zeitungen.«

Er nickte.

»Und Selford Manor ist nur noch eine rauchende Ruine?«

Er bejahte. Dann fügte er langsam hinzu: »Wissen Sie auch, daß es Ihr Besitz ist, den gestern nacht die Flammen verschlungen haben?«

»Mein Besitz?« Sie sah ihn ungläubig an.

»Lord Selford ist tot«, sagte Dick ernst. »Sie sind seine gesetzliche Erbin.« Er erzählte in kurzen Worten, was geschehen war; denn vieles war der Presse noch nicht bekannt.

Als er ihr von Lord Selfords tragischem Schicksal erzählte, bedeckte sie die Augen mit der Hand. Eine Weile schwiegen beide und hingen ihren Gedanken nach. Dann nahm er liebevoll ihre Hand in die seine.

»Sie sind jetzt reich, und Sie werden das Haus wieder aufbauen. Ach, Sybil . . .«

Er wandte den Blick ab.

»Ja, Dick?« fragte sie und beugte sich erwartungsvoll zu ihm hin.

»Wird das alles nicht einen großen Unterschied machen?«

»Einen Unterschied? Ich verstehe nicht!«

»Werden sich Ihre Gefühle nicht ändern, jetzt, da sich alle Pforten des Lebens vor Ihnen öffnen?«

»Was wissen Sie denn von meinen Gefühlen?« fragte sie in neckendem Ton.

Ein hilfloses Lächeln glitt um seinen schönen, energischen Mund.

»Alles – und nichts«, erwiderte er langsam.

»Nehmen wir an – nichts«, triumphierte Sybil.

»Gut, also nichts«, gab er kleinlaut zu. Plötzlich aber kam ihm ein Einfall, und seine blauen Augen blitzten. »Aber über meine Gefühle weiß ich um so besser Bescheid. Darf ich Ihnen vielleicht davon erzählen?«

Da glitt sie zu ihm hinüber.

»Erzählen Sie!« hauchte sie ihm lächelnd ins Ohr und setzte sich erwartungsvoll auf die Lehne seines Sessels.

DAS BUCH ZU FILM UND FERNSEHEN

ATTENBOROUGH, RICHARD (HRSG.)
Gandhi. Ausgewählte Texte.
6577 DM 7,80

BUCHHEIM, LOTHAR-GÜNTHER
Der Film Das Boot.
Mit über 250 Abbildungen.
10196 DM 14,80

BÜRGER, GOTTFRIED AUGUST
Münchhausens Abenteuer.
9199 DM 7,80

CATO, NANCY
Delie und Brenton.
Alle Flüsse fließen ins Meer.
Roman zur TV-Serie. 8890 DM 14,80

COSBY, BILL
Familien-Bande
9403 DM 9.80
Bill Cosby, den FernsehDaddy Dr. Huxtable, der hier die Licht- und Schattenseiten des Vaterseins humorvoll schildert.

CRISPIN, A.C.
V – Die außerirdischen Besucher.
Roman. 8612 DM 12,80

DREW, WAYLAND
Willow.
Das Buch zum neuen Film von George Lucas! 9194 DM 9,80

FERBER, EDNA
Cimarron. Roman. 6374 DM 9,80
Giganten. Roman. 3648 DM 14,80

FLEISCHER, LEONORE
Verraten - Betrayed
Verfilmung C. Gavras
9471 DM 9,80
Ein spannender Polit-Thriller über den aufkeimenden Rechtsradikalismus in den Vereinigten Staaten, packend verfilmt vom Regisseur der Filme »Missing« und »Z«.

FORSTER, E. M.
Zimmer mit Aussicht. Roman.
8879 DM 12,80

GIPE, GEORGE
Gremlins.
Ein Film von Steven Spielberg und Joe Dante. 6803 DM 7,80

GLUT, DONALD F./ LUCAS, GEORGE
Das Imperium schlägt zurück.
3920 DM 8,80

GRAY, MARTIN
Der Schrei nach Leben.
8575 DM 12,80

HASFORD, GUSTAV
Höllenfeuer. Roman zum Film von Stanley Kubrick: Full Metal Jacket.
8896 DM 7,80

HASSEL, SVEN
Die Galgenvögel.
Roman. 8877 DM 9,80

HEADROOM, MAX
20 Minuten jenseits der Zukunft
9492 DM 7,80
Max Headroom, das TV-Idol in Amerika und England, schickt sich derzeit an, auch bei uns eine wahre Kultfigur zu werden. Ab Mitte April 1989 mit 14 Episoden in SAT 1.
Nicht verzagen, Headroom fragen
Der einzig senkrechte Ratgeber für alle Lebenslagen.
9491 DM 8,80
Max Headroom, das bissig-respektlose Bildschirm-Ekel, gibt ebensolche Ratschläge für alle denkbaren und undenkbaren Lebenslagen.

HEINRICH, WILLI
Steiner I. 3755 DM 12,80

HEYMANN, C. DAVID
Armes, kleines reiches Mädchen.
Leben und Legende der Barbara Hutton. Barbara Hutton, die Erbin des Woolworth-Vermögens, eine der reichsten Frauen der Welt, starb nach einem Leben in Luxus und nach sieben gescheiterten Ehen 1979 im Alter von 66 Jahren vereinsamt und verarmt.
Jetzt im Fernsehen! 9552 DM 9,80

HUBY, FELIX
Oh Gott, Herr Pfarrer
Das Buch zur ARD-Fernsehserie
9449 DM 9,80

KAHN, JAMES
Die Rückkehr der Jedi-Ritter.
6639 DM 6,80
Goonies.
Ein Filmabenteuer von Steven Spielberg. 8397 DM 7,80
Indiana Jones und der Tempel des Todes.
Roman zum Film von George Lucas und Steven Spielberg.
6750 DM 6,80

KRUEGER, FREDDY
Nightmare on Elm Street
8067 DM 7.80
Die drei schrecklichen Filmgeschichten zu den Grusel-Hits »Nightmare on Elm Street 1–3«

LARSON GLEN A./THURSTON ROBERT
Kampfstern Galactica.
23748 DM 7,80

LUCAS, GEORGE
Krieg der Sterne. 3633 DM 6,80

LYNN, J./JAYE, A.
Yes Minister.
Tagebuch eines ehrenwerten Politikers. 8636 DM 8,80
Yes, Premierminister!
Tagebuch eines Spitzenpolitikers. Das Buch zur herzerfrischend bissigen BBC-Serie. 8892 DM 9,80

NORST, JOEL
COLORS – Farben der Gewalt.
Der Roman zum Film.
9340 DM 8,80
Mississippi Burning. Die Wurzeln des Hasses. 9556 DM 9.80
Das Buch zum neuen Film von Alan Parker (Midnight Express, Angel Heart, Birdy).

PARETTI, SANDRA
Südseefieber.
Roman zur Fernsehserie »Traumschiff«. 8572 DM 8,80

ROSENBERG, LEIBL/ KANIA, THOMAS
Das Dingsbuch ist da!
8452 DM 8,80

SHELDON, SIDNEY
100 Karat – Diamanten-Dynastie.
Roman. 6785 DM 9,80
Kalte Glut. Roman. 8876 DM 9,80

THOMAS, ADRIENNE
Die Katrin wird Soldat.
Roman. 8992 DM 9,80

WARDEN, ROBERT
Steiner II. 3884 DM 9,80

WHARTON, WILLIAM
Birdy. Roman. 6611 DM 9,80

WOODS, DONALD
Steve Biko. Schrei nach Freiheit - Das Buch zum Film von Richard Attenborough. 8985 DM 12,80

WOUK, HERMAN
Feuersturm. Roman. 8538 DM 17,80
Der Krieg. Roman.
Die Fortsetzung von "Der Feuersturm". 9124 DM 12,80

ZIEGLER, THOMAS
Das Nest
Das Buch zur Fernsehserie
9487 DM 7,80

JUBELBÄNDE ZUM VORZUGSPREIS

BAGLEY, DESMOND

Erdrutsch/Sog des Grauens
Zwei mitreißende Thriller in einem Band. 11942 DM 10.–

BERGIUS, C. C.

Schakale Gottes – Der Fälscher.
Zwei packende Romane in einem Band. 10146 DM 10,–

BLOCH, ARTHUR

Gesammelte Gründe.
Murphy's Gesetze in einem Band. 10046 DM 10,–

BREDOW, ILSE GRÄFIN VON

Kartoffeln mit Stippe/Deine Keile kriegste doch.
Die großen Romanerfolge in einem Band. 8982 DM 14,80

BROOKS, TERRY

Die Elfensteine von Shannara. Elfensteine/Druide/Dämonen.
Drei Romane. 23902 DM 12,–

DAS BUCH DER MEDITATION

Herausgegeben von Hans Christian Meiser – Ausgewählte Gedanken für jeden Tag 10164 DM 8,–

CARTLAND, BARBARA

Der griechische Prinz/Fesseln der Liebe/Spiel der Herzen
Drei Romane in einem Band 11959 DM 10.–

DALEY, BRIAN

Han Solos Abenteuer.
Drei Romane in einem Band zum Supersparpreis! 10147 DM 10,–

DAS SUPER-BLUFF-BUCH

Drei Bände in einem zum Jubelpreis. 10152 DM 10,–

DAILEY, JANET

Nachtglut/Unbezähmbar
Zwei Romane in einem Band 11944 DM 10.–

EYSENCK, HANS J.

Das große Hans J. Eysenck Testbuch. Ihre Intelligenz auf dem Prüfstand. 10058 DM 10,–

FERIENBIBLIOTHEK

Erotische Ferien. Das Lächeln der Aphrodite. 10148 DM 10,–
Heitere Ferien.
Lise Gast/Gilbreth/Jo Hanns Rösler 10157 DM 10,–
Mörderische Ferien.
E. Stanley Garolner/Bill Knox/Arthur W. Upfield 10155 DM 10,–
Romantische Ferien. Alexandra Cordes/Marie Louise Fischer/Danielle Steel 10153 DM 10,–
Schwarze Ferien.
GänsehautGeschichten/Frankenstein 10154 DM 10,–
Spannende Ferien.
Sidney Sheldon/Jack Higgins/Alfred Coppel 10156 DM 10,–

GAST, LISE

Randi. Junge Mutter Randi/Randi und das halbe Dutzend/In Liebe Deine Randi.
Drei Romane. 10142 DM 10,–

HAMMERSCHMID-GOLLWITZER, JOSEF

Wörterbuch der medizinischen Fachausdrücke.
Mit 300 informativen Zeichnungen und Fotos. 10057 DM 12,–

HEINRICH, WILLI

Maiglöckchen oder ähnlich/Schmetterlinge weinen nicht.
Zwei Romane. 10166 DM15.–

KAYE, M.M.

Es geschah auf Zypern/Tod in Kenia
Zwei Romane in einem Band 11941 DM 10.–

KISHON, EPHRAIM

Das Kamel im Nadelöhr. Neue Satiren.
Sammelband mit Illustrationen von Rudi Angerer. 10062 DM 10,–

KONSALIK, HEINZ G.

Auch das Paradies wirft seine Schatten. Masken der Liebe. Verliebte Abenteuer. Drei Romane in einem Band. 10175 DM 10,–

QUINNELL, A.J.

Der falsche Mahdi/Operation Cobra
Zwei Romane in einem Band 11962 DM 10.–

SCOTT MARY

Liebling/Paradies/Tee.
Drei Romane. 10132 DM 10,–
Gäste/Tierarzt/Verwandtschaft.
Drei Romane. 10133 DM 10,–
Darling/Wildnis/Onkel.
Drei Romane.10134 DM 10,–
Frühstück/Mittagessen/Abends.
Drei Romane. 10135 DM 10,–
Mangrovenbucht/Tote/Hibiskusbrosche.
Drei Romane. 10136 DM 10,–
Menschen/Koppel/Freddy.
Drei Romane. 10137 DM 10,–
Landleben/Ferien/Truthahn.
Drei Romane. 10138 DM 10,–
Übernachtung/Kopf hoch/Weißen Elefanten.
Drei Romane. 10139 DM 10,–
Teehaus/So einfach/Liebling.
Drei Romane. 10140 DM 10,–
Hilfe/Flitterwochen/Lande.
Drei Romane. 10141 DM 10,–

SHEA, ROBERT

Zeit der Drachen/Der letzte Zinja.
Zwei Romane in einem Band. 8981 DM 17,80

SHELDON, SIDNEY

Zorn der Engel/Diamanten-Dynastie
Zwei Bestseller in einem Band 11946 DM 10,-

STALLMANN, ROBERT

Werwelt. Der Findling/Der Gefangene/Der Nachkomme.
Drei Romane. 23900 DM 12,–

STEEL, DANIELLE

Das Haus von San Gregorio/Unter dem Regenbogen
Zwei Romane in einem Band 11961 DM 10.–

TOWNSEND, SUE

Das Intimleben des Adrian Mole, 13 3/4 Jahre.
Die geheimen Tagebücher erstmals komplett und unzensiert vollständig in einem Band. Das Buch zur TV-Serie. 10163 DM 10,–

WATTS, ALAN

Meditation/Natur des Menschen/Philosophische Fantasien.
10082 DM 10,–

WILKES, MALTE M.

Die Kunst, kreativ zu denken.
10150 DM 10,-

GOLDMANN